VELMERSTOT

Jobst Schlennstedt, 1976 in Herford geboren und dort aufgewachsen, studierte Geografie an der Universität Bayreuth. Seit Anfang 2004 lebt er in Lübeck. 2006 erschien sein erster Kriminalroman. Hauptberuflich ist er Geschäftsführer eines Lübecker Beratungsunternehmens. Im Emons Verlag schreibt er Küsten- und Westfalenkrimis und gemeinsam mit seiner Frau Alexandra Entdeckungsreiseführer in der 111-Orte-Reihe. Mit »Velmerstot« liegt jetzt der vierte Band seiner Kriminalreihe um den Bielefelder Kriminalkommissar Jan Oldinghaus vor.
www.jobst-schlennstedt.de
www.instagram.com/jotes.hl

JOBST SCHLENNSTEDT

VELMERSTOT

Ostwestfalen Krimi

emons:

Lust auf mehr? Laden Sie sich die »LChoice«-App runter, scannen Sie den QR-Code und bestellen Sie weitere Bücher direkt in Ihrer Buchhandlung.

Bibliografische Information der Deutschen Nationalbibliothek
Die Deutsche Nationalbibliothek verzeichnet diese Publikation in der Deutschen Nationalbibliografie; detaillierte bibliografische Daten sind im Internet über http://dnb.d-nb.de abrufbar.

© Emons Verlag GmbH
Alle Rechte vorbehalten
Umschlagmotiv: Werner/stock.adobe.com
Umschlaggestaltung: Nina Schäfer, nach einem Konzept von Leonardo Magrelli und Nina Schäfer
Umsetzung: Tobias Doetsch
Gestaltung Innenteil: César Satz & Grafik GmbH, Köln
Lektorat: Hilla Czinczoll
Druck und Bindung: CPI – Clausen & Bosse, Leck
Printed in Germany 2020
ISBN 978-3-7408-0819-8
Ostwestfalen Krimi
Originalausgabe

Unser Newsletter informiert Sie regelmäßig über Neues von emons:
Kostenlos bestellen unter www.emons-verlag.de

*Nur die Widerwärtigkeiten des Lebens
können uns von der Eitelkeit des Lebens
überzeugen und so die uns angeborene Liebe
zum Tod oder zur Wiedergeburt
zu einem neuen Leben verstärken.*

Leo N. Tolstoi

Die Begegnung

Sommersonnenwende, vor sieben Jahren
Über den Tod hatten sie an diesem Tag nicht gesprochen. Das war nicht der Grund, weshalb sie hier waren. Weder er noch die anderen hatten ihn auch nur ein einziges Mal erwähnt.

Nein, sie waren hier an den Externsteinen zusammengekommen, um Energie zu tanken, ihre Körper an diesem einzigartigen Kraftort neu aufzuladen. Um das Kribbeln zu spüren, das durch ihre Glieder fuhr, wenn sie gemeinsam um die große Kastanie herumsaßen. Sie alle hatten viel erlebt in den letzten Jahren. Einige von ihnen zu viel – Verlust, Erniedrigungen, so schlimme Dinge, dass ihnen auch dieser magische Ort wahrscheinlich nicht mehr helfen würde. Aber sie waren hier und heute zusammen. Und nur das zählte jetzt.

Er erinnerte sich zurück an die Zeit ihres Kennenlernens vor wenigen Monaten. Ganz zu Beginn waren der Tod und die Sehnsucht nach ihm seine Türöffner gewesen. Andernfalls wäre es wohl schwierig, vielleicht sogar unmöglich geworden, eine gemeinsame Ebene zu finden.

Die Frauen waren am Ende gewesen. Der Tod eine Erlösung, der sie lieber früher als später folgen wollten.

Sie hatten ganz offen über den Tod gesprochen. Er hatte ihnen klargemacht, dass der Zeitpunkt ihres Ablebens noch nicht gekommen war. Zuerst würden sie sich vorbereiten müssen: auf ein Leben nach diesem Leben. Ein besseres Leben. An einem anderen Ort. Nicht auf dieser Welt.

Das verstanden sie noch nicht. Und es würde wohl noch sehr viel Zeit vergehen, bis sie begriffen, was sie nach ihrem Tod erwartete, nämlich ein neues Leben, das so viel besser war als das Elend im Hier und Jetzt.

Sie würden es mit der Zeit verinnerlichen, wenn sie ihm folgten. Sie mussten lernen, auf ihn zu hören, und er würde sie führen. Er würde sie erziehen, ohne dass sie es merkten.

Der Tod sollte, vorerst jedenfalls, kein Thema mehr zwischen ihnen sein. Ihre Seelenwunden mussten erst einmal heilen. Er würde ihnen ein positives Gefühl vermitteln. Sie brauchten Kraft und Stärke. Aber natürlich auch eine harte Hand.

Irgendwann würde der Moment dann gekommen sein. Wenn er sie von dem, woran er glaubte, wirklich überzeugt hatte. Wenn er sich sicher sein konnte, dass sie ihm tatsächlich folgten und im letzten Augenblick niemand mehr abspringen würde. So lange musste er die Gruppe zusammenhalten, das war seine große Aufgabe.

Er ließ seinen Blick über die Gesichter der vielen Menschen kreisen, die an diesem besonderen Tag hier zusammenkamen. Und über die der Personen direkt neben ihm.

Da saßen sie. Vier Frauen, die er in den vergangenen Monaten auf ganz unterschiedliche Weise kennengelernt hatte.

Vier Frauen, die hoffentlich bereit waren, ihm bedingungslos zu folgen und seinen Glauben anzunehmen.

Vier Frauen, die jede für sich einen riesigen Rucksack voller traumatischer Erinnerungen mit sich trug.

Vier Frauen, die hinter dem schweren Schleier ihres Lebens gleichzeitig auch wunderschön anzusehen waren. Körperliche Abhängigkeit schadete nicht, wenn er sie an sich binden wollte.

Vier Frauen.

Und er.

Auf dem langen Weg in ein anderes, besseres Leben.

Eigentlich hätte er in diesem Augenblick eine tiefe Zufriedenheit empfinden müssen. Denn im Grunde hatte er alles erreicht, wovon er je geträumt hatte. Und trotzdem wartete er vergebens auf dieses Gefühl. Stattdessen beschäftigte ihn seit einigen Minuten etwas, das ihn aus irgendeinem Grund zunehmend nervös machte.

Rechts neben ihm saß ein Mann, etwa in seinem Alter. Sie hatten ein paar Blicke miteinander getauscht, ohne jedoch ein Wort zu wechseln. Da war etwas Einnehmendes an diesem Mann, das ihn von den anderen Menschen hier unterschied.

Schwer zu beschreiben, was es war. Etwas in seinem Blick, seine ruhige und leicht distanzierte Ausstrahlung.

Er dachte darüber nach, was dieser Ort ihm bedeutete. Was er mit ihm und aus ihm gemacht hatte. Schon als Kind war er von der Formation dieser Sandsteinfelsen fasziniert gewesen, wenn seine Eltern Ausflüge mit ihm hierher unternommen hatten. Die Externsteine hatten ihn sein ganzes Leben lang begleitet, er war immer wieder hierher zurückgekehrt, nicht nur um Ruhe zu finden, sondern auch um darüber nachzudenken, wohin sein Weg ihn führte. Hier hatte er zum ersten Mal die Sehnsucht nach einem Leben nach seinem Tod verspürt.

Aber zweifellos waren die Externsteine auch einer der bedeutendsten Kraftorte überhaupt. Allerdings war er keiner dieser rechten Spinner, die hier ihr Germanentum auslebten. Und auch kein spiritueller Esoteriker, der die Externsteine nur als mystische Kultstätte ansah, letztlich allerdings gar nicht verstand, dass der Tod an diesem Ort schon immer eine wesentliche Rolle gespielt hatte. Sie vor allem bevölkerten an diesem Tag die Felsen und die Umgebung. Manche von ihnen legten sich nachts sogar in das alte Steingrab, um die Energie der darunterliegenden Wasseradern zu spüren. Aber die eigentliche Bedeutung dieses Rituals kannten sie nicht. Denn kaum jemand von ihnen hatte jemals wirkliche Todessehnsucht verspürt. Niemand konnte nachvollziehen, was es bedeutete, diese Verbindung ins Jenseits erleben zu können. Sich dem Leben nach dem Tod so nahe zu fühlen.

Dieser Mann neben ihm war anders als die vielen Menschen um ihn herum. Dieser Mann dachte und fühlte genauso wie er. Das hatte er sofort gespürt. Zumindest, da war er sich sicher, trug er das Potenzial in sich, einer von ihnen zu werden.

Aber wollte er das überhaupt?

Sein Blick fiel wieder nach links. Zu seinen Frauen.

Vier Frauen.

So hatte er es immer gewollt.

Er lächelte.

Im nächsten Moment vernahm er von rechts ein kaum wahrnehmbares Räuspern. Als er sich ihm zuwandte, war er sich sicher. Der Mann neben ihm, der sich ihm jetzt vorstellte, war tatsächlich einer von ihnen.

Wollte er das wirklich?

Wie Butter

Voller Hoffnung war er an jenem Tag vor sieben Jahren gewesen, daran konnte er sich noch gut erinnern. Genau wie an den Tag, an dem sich alles verändert hatte. Obwohl das Ganze ein Prozess gewesen war, der sich über Monate hingezogen hatte, war da dieser eine Moment gewesen, an dem er endgültig verstanden hatte, dass seine Zeit abgelaufen war.

Er hatte sie gesehen. Und, viel schlimmer, er hatte sie gehört. Ihre Worte waren unmissverständlich gewesen. Die beiden Frauen hatten sich nicht nur von ihm abgewendet, nein, sie wollten auch ihr großes Ziel, auf das sie jahrelang hingearbeitet hatten, einfach aufgeben. Für ein ganz normales Leben auf dieser Welt, die ihnen bislang nur Unglück gebracht hatte. Sie hatten sich tatsächlich auf die Seite dieses Mannes ziehen lassen. Sich von seinem Versprechen, dass sie nicht sterben müssten, um glücklich zu werden, einlullen lassen.

Die ganze Sache war ihm einfach vollkommen entglitten. Weil er wohl niemals damit gerechnet hatte, dass es so weit kommen konnte. Keinen einzigen Gedanken hatte er daran verschwendet, die Kontrolle verlieren zu können und auf diese Weise hintergangen zu werden.

Aber an diesem Tag vor knapp drei Monaten hatte er endlich begriffen, was um ihn herum tatsächlich vor sich ging. Natürlich viel zu spät. Er war blauäugig gewesen. Hätte, wenn er ehrlich zu sich selbst war, viel früher die Zeichen erkennen müssen. Aber er hatte auf das große Ziel vertraut, das sie verfolgten. Das vor allem er verfolgte.

Irgendetwas war also offenbar schiefgelaufen. Was hatte einige von ihnen dazu bewogen, sich gegen ihn und gegen all das, was sie über so lange Zeit aufgebaut hatten, aufzulehnen?

Jetzt, in diesem Augenblick, wo er die beiden Frauen sah, wie sie da standen und so hübsch anzuschauen waren, empfand er zweifellos Reue. Doch den Drang, noch einmal auf sie zuzugehen, um mit ihnen zu reden, versuchte er schon seit gefühlten Stunden zu unterdrücken. Er hatte einen Entschluss gefasst, und davon würde er nicht mehr abzubringen sein. Vollkommen egal, welche Grenzen er dafür überschreiten musste. Vollkommen egal, dass er dabei töten musste. Das tun, woran jeder von ihnen schon so oft gedacht hatte. Er würde es tun. Wenn auch völlig anders, als er sich das jemals hatte vorstellen können.

Es war bereits nach halb zehn. Der gelbe Feuerball am Himmel verschwand allmählich am Horizont, sorgte aber noch immer für ein gleißendes Licht. Die großen Sandsteine auf dem Gipfel des Velmerstot schimmerten in warmen orangeroten Tönen.

Es war der Abend der Sommersonnenwende. Mittsommernacht. Ein passenderes Datum konnte es nicht geben für das, was er vorhatte. Ein Tag, um den sich Mythen rankten. Voller Freude und gleichzeitig voller Todessehnsucht. Und er würde sie erfüllen.

Er atmete so leise wie möglich. Am liebsten hätte er sich noch eine letzte Zigarette angezündet, aber dafür war es zu spät. Er musste aufpassen, durfte auf keinen Fall riskieren, dass sie ihn sahen. Und er wusste auch, dass er ihnen nicht in die Augen blicken durfte. Er würde sonst weich werden. Wie sollte er sie töten, wenn sie ihn ansahen und um Gnade flehten?

Nein, er hatte keine andere Wahl, als sich anzuschleichen. Um das zu tun, was notwendig war, und sich anschließend auf die eigentliche Herausforderung zu konzentrieren. Der Moment war jetzt gekommen. Er hatte lange genug beobachtet und gewartet.

Er trat hinter der alten Kiefer hervor und ging mit großen, aber leisen Schritten in Richtung der beiden. Trat langsam von Stein zu Stein. Bis er direkt hinter ihnen stand.

Es hatte funktioniert. Sie hatten offenbar nicht bemerkt, dass er sich ihnen genähert hatte. Die beiden redeten miteinander, ohne dass sie auch nur den Hauch einer Ahnung hatten. Er stand einen knappen halben Meter hinter ihnen, mit einem Schwert in der Hand, das ihr Leben in wenigen Sekunden auslöschen würde.

Er bereitete sich vor. Aber die Wortfetzen, die er aufschnappte, verwirrten ihn. Sie sprachen über Dinge, die früher tabu gewesen waren. Sie schienen fröhlich zu sein. Bestens gelaunt. Und sie redeten auch über ihn. Worte, die ihn zwar nicht überraschten, aber schmerzten. Die Wut darüber zerriss ihn beinahe. Ein letztes Mal schloss er seine Augen. Umfasste den Griff des Schwertes so fest, dass die Knöchel seiner Hand weiß wurden. Dann holte er aus.

Er hatte sich viele Gedanken darüber gemacht, wie es sein würde, einen Menschen zu enthaupten. Was ihn am meisten beschäftigt hatte, war der Gedanke, dass das Schwert womöglich einfach am Hals abprallte oder stecken blieb. Dass seine Kraft nicht ausreichte oder irgendein anderes Missgeschick geschah. Dass es schiefging und er womöglich doch gezwungen war, in ihre Augen zu sehen. Im schlimmsten Fall sogar in ihre sterbenden Augen.

Umso überraschter war er, als er erkannte, dass das Schwert durch die Körper der beiden Frauen glitt wie ein scharfes Messer durch Butter. Es war wie in einem Computerspiel. Vollkommen surreal. Wenn da nicht diese Unmengen an Blut gewesen wären.

Er kämpfte mit sich. Spürte den Brechreiz in sich aufsteigen, während sich seine Augen weigerten, genauer hinzusehen. Wie in Trance fühlte er sich plötzlich. Als wollte die Information darüber, was er gerade getan hatte, noch nicht vollständig in seinem Bewusstsein ankommen. Sich vielleicht sogar verweigern.

Er versuchte, sich zu sammeln. Das Schwierigste stand ihm noch bevor. Die eine Sache zu erledigen, die noch viel wichtiger war, als die beiden Frauen zu töten.

Er atmete ein letztes Mal tief durch. Dann ging er los, um es hinter sich zu bringen. Um den Schlussstrich unter die letzten Jahre zu ziehen.

Im nächsten Augenblick hörte er bereits die Schritte, die sich näherten. Der Moment war also gekommen. Und er war bereit.

Obelisk

Die Bilder waren sofort wieder da.

Hildes Vater hatte damals keine Gnade gekannt. Immer und immer wieder hatte er sie an der Hand gepackt und hinter sich her geschleift. Dass er dabei ununterbrochen geflucht hatte, war vielleicht sogar verständlich gewesen. Mit Sicherheit hatte er sich an diesem Tag geschworen, sie nicht noch einmal hierher mitzunehmen. Oder zu irgendeinem anderen Ausflug.

Sechzig Jahre waren seither vergangen. Gerade einmal acht war sie damals gewesen. Dass sie sich so renitent verhalten hatte, lag allerdings nicht an der anstrengenden Wanderung durch das Silberbachtal hinauf zum Velmerstot, sondern vor allem an ihm. Er war ein Vater wie viele andere damals gewesen, ein Tyrann, aber schon in so jungen Jahren hatte sie nicht akzeptieren wollen, dass er über ihre Mutter und sie bestimmte, wie er es gerade wollte. Wenn nötig auch mit aller Härte. Er entschied und ließ nicht zu, dass ihre Mutter auch nur eine eigene Meinung hatte.

Es waren furchtbare Jahre gewesen, bis er eines Tages, einige Wochen nach ihrem zwölften Geburtstag, gestorben war. Einfach so, ohne Vorankündigung, am Frühstückstisch. Mit dem Gesicht hinter der Zeitung war er vornüber in sein Marmeladenbrot gefallen. Sie hatten sich minutenlang in den Armen gelegen, ehe ihre Mutter schließlich den Notruf gewählt hatte.

Sechzig Jahre.

Und der Geruch des Waldes kam ihr sofort vertraut vor. Was natürlich vollkommen absurd war, denn jeder andere Wald roch ebenfalls so oder ähnlich. Zumindest gab es keinerlei besondere Duftnote im Silberbachtal, die sie hätte wiedererkennen können. Vielleicht waren es einfach nur die Fetzen der Erinnerung an ihre Kindheit, die wie kleine Blitze vor ihrem inneren Auge zuckten.

Petra lief einige Meter hinter ihr. Sie hatte bereits nach Luft gejapst, als sie noch nicht einmal losgegangen waren. Der Sommer meinte es in diesem Jahr schon besonders frühzeitig sehr gut. Seit Anfang Juni hing ein mächtiges Azorenhoch über halb Europa. Und heute Morgen hatte die Digitalanzeige in ihrem Auto bereits siebenundzwanzig Grad angezeigt. Sie konnte sich an keine Mittsommernacht erinnern, die ähnlich heiß gewesen wäre.

Hilde sah sich um und war einen Moment lang versucht, stehen zu bleiben und auf ihre Freundin zu warten. Aber sie wusste, dass sie sich nicht aus ihrem Rhythmus bringen lassen durfte. Obwohl die Wanderung nicht sonderlich anspruchsvoll war, kannte sie ihren Körper gut genug. Wanderte sie zu langsam oder in ungleichem Tempo, setzte sofort ein schmerzendes Seitenstechen ein, das sie das eine oder andere Mal schon zur Aufgabe einer Tour gebracht hatte.

Knapp zwei Stunden später lief Petra wieder an ihrer Seite. Sie hatten Rast auf dem Gipfel des Preußischen Velmerstot gemacht und das grandiose morgendliche Panorama des Eggegebirges genossen. Vor ihnen breitete sich jetzt eine Heidelandschaft aus, die im Herbst in voller Blüte bestimmt noch wesentlich eindrucksvoller wirkte, aber auch jetzt ein wohliges Gefühl von Wärme in ihr entfachte. Der Anblick der Sandsteinfelsen auf dem Lippischen Velmerstot, der sich nun unmittelbar vor ihnen erhob, tat sein Übriges. Hilde erkannte den Obelisken, der wie ein Gipfelkreuz inmitten der großen Steine stand.

Für einen kurzen Augenblick konnte sie es sogar ein wenig verstehen, dass ihr Vater sie hier hinaufgeschleppt hatte. Denn dieser Ort strahlte etwas wahrhaft Magisches aus.

Ihre Gedanken hingen noch immer an der Szenerie vor sechzig Jahren fest, als Petra, die mittlerweile einige Meter vor ihr lief, unvermittelt stehen blieb und sich nach links abwandte. Im nächsten Moment ging sie in die Knie und erbrach sich. Von einer auf die andere Sekunde befand sich Hilde wieder im Hier und Jetzt.

Sie rannte zu Petra und legte den Arm um sie. Vorsichtig stützte sie ihre Freundin und redete ihr gut zu. War es ihre Schuld? Hatte sie Petra zu viel zugemutet? Immerhin hatte sie ein ordentliches Tempo angeschlagen, und sie waren nicht mehr die Jüngsten. Dazu noch diese Hitze.

»Warum hast du denn nichts gesagt?«, fragte Hilde, nachdem sich Petra etwas beruhigt zu haben schien. »Wir hätten doch langsamer gehen können.«

Petra atmete schwer. Mühevoll hob sie ihren Kopf und blickte Hilde mit angsterfüllten Augen an. Ihre Gesichtsfarbe war aschfahl, als sei mit einem Mal sämtliches Leben aus ihrem Körper gewichen. »Sieh nicht hin«, sagte sie plötzlich mit zitternder Stimme. »Tu es dir nicht an.«

»Was ist los mit dir? Du siehst aus, als wäre dir der leibhaftige Teufel erschienen ...« Hilde lächelte unsicher, merkte aber sofort, dass nicht der Moment für einen flapsigen Spruch war.

»Schlimmer«, antwortete Petra schließlich leise. »Viel schlimmer.«

Hilde spürte einen kalten Schauer, der von ihrem Nacken in alle Richtungen ausströmte. Sie verstand allmählich, dass Petras Übelkeit nichts mit ihrer Wanderung zu tun hatte. Sie hatte sich auch keinen Virus eingefangen oder sich bei ihrem spärlichen Frühstück heute in den frühen Morgenstunden den Magen verdorben.

Da war etwas anderes. Etwas, das sie gesehen haben musste. Das so schrecklich sein musste, dass ... Ganz langsam wandte sie den Kopf über ihre rechte Schulter. Entgegen der Warnung ihrer besten Freundin. Doch in der Bewegung hielt sie noch einmal inne und schloss die Augen. Sollte sie wirklich? Oder war es nicht vernünftiger, auf Petra zu hören?

Sie wusste, dass sie unvernünftig war. Ein letztes tiefes Durchatmen, dann öffnete sie ihre Augen und wandte sich so weit um, bis ihr Blick wieder auf den Obelisken und die Sandsteinfelsen fiel.

Hilde brauchte einige Sekunden, um zu verstehen, was sie sah. Dann sank sie ebenfalls in die Knie, um darauf zu warten, dass auch ihr Magen sich entleerte.

Bitter Sweet Symphony

Die Blumen in der Vase, von denen er nicht wusste, wer sie neben den großen Stein gestellt hatte, waren bereits verwelkt. Daneben stand ein Grablicht, das unstet hin und her flackerte. Warmer Sommerregen fiel auf die frisch geharkte Erde und lief in kleinen Rinnsalen unter seinen Füßen auf den feinen Kieselsteinen den Weg hinunter.

In Gedenken an Heinrich August Meyer zu Oldinghaus

Weiter hatte Jan die Inschrift auf dem Grabstein nicht gelesen. Er konnte einfach nicht.

Auf den Tag genau neun Monate waren vergangen, seitdem Jan Oldinghaus die Diele des elterlichen Hofes betreten und seinen Vater regungslos am Boden liegen gesehen hatte. Um ihn herum ein Arzt und mehrere Rettungssanitäter. Und natürlich der Rest seiner Familie. Aber niemand hatte mehr etwas ausrichten können. Sein alter Herr war an diesem Tag verstorben.

Obwohl der Tod nicht ohne Vorankündigung gekommen war, erschien ihm die Tatsache, dass der Patriarch der Familie das Schiff verlassen hatte, noch immer vollkommen surreal. So lange er denken konnte, hatte immer nur sein Vater Heinrich darüber bestimmt, was mit dem Hof und seiner Familie geschah. Immer wieder hatte er sich in Jans Leben eingemischt, selbst als der längst nicht mehr auf dem Hof gelebt hatte. Und sei es nur durch das unterschwellige schlechte Gewissen gewesen, das ihm gemacht wurde, weil er sich nicht ausreichend um seine Eltern kümmere.

Sein Vater war mitten im Zweiten Weltkrieg geboren. Erzogen worden war er von seiner Mutter, weil der Vater kurz nach dem Krieg verstorben war. Er war in Verhältnissen aufgewachsen, die einfach, aber besser als die der meisten anderen Menschen zu dieser Zeit gewesen waren. Von klein auf immer mit dem einen Ziel, den Hof wieder zu dem zu machen, was er vor langer Zeit einmal gewesen war. Er hatte dafür mehr geschuftet, als es gesund für ihn war. Mehr, als es für seine Ehe gut war. Und viel zu viel, um ein guter Vater zu sein.

Neun Monate waren vergangen.

Jan atmete tief durch.

Der Tod seines Vaters hatte ein Neuanfang werden sollen. Das zumindest hatte er gehofft. Vielleicht nicht für das kaputte Verhältnis zu seinem Bruder Cord – die Risse zwischen ihnen würden sich wohl niemals kitten lassen. Aber wenigstens für die Beziehung zu seiner Mutter und natürlich auch zu Isabel, seiner Schwester.

Tatsächlich war Jan zurück auf den elterlichen Hof zwischen Herford und Bielefeld gezogen. Zurück in sein altes Zimmer, in dem er seine Kindheit und Jugend verbracht hatte. Aber der Neuanfang hatte nicht funktioniert.

Er hatte es bereits nach zwei Wochen gespürt, aber mehr als ein halbes Jahr hatte vergehen müssen, bevor er vor rund einem Monat schließlich den Entschluss gefasst hatte, bald wieder vollständig in seine Herforder Wohnung zu ziehen. Oder sich etwas Neues zu suchen. Diesmal vielleicht in Bielefeld. Näher am Polizeipräsidium. Näher am Leben.

Im Grunde war es nicht verwunderlich. Die tägliche Auseinandersetzung mit seiner Mutter und Cord hatte Jan mehr zugesetzt, als er ohnehin befürchtet hatte. Im Gegensatz zu ihm waren die beiden offenbar zu keiner Zeit bereit gewesen, sich auch auf ihn einzulassen. Cord hatte sich so egoistisch und herablassend verhalten wie schon all die Jahre zuvor. Er kannte ihn nicht anders.

So sehr sich Jan in diesen Monaten auch bemüht hatte, ihr Verhältnis wieder in einigermaßen normale Bahnen zu lenken, musste er sich eingestehen: Cord hatte kein Interesse an ihm, und er letztlich auch nicht an seinem Bruder.

Mit seiner Mutter verhielt es sich weitaus schwieriger. Sie hatten sich zwischendurch immer mal wieder angenähert, um im nächsten Augenblick weiter voneinander entfernt denn je zu sein.

Die unterschwelligen Vorwürfe, dass er seine Familie in den vergangenen Jahren im Stich gelassen habe, waren allgegenwärtig gewesen. Sie hatte keinerlei Zweifel daran gelassen, dass er es sei, der sich bei seiner Familie entschuldigen müsse. Ihr Vorwurf, dass er sogar Schuld am Tod seines Vaters trüge, stand noch immer im Raum.

Und Isabel? Sie war die Einzige aus seiner Familie, der sich Jan eigentlich immer nah gefühlt hatte. Zumindest bis zu dem Tag im letzten Jahr, als er herausgefunden hatte, dass sie mit seinem besten Freund Philipp zusammen war.

Während sie alle gemeinsam mit ihrer Band auf Tour gewesen waren, hatten die beiden ihm verschwiegen, dass sie ein Paar waren. Ganz zu schweigen davon, dass seine Schwester und sein Freund dann auch noch ihn aus der Band geschmissen hatten.

So merkwürdig die Situation auch war, konnte er mit Isabel dennoch einigermaßen normal umgehen. Sie zeigte auch Verständnis dafür, dass er sich auf dem Hof nicht wohlfühlte. Und sie ging dazwischen, wenn Cord oder seine Mutter sich wieder einmal unmöglich verhielten. Doch gestand er sich ein, dass mittlerweile auch zwischen ihnen eine unsichtbare Mauer stand, da das, was vor nicht allzu langer Zeit noch Gültigkeit besessen hatte, mit einem Mal nicht mehr zählte.

Vertrauen.

Isabel und er waren merklich auf Distanz zueinander gegangen. Und er tat auch nicht so, als freue er sich darüber, dass sie mit Philipp zusammen war. Dem war nämlich nicht so. Genau gesagt kotzte es ihn sogar an.

Sein bester Freund seit Kindheitstagen. Er konnte sich nicht erinnern, dass Philipp und er sich jemals etwas verschwiegen hätten. Schon gar nicht, wenn es um die Liebe gegangen war.

Sie hatten gesprochen. Zumindest hatten sie es versucht. Philipp und er. Manchmal auch zu dritt, gemeinsam mit Isabel. Aber die Gespräche waren nicht zufriedenstellend gewesen. Die beiden hatten ihm keine befriedigende Erklärung für ihr Verhalten geben können. Wahrscheinlich, weil es keine Erklärung gab. Manchmal hatte er sich gefragt, ob er zu empfindlich war. Ob er übertrieb, wenn er das Gefühl hatte, den beiden nicht mehr vertrauen zu können, wenn er nicht einmal mehr ertrug, in ihrer Nähe zu sein. Wenn er sich als Fremdkörper im elterlichen Haus fühlte. Neun Monate. Und nichts hatte sich verändert. Die Familie war entgegen seiner Hoffnung nicht wieder zusammengewachsen.

Dass er hier heute am Grab seines Vaters stand, war auch keine Selbstverständlichkeit. Es war nämlich das erste Mal seit der Beerdigung.

Seit Tagen hatte er Angst vor diesem Moment verspürt, vor den Gefühlen, die ihn womöglich übermannen würden. Aber, und das machte ihm in diesem Augenblick mindestens genauso zu schaffen, die Gefühle waren vollständig ausgeblieben.

Da war kein bisschen Trauer, während er hier stand und auf die Familiengrabstätte auf dem Friedhof Hermannstraße blickte. Ein beklemmendes Gefühl – offenbar gelang es ihm nicht einmal nach dem Tod seines Vaters, Frieden mit ihm zu schließen. Es fühlte sich einfach nicht richtig an. Dafür hatte er sich viel zu lange von ihm als Sohn nicht geachtet gefühlt.

Jan versuchte die trüben Gedanken beiseitezuschieben, als er das Vibrieren seines Handys in der Jackentasche spürte. Er zögerte nicht und zog das Telefon hervor.

Es war Ben Kregel. Er leitete seit etwas mehr als einem halben Jahr die Bielefelder Mordkommission. Ein waschechter Ostwestfale, der vor über zehn Jahren in den hohen Norden nach Lübeck gewechselt und vor einigen Monaten zurückgekehrt war, um die Stelle von Vera Jesse zu übernehmen, die sich mit einigem Geschick und so manchen Machtspielchen, die Jan übel aufgestoßen waren, weiter nach oben gearbeitet hatte und nun die komplette Kriminalinspektion leitete.

Jan meldete sich mit einem knappen »Ben, was gibt's?«.

»Bist du schon auf dem Weg ins Präsidium?«

»Es ist Samstag, was sollte ich denn da im –«

»Schon gut«, unterbrach Kregel ihn. »Hätte ja sein können,

dass du von den anderen schon etwas gehört hast. Jedenfalls brauchst du gar nicht erst ins Präsidium zu kommen.«

Jan sagte nichts. Er ahnte bereits, was kommen würde.

»Vor einer Viertelstunde sind wir verständigt worden, dass drei Leichen auf dem Gipfel des Velmerstot im Eggegebirge gefunden wurden. Was genau dort geschehen ist, weiß ich aber selbst noch nicht. Allerdings soll der Anblick wohl nicht gerade schön sein.«

»Was heißt das?«

»Zwei Wanderinnen haben die Leichen entdeckt. Sie sprachen bei ihrem Anruf davon, dass die Opfer enthauptet wurden und alles voller Blut sei.«

Wieder sagte Jan nichts. Es gehörte zu seinem Job, solche Nachrichten entgegenzunehmen, aber hier auf dem Friedhof, die letzte Ruhestätte seines Vaters vor Augen, ging es ihm nahe. Sein Magen verkrampfte sich.

»Bist du noch dran?«

»Ja.«

»Ich habe oben an der Ostsee in den letzten Jahren verdammt viele harte Ermittlungen erlebt«, redete Kregel weiter. »Und hier haben wir es ziemlich sicher mit einer Sache zu tun, die uns an unsere Grenzen bringen wird.«

»Wenn wir es tatsächlich mit Enthauptungen zu tun haben, ist das keine allzu überraschende These«, entgegnete Jan. Er spürte sofort, dass das unverhältnismäßig barsch klang. Es hatte nicht direkt mit Kregel zu tun, er mochte den groß gewachsenen, erfahrenen Kriminalhauptkommissar nämlich. Aber seit dem letzten großen Fall im vergangenen Jahr und Veras plötzlicher Metamorphose von einer guten Freundin zu einer kühl agierenden Karrierefrau hatte er genug von Vorgesetzten, die ihn mit klugen Ratschlägen bevormunden oder sich zumindest wichtigmachen wollten.

»Schließ dich bitte mit Stahlhut und Cengiz kurz.« Kregel ignorierte Jans Kommentar ganz einfach. »Ich will, dass ihr in spätestens einer Stunde vor Ort seid. Ich verständige die anderen. Nolte und sein Team sind schon unterwegs. Und denk dran: Kein Wort über die Sache gegenüber den Medien, bevor wir nicht wissen, womit wir es überhaupt zu tun haben. Die Kommunikation nach außen läuft in Absprache mit mir.«

»Was ist mit den Wanderinnen?«

»Mehrere Streifen sind vor Ort und kümmern sich um sie. Wir müssen sie von der Pressemeute so lange wie möglich fernhalten.«

»Lippischer oder Preußischer?«

»Wie bitte?«

»Auf welchem Gipfel des Velmerstot wurden die Leichen gefunden?«

»Das müsste ...« Kregel stockte. »Keine Ahnung«, sagte er schließlich. »Aber ich geb es dir durch, sobald ich es weiß. Fahr schon mal los und sammele die anderen ein.«

Jan hielt sein Handy noch eine Weile am Ohr, obwohl Kregel längst aufgelegt hatte.

Er musste an seinen Urlaub denken, der in vierzehn Tagen begann. Der erste seit mehr als fünf Jahren. Zwei Wochen Algarve. Nach langer Zeit wollte er endlich mal wieder auf sein Board steigen und die grandiosen Atlantikwellen reiten.

Nur noch vierzehn Tage. Ohne zu wissen, was genau vorgefallen war, war ihm sofort klar, dass sein Urlaub womöglich ins Wasser fallen würde.

Monatelang hatte es für die Mordkommission kaum etwas zu tun gegeben. Aber ausgerechnet jetzt, so kurz vor seinem Urlaub, sollte er zu einem Tatort irgendwo im Eggegebirge fahren, an dem an diesem Samstagmorgen drei enthauptete Leichen gefunden worden waren.

Jan seufzte. Eigentlich hatte er sich schon seit Längerem nach einer Ermittlung gesehnt, die ihn herausforderte. Ihn von den Problemen mit seiner Familie ablenkte. Aber doch nicht zu dem Preis, seinen Urlaub absagen zu müssen.

Er schloss für einen kurzen Moment seine Augen und klopfte sich mit den Handinnenflächen mehrfach auf die Wangen. So lange, bis er wieder Energie in seinem Körper spürte. Die Lethargie war verschwunden. Er wandte sich um und ging zurück zum Parkplatz.

Als er ein paar Minuten später hinter dem Steuer seines alten Minis saß und aus den Boxen die ersten Klänge von »Bitter Sweet Symphony« hallten, hatte er die Gedanken an seinen verstorbenen Vater und den Rest der Familie weitestgehend verdrängt. Stattdessen kreiste eine ganz andere Frage in seinem Kopf.

Was zum Teufel war vorgefallen, dass sie im beschaulichen Ostwestfalen in einem Fall ermitteln mussten, bei dem offenbar mehrere Menschen enthauptet worden waren?

Gipfel des Grauens

Cengiz' Miene war noch finsterer als sonst, als Jan auf dem Waldparkplatz im Silberbachtal aus seinem Wagen ausstieg und auf ihn zuging. In solchen Momenten konnte er durchaus verstehen, dass der Kollege als harter Hund und Wunderwaffe für besonders schwierige Fälle galt. Als V-Mann in der Bekämpfung von Clan-Kriminalität in deutschen Großstädten wäre Cengiz wahrscheinlich besonders prädestiniert, war sich Jan sicher. In der ostwestfälischen Provinz wirkte sein bisweilen kompromissloses Auftreten dagegen gewöhnungsbedürftig. Aber auch hier schadete es nicht, jemanden wie ihn an seiner Seite zu haben.

Jan mochte Cengiz und war froh, ihn zu sehen. Die Fahrt nach Horn-Bad Meinberg über die B 239 durch Lage und Detmold hatte sich fürchterlich hingezogen. Zumal Kai Stahlhut als Beifahrer die Höchststrafe gewesen war. Dagegen war jeder andere Kollege eine Wohltat. Und sein Lieblingskollege Cengiz sowieso.

Wahrscheinlich wäre die Fahrt weitaus erträglicher gewesen, wenn Jan einfach eine seiner Britrock-CDs laut aufgedreht hätte. Doch stattdessen hatte ihm sein in Herford lebender Kollege Stahlhut ohne Unterlass versucht zu erklären, weshalb dieser Fall genau das Richtige für ihn sei, um sich im gleichen Atemzug darüber zu beschweren, dass die Welt doch immer schlimmer werde.

Es fiel Jan noch immer schwer zu akzeptieren, dass Stahlhut, der bis vor etwas mehr als einem Jahr als Kommissar in der Herforder Polizeiinspektion gearbeitet hatte, mittlerweile Teil der Bielefelder Mordkommission war. Stahlhut war aus Jans Sicht kein herausragender Ermittler. Er war weder Analytiker noch Taktiker und schon gar keine Spürnase. Nicht einmal ein kollegialer Typ. Er war vor allem eines: laut. Und bisweilen so ein Kotzbrocken, dass jeder einen großen Bogen um ihn machte, wann immer es ging. Weshalb Vera ausgerechnet ihn letztes Jahr ins Team geholt hatte, war ihr Geheimnis geblieben.

Auf dem Weg hinauf zum Velmerstot ließ sich Jan immer wieder einige Meter hinter seine beiden Kollegen zurückfallen. Nicht nur, weil er keine Lust auf Stahlhuts ständige Kommentare hatte, er wollte vor allem allein sein mit seinen Erinnerungen. An seine Kindheit und die sonntäglichen Ausflüge ins Grüne – zu den Externsteinen und rauf zum Hermann. Oder aber auch hierher, auf den Lippischen Velmerstot, einen der höchsten Punkte im Eggegebirge. Es war ein kalter, aber sonniger Wintertag gewesen. Sie waren exakt dieselbe Strecke gewandert, die er auch jetzt in diesem Moment ging. Und auch damals, vor über dreißig Jahren, hatte er sich zurückfallen lassen. Ein ordentliches Stück hinter seine Eltern und Isabel. Und natürlich hinter Cord, der vorweggestampft war und schon damals als Zwölfjähriger keine Situation ungenutzt gelassen hatte, um seinem Vater zu imponieren.

Diese Wanderungen hatten sich tief in sein Gedächtnis gebrannt, diese Momente, in denen die Familie zusammen etwas unternommen hatte. So wie es sich jedes Kind eigentlich wünschte, nur leider hatte die Realität in seiner Familie ganz andere Erinnerungen geschaffen. Unerträgliche Belehrungen seines Vaters, wie die Kinder, und vor allem Jan, sich zu verhalten hatten. Eine eingeschüchterte Mutter, die, statt ihm zur Seite zu springen, lieber schwieg. Und ein älterer Bruder, der keine Chance ausließ, ihn vor ihren Eltern schlechtzumachen. Besonders schlimm wurde es immer dann, wenn die Stimmung vollends kippte, weil sein Vater auch noch einen seiner cholerischen Wutanfälle bekam. Augen zu und durch – mit dieser Devise hatte er einen Großteil seiner Kindheit überhaupt nur überstanden. Schmerzhafte Erinnerungen und Bilder, die wie im Zeitraffer vor seinen Augen vorbeirasten.

»Heißt es eigentlich der oder die Velmerstot?«

Jan zuckte zusammen. Um ein Haar wäre er mit Stahlhut zusammengestoßen. Die beiden Kollegen vor ihm waren einfach stehen geblieben.

»Was ist los?«

»Der oder die Velmerstot?«, wiederholte Stahlhut. »Ich habe im Internet gelesen, dass beides möglich ist.«

»Meine Eltern haben immer der Velmerstot gesagt«, antwortete Jan. »Und bevor du fragst, mit dem Tod hat der Velmerstot nichts zu tun.«

»Schlaumeier«, raunte Stahlhut zurück. »Heute allerdings schon.« Sein lautes Lachen erstarb so schnell, wie es gekommen war, als sich Cengiz neben ihm aufbaute und ihn mit einer unmissverständlichen Miene ansah.

»Dann gehen wir wohl besser weiter.« Stahlhut winkte ab. »Ich hatte für einen kurzen Moment vergessen, was für Spaßbremsen ihr seid.«

Jan sparte sich eine Erwiderung und beließ es bei einem Kopfschütteln.

Zehn Minuten später verließen die drei den stetig ansteigenden Waldwanderweg. Vor ihnen machte sich allmählich die Lichtung des Gipfels breit. Das Licht und die Landschaft veränderten sich schlagartig. Heidekraut und massive Sandsteine bestimmten das Bild.

Jan versank für einen kurzen Augenblick erneut in Erinnerungen an damals. Sein Vater war überwältigt gewesen, als sie den nördlichen der beiden Gipfel des Velmerstot erreicht hatten. Der Blick über das Eggegebirge und den Teutoburger Wald bis zum Hermannsdenkmal hatte ihm beinahe Tränen in die Augen getrieben.

In diesem Moment war die Szenerie um ihn herum jedoch eine gänzlich andere. Die Aussicht auf den Gebirgskamm und das Wahrzeichen Ostwestfalen-Lippes rückte angesichts der rot-weißen Absperrbänder und des Equipments, das die Kriminaltechniker aus Noltes Team gerade aufbauten, komplett in den Hintergrund.

Jan spürte trotz der warmen Temperaturen einen kühlen Schauer seinen Rücken hinunterlaufen, als ihm plötzlich bewusst wurde, dass sie nur noch wenige Meter vom Fundort der Toten entfernt waren. Und der Gedanke an enthauptete

Leichen sorgte wohl selbst bei dem erfahrensten Ermittler für ein Gefühl der Ohnmacht.

»Weiche Knie?« Stahlhut blickte Jan herausfordernd an, hob aber sofort beide Arme, als wolle er sich entschuldigen.

»Bevor ich mir den Tatort ansehe, würde ich gerne mit Nolte sprechen«, sagte Jan in Richtung Cengiz.

»Hast du ihn denn schon gesehen?« Sein türkischstämmiger Kollege musterte ihn.

»Ich gehe davon aus, dass er irgendwo dahinten bei dem Obelisken steht.«

»Und jetzt möchtest du, dass ich ihn hole?«

»Sehr gut kombiniert.«

»Vielleicht hat Stahlhut ausnahmsweise gar nicht mal unrecht.«

»Wie bitte?«

»Du hast Schiss vor dem Anblick der Toten, und deshalb schickst du mich vor.«

»Nach dem wenigen, was mir Kregel am Telefon erzählt hat, bin ich tatsächlich noch nicht sonderlich scharf darauf, mir die Sache aus der Nähe anzusehen«, antwortete Jan ehrlich. »Zumindest hätte ich gerne noch ein paar mehr Informationen.«

»Schon gut«, sagte Cengiz. »Ich suche Nolte und gebe ihm Bescheid, dass du hier wartest.«

Aus dem Augenwinkel erkannte Jan, dass sich auch Stahlhut bereits von ihnen entfernt hatte. Er kletterte gerade über einige große Sandsteinquader und ging weiter in Richtung des kleinen Obelisken.

Jan atmete mehrfach tief durch. Wieder schlug er sich mit den Handinnenflächen auf die Wangen. Er hatte frischen Tatorten noch nie etwas abgewinnen können. Obwohl er der Überzeugung war, dass die Begutachtung extrem wichtig war, hasste er den Anblick jedweder Leiche. Dabei war es im Grunde egal, ob die Opfer auf brutale Weise ermordet worden waren oder aber kaum Verletzungen aufwiesen. Es war vor allem die Konfrontation mit dem Tod, die ihm zusetzte. Früher hatte er dieses Gefühl oftmals unterdrücken können, aber seit dem Tod seines Vaters gelang ihm dies immer schlechter.

Er hatte sogar darüber nachgedacht, den Polizeipsychologen um Rat zu fragen, letztlich diesen Gedanken aber wieder fallen gelassen. Noch hatte er die Hoffnung nicht aufgegeben, dass sich die Panik beim Anblick eines toten Menschen eines Tages wieder besiegen und in einer unsichtbaren Schachtel irgendwo tief in seinem Unterbewusstsein verstecken ließ.

»Nicht die schlechteste Entscheidung, einfach hier zu warten.«

Jan vernahm Noltes Stimme aus einigen Metern Entfernung. Der groß gewachsene Leiter des KK 32 Kriminaltechnik und Daktyloskopie mit dem kahl geschorenen Kopf kam ihm so unaufgeregt, wie er eigentlich immer war, entgegen.

»So schlimm?«

»Schlimmer«, antwortete Nolte. »Ich befürchte allerdings, dass du es dir genau deshalb selbst ansehen musst.«

»Geht es etwas weniger kryptisch?«

»Kannst du gerne haben.« Nolte drehte sich zur Seite und zeigte in Richtung des Obelisken. »Dort hinten liegen zwei weibliche und eine männliche Leiche. Die beiden Frauen wurden enthauptet. Ihre Köpfe sind akkurat auf einem der großen Steine platziert und dahin ausgerichtet worden, wo der tote Mann nur wenige Meter entfernt in einer großen Blutlache liegt. In seinem Oberkörper steckt ein großes Schwert. Bemerkenswert ist zudem, dass die beiden Frauen nur sehr spärlich bekleidet sind.«

Jan nickte eine Weile und massierte sich mit der linken Hand beide Schläfen.

»Reicht dir das erst mal?«, durchbrach Nolte die Stille.

»Sind die Leichen abgedeckt?«

»Noch nicht«, antwortete Nolte. »Wir gehen nicht davon aus, dass hier Dritte auftauchen werden, da wir die Zugänge zum Gipfel bereits einigermaßen weitläufig abgesperrt haben. Außerdem solltet ihr wirklich sehen, was passiert ist.«

»War er es?«

»Du meinst, ob die Person mit dem Schwert in der Brust die beiden Frauen getötet hat?«

»Ja.«

»Liegt bei dieser Szenerie durchaus auf der Hand, aber zum jetzigen Zeitpunkt unmöglich, dazu etwas Belastbares zu sagen.«

»Weißt du sonst bereits irgendetwas? Zum Beispiel, wer die Toten sind?«

Nolte schüttelte den Kopf.

»Na schön, dann lass uns gehen. Ich habe ja noch immer die Hoffnung, dass ich irgendwann so viele Tatorte gesehen habe, dass nicht jedes neue Bild dieselben Mechanismen in mir auslöst und für immer abgespeichert bleibt.«

Wenige Minuten später war sich Jan sicher, dass es ein Fehler gewesen war, auf Nolte zu hören. Er hatte es in seinen Jahren bei der Kripo Bielefeld schon mit so einigen Leichen zu tun gehabt, aber der Anblick dieses Tatorts war das mit Abstand Grauenhafteste, mit dem er je konfrontiert worden war.

Die abgetrennten Häupter der beiden Frauen sahen aus wie Puppenköpfe, und die starren Augen wirkten wie aus Glas. Dass es sich allerdings um echte menschliche Köpfe handelte, stand außer Frage. Allein das viele Blut, das sich auf den großen Sandsteinquadern ergossen hatte und bereits angetrocknet war, war ein deutliches Zeichen. Den offensichtlichsten Beweis lieferten allerdings die beiden Rümpfe der Frauen, die in einigen Metern Entfernung zwischen den Steinen und einigen Heidekräutern lagen.

Jan verspürte keinerlei Drang, noch näher an die Opfer heranzutreten. Stattdessen versuchte er, sich aus sicherer Distanz einen Überblick zu verschaffen. Auffällig war tatsächlich, wie präzise die beiden Köpfe nebeneinander platziert waren. Der Täter musste sie nach der Enthauptung so ausgerichtet haben.

Die toten Augen starrten auf einen Punkt direkt hinter Jan. Dorthin, wo die dritte Leiche lag, an der er vorhin vorbeigegangen war und auf die er nur einen flüchtigen Blick geworfen hatte. Die Leiche eines mittelgroßen Mannes, in dessen Oberkörper ein altertümlich anmutendes Schwert mit einer mindestens fünfzig Zentimeter langen Klinge steckte.

»Wahnsinn, oder? Man glaubt, schon alles gesehen zu haben, und dann muss man sich so ein Gemetzel ansehen.« Stahlhut trat neben Jan und schüttelte mit einer ungläubigen und gleichzeitig faszinierten Miene den Kopf. »Ich hoffe, wir haben es hier nicht mit dem IS oder irgend so einer anderen fanatischen Scheiße zu tun.«

»Was?«, fragte Jan.

»Wegen der Enthauptungen, meine ich. Der IS hatte doch diesen Henker, der –«

»Kai, es reicht jetzt mit deinen flapsigen Sprüchen. Wenn du nicht irgendetwas Sinnvolles zur Situation beitragen möchtest, dann halt einfach deine Klappe und versuch, dir einen Überblick über das Ganze hier zu verschaffen.«

»Alter Schwede, welche Laus ist dir denn heute über die Leber gelaufen? Ich dachte, Sarkasmus wäre Konsens bei der Kripo. Anders lassen sich solche Dinge wie das hier doch gar nicht ertragen.«

»Konsens ist bei uns die Feststellung, dass du eine Nervensäge bist.«

»Ach ja, ist das so?«

»Andere werden es dir wahrscheinlich noch deutlicher sagen. Und jetzt lass mich bitte in Ruhe.«

»Du pinkelst mir derart ans Bein und willst das nicht mit mir ausdiskutieren?« Stahlhut klang plötzlich aufgebracht.

»Hört jetzt auf, ihr beiden!« Ben Kregel hatte sich ihnen leise genähert und gab deutlich zu verstehen, was er von ihrer Diskussion hielt. »Wie pietätlos seid ihr eigentlich, euch hier zu streiten, wo direkt vor eurer Nase die Opfer des möglicherweise grausamsten Verbrechens der vergangenen Jahrzehnte in Ostwestfalen-Lippe liegen?«

Kregel war ein Stück größer als Jan und hatte, obwohl einige Jahre älter als er, einen derart durchtrainierten Körper, dass einige Kollegen im Präsidium ihn hinter vorgehaltener Hand »Meister Proper« nannten. Was aber noch viel mehr an seinem kahl geschorenen Kopf lag.

Ein paar Meter hinter Kregel erkannte Jan nun auch Lara

Niehaus. Sie stammte aus Hamburg und war während seines Sabbatjahrs ins Team gestoßen. Von Anfang an hatte Jan ein Auge auf sie geworfen, doch er wusste, dass sie an den Wochenenden oft ihren Freund in Hamburg besuchte. Er hatte gehofft, dass sich irgendwann vielleicht doch mehr zwischen ihnen entwickeln könnte, zumindest auf ein freundschaftliches Kennenlernen hatte er es angelegt, aber Lara war die gesamten Monate über fast schon abweisend gewesen.

Ohne dass sie es ausgesprochen hätte, hatte sie ihm zu verstehen gegeben, dass sie nicht im Geringsten an ihm interessiert war. Bis sie sich vor drei Wochen an einem späten Donnerstagabend plötzlich auf seinem Handy gemeldet und ihn gefragt hatte, ob er sich spontan mit ihr treffen wollte. Weil sie dringend reden müsste. Über die Beziehung mit ihrem Freund. Oder vielmehr das, was offenbar gerade endgültig zerbrach.

Natürlich war er überrascht gewesen, dass sie ausgerechnet ihn gefragt hatte, aber wahrscheinlich war er der Einzige, dem sie sich in ihrer neuen Heimat Ostwestfalen überhaupt anvertrauen konnte. Dass sie Probleme gehabt hatte, sich einzuleben, war niemandem im Team verborgen geblieben. Sie hatte es auch selbst zugegeben.

Lara hatte ihm an diesem Abend ihr Herz ausgeschüttet. Sie hatte ihm mehr offenbart, als er hören wollte, zu viele Details über ihre Beziehungsprobleme. Aber er hatte sich darauf eingelassen. Und irgendwie hatte er aus diesem Abend neue Hoffnung geschöpft.

Während er den Blickkontakt zu Lara suchte, sah er aus dem Augenwinkel, dass sich Stahlhut langsam von ihnen entfernte. Jan war froh, dass sich Kregel so deutlich geäußert hatte. Er hatte recht, auch mit der Kritik an Jan selbst.

»Mir ist vollkommen egal, weshalb ihr so miteinander umgeht, aber ich möchte, dass ihr beide professionell seid«, bemerkte Kregel noch. »Wenn ihr das nicht schafft, ziehe ich euch von dem Fall ab.« Er gab Lara ein Zeichen, dass er allein mit Jan weitersprechen wollte.

»An mir soll es nicht liegen«, entgegnete Jan. »Du weißt

selbst, wie Stahlhut tickt. Leider schaffe ich es nicht immer, seine zynischen Kommentare einfach so hinunterzuschlucken.«

»Die Stimmung im Team ist eines meiner wichtigsten Anliegen. So schlecht wie zu dem Zeitpunkt, als ich hier vor neun Monaten angefangen habe, war sie nicht einmal in Lübeck. Und da war auch nicht immer alles rosig. Jeder von uns muss etwas dazu beitragen, dass es besser wird. Aber lass uns das nicht länger jetzt und hier besprechen. Reden wir lieber darüber, was passiert ist. Was denkst du?«

»Ich bin erst seit ein paar Minuten hier«, antwortete Jan achselzuckend. »Das Einzige, was ich sagen kann: Es ist heftig. Das verlangt mehr von uns ab, als gesund ist.«

»Davon ist auszugehen.« Kregel blieb nüchtern. »Was ist dein erster Eindruck? Womit haben wir es zu tun?«

»Wenn ich mich umsehe, könnte es aus meiner Sicht tatsächlich ein erweiterter Suizid sein«, antwortete Jan nach einigen Sekunden des nachdenklichen Schweigens. »Ich würde diese Theorie zumindest nicht ausschließen. Andererseits erscheint es mir aber auch nahezu unmöglich, dass sich jemand ein so langes Schwert selbst in den Oberkörper rammen kann.«

»Du glaubst also vielmehr, dass die Toten allesamt Opfer sind?«

»Wie ich gerade sagte, ein erweiterter –«

»Ja, schon gut, mir ist klar, worauf du hinauswillst«, unterbrach Kregel ihn. »Allerdings bin ich mir ziemlich sicher, dass du bereits in eine bestimmte Richtung tendierst.«

»Zum jetzigen Zeitpunkt schließe ich natürlich gar nichts aus«, sagte Jan unbeeindruckt. Für einen Moment hatte er das Gefühl, als wolle Kregel ihn testen. Weshalb sonst drängte er ihn dazu, jetzt bereits eine erste Einschätzung vorzunehmen? »Was mich erst einmal wundert«, schob er hinterher, »ist die Tatsache, dass beide Frauen nur mit Unterwäsche bekleidet sind.«

Kregel runzelte die Stirn und sah sich um.

»Gestern Nacht war Sommersonnenwende«, fuhr Jan fort.

»Es ist bekannt, dass der Gipfel des Velmerstot durchaus Menschen anzieht, die sich für Mystik und Rituale interessieren.«

»Verstehe, worauf du hinauswillst.«

»Das Wichtigste ist in erster Linie, herauszufinden, um wen es sich bei den Toten überhaupt handelt. Sonst spekulieren wir leider nur im luftleeren Raum. Ich würde mich jetzt gerne noch ein wenig hier umsehen.«

Kregel nickte. Dann wandte er sich ab und ging in Richtung Lara, die etwas abseits stand und mit Nolte redete.

Jan ließ seinen Blick schweifen. Ihn hielt nichts von dem, was er sah, auch nur eine Sekunde länger hier. Er hatte vor allem einen Vorwand gesucht, das Gespräch mit Kregel zu beenden.

Sein Blick fiel plötzlich auf den Obelisken, der nur wenige Meter von der männlichen Leiche entfernt stand. Er trat näher an den Sandstein heran, der etwas kleiner als er selbst war, und las gedankenverloren die eingravierten Worte: »Komm gern zu mir, doch schone mich, denn alles hier geschah für Dich.«

Jan wiederholte den Satz noch einmal leise für sich. Obwohl es ihm nicht gelang, aus diesen Worten einen tieferen Sinn abzuleiten, blieb die Botschaft in ihm hängen.

Im nächsten Augenblick hallte Cengiz' tiefe Stimme durch die warme Sommerluft. »Kommt mal her!«, rief er. »Ich glaube, ich habe etwas gefunden.«

Subkulturen

Jan musste unwillkürlich lächeln, als er den Besprechungsraum des Kriminalkommissariats 11 betrat, das für Todesermittlungen, Sexualdelikte und häusliche Gewalt zuständig war und sich auf der zweiten Etage des Bielefelder Polizeipräsidiums befand. Ein bitteres Lächeln, weil ihm in diesem Moment wieder einfiel, dass die erste Sitzung im Rahmen der letzten großen Ermittlung, in die er eingebunden gewesen war, ebenfalls an einem Samstagnachmittag stattgefunden hatte. Es war der Tag gewesen, nachdem er von der Tournee mit seiner Band zurückgekehrt war. Die Stimmung im Team war damals aus auf den ersten Blick unerfindlichen Gründen am Tiefpunkt gewesen. Es herrschten Misstrauen und Egoismus und taktische Spielchen, vorgelebt von Vera, der damaligen Leiterin des KK 11. Kein Vergleich zu der Zeit vor Jans Sabbatjahr.

Immerhin hatte Ben Kregel es in den vergangenen Monaten geschafft, dieses vergiftete Klima unter den Kollegen durch viele Einzelgespräche und Teambuildingmaßnahmen zu verbessern. Einzig Kai Stahlhut schien das alles nicht zu interessieren. Er agierte noch immer wie ein Bulldozer im Blindflug. Als habe sich die Welt ausschließlich um ihn zu drehen.

Jan lächelte allerdings auch noch aus einem anderen Grund. So grauenhaft und verstörend die Bilder auf dem Velmerstot vorhin auch gewesen waren, er war tatsächlich froh darüber, wieder mit dem Team gemeinsam an einem Fall arbeiten zu können.

Lara saß allein an dem großen Besprechungstisch und nippte an ihrem Becher Kaffee. Sie hatten vorhin nur kurz miteinander gesprochen. Ausschließlich über das, was auf dem Velmerstot passiert war. Nichts Persönliches, obwohl Jan sie allzu gern gefragt hätte, wie es ihr ging. Er wusste nicht, ob sie die Sache mit ihrem Freund in Hamburg bereits geklärt, ihre Beziehung vielleicht sogar schon beendet hatte, so wie er es ihr durch die

Blume geraten hatte. Aber für ein solches Gespräch war nicht der richtige Moment.

Einige Minuten später saß das komplette Team der Mordkommission am Tisch und wartete darauf, dass Kregel das Wort ergriff. Er hatte als Letzter den Raum betreten und blätterte seitdem einige Unterlagen durch. Jan blickte in die Gesichter seiner Kolleginnen und Kollegen. Niemand verzog auch nur eine Miene. Selbst Stahlhut hatte sich bislang zurückgehalten. Vielleicht hatte Kregels Ansprache heute Morgen auf dem Velmerstot ja doch etwas bei ihm bewirkt.

»In Ordnung.« Kregel räusperte sich und blickte nun in die Runde. »So wie es aussieht, haben wir bereits ein paar Informationen über die Opfer vorliegen. Aus den persönlichen Gegenständen, die Cengiz gefunden hat, konnten wir so einiges schließen. Bettina hat vorhin eine erste Verifizierung vorgenommen, die ergeben hat, dass die gefundenen Personalausweise und wahrscheinlich somit auch die übrigen Gegenstände den Opfern gehört haben. Demnach handelt es sich bei dem männlichen Toten um einen achtundvierzigjährigen Mann aus Lage. Sein Name ist Christoph Brok.«

Kregel nahm einen Zettel in die Hand und las das Folgende ab. »Ledig, weder Kinder noch Geschwister. Soweit wir wissen, leben auch seine Eltern nicht mehr. Er war zuletzt Inhaber eines Geschäfts für Fantasy- und Mangaliteratur, Rollen- und Brettspiele sowie allerlei Zubehör. Vorher hat er lange Zeit als Business- und Mental-Coach gearbeitet. Bei den beiden Frauen handelt es sich um die dreißigjährige Anna Laukötter und die neunundzwanzigjährige Michelle Möller, wohnhaft in Oerlinghausen beziehungsweise Leopoldshöhe. Details über familiäre oder berufliche Verhältnisse liegen uns momentan aber noch nicht vor.«

»Rollenspiele und Fantasy?«, wiederholte Jan fragend.

»Ja.« Kregel nickte und stand auf. Er trat neben das Whiteboard und nahm einen der schwarzen Stifte in die Hand. Dann schrieb er den Namen »Christoph Brok« auf. »Als ich vorhin gelesen habe, dass Brok dieses Geschäft geführt hat, musste ich sofort an deine Worte von vor ein paar Stunden denken. Die Kombination aus Mittsommernacht, Fundort und beruflicher Tätigkeit Broks könnte einen ersten Hinweis liefern, weshalb sich die drei gestern Abend überhaupt auf dem Lippischen Velmerstot aufgehalten haben. Dazu kommen weitere Details, die ebenfalls in eine gewisse Richtung zeigen könnten.«

»Okkulte Rituale in OWL«, stieß Stahlhut laut aus.»Darauf willst du doch hinaus.«

»Noch reden wir über nichts Konkretes«, sagte Kregel.»Weil wir im Grunde auch noch gar nichts wissen. Und um von okkulten Ritualen zu sprechen, wie du es nennst, ist es noch etwas zu früh. Gleichwohl könnte es durchaus sein, dass die drei aus einem ganz bestimmten Grund auf dem Velmerstot gewesen sind, und nicht bloß, um zu wandern.«

»Sprich doch aus, was wir alle gesehen haben«, entgegnete Stahlhut.»Die wollten ungestört zu dritt ein wenig die Natur genießen. Mit allem, was dazugehört.«

»Ich hatte gehofft, du würdest dich etwas zurückhalten, nachdem ich heute Morgen mit Jan und dir gesprochen habe. Aber offenbar musst du deine unqualifizierten Kommentare einfach unentwegt loswerden.« Kregels Stimme wurde scharf. »Eines sollte dir aber klar sein: Niemand hier findet das lustig, und die Rückendeckung, die du bei meiner Vorgängerin gehabt hast, werde ich dir nicht länger geben. Ich habe es dir mehrfach im persönlichen Gespräch gesagt und wiederhole es jetzt noch einmal hier vor allen: Entweder du hältst dich in Zukunft zurück und benimmst dich kollegial wie alle anderen im Team, oder ich muss mir Gedanken machen, welche Aufgaben ich dir in Zukunft noch gebe. Einen Querulanten im Team kann ich jedenfalls nicht gebrauchen, vor allem nicht, wenn wir es mit einem schwierigen Fall wie diesem zu tun haben.«

»Das haben schon viele gesagt«, antwortete Stahlhut.»Und am Ende sind sie eingeknickt und mussten mir doch recht geben. Ich mache nichts anderes, als auszusprechen, was die meisten denken. Nur dass es eben etwas radikaler klingt, weil ich einfach kein Blatt vor den Mund nehme. Aber nichts daran ist falsch oder ein Grund, mich aus dem Team zu schmeißen. Du kannst mir nicht den Mund verbieten. Wo kämen wir denn hin, wenn ich meine Meinung nicht mehr sagen dürfte!«

»Du sagst nicht deine Meinung, du willst uns lediglich provozieren«, warf Jan unaufgeregt ein. »Ich sehe das als unsere Herausforderung an, damit umgehen zu müssen.«

»Ihr könnt mich natürlich ausgrenzen, gar kein Problem«, sagte Stahlhut mit verschränkten Armen. »Aber vielleicht wäre es besser, wenn ihr manchmal auf mich hören würdet.«

»Das ist das Letzte, was wir wollen. Ich denke und hoffe, dass ich damit für alle spreche. Solange du das Team eher sprengst als unterstützt, möchten wir uns einfach gar nicht mehr mit dir beschäftigen. Sofern möglich, ignorieren wir dich ganz einfach.«

»Es wäre schön, wenn wir jetzt auf den eigentlichen Grund unserer Besprechung zurückkommen«, warf Bettina Begemann ein. Sie war die Jüngste im Team und neben Cengiz die Kollegin, mit der Jan am engsten zusammenarbeitete. »Niemand hier hat Lust auf Kais blödsinnige Sprüche.«

»Hört, hört.«

»Du beweist wirklich mit jedem deiner Worte, dass du nicht zum Team gehören willst. Warum gehst du nicht einfach zurück nach Herford und kümmerst dich dort darum, dass alles läuft? Wir kommen gut ohne dich zurecht.«

»Schluss jetzt!« Mit einer Handbewegung brachte Kregel Bettina zum Schweigen. »Kai gehört zu unserem Team, und wenn er sich an die Regeln hält, wird das auch so bleiben. Ich erwarte, dass ihr vernünftig miteinander arbeitet.« Er ließ seinen Blick über die Gesichter kreisen und schien sich zu sammeln. »Wir sitzen hier zusammen, weil wir über das reden müssen, was gestern Abend oder vergangene Nacht passiert ist«, sagte er schließlich und sah auf seine Unterlagen.

»Der abschließende Bericht der Rechtsmedizin liegt natürlich noch nicht vor, aber wir haben bereits eine erste Einschätzung, und die ist einigermaßen eindeutig. Dr. von Allwörden schreibt, dass es äußerst unwahrscheinlich ist, dass sich das männliche Opfer mit dem Schwert selbst getötet hat. Vielmehr geht sie davon aus, dass eine dritte Person die Morde begangen hat. Ich betone allerdings noch einmal, dass das nicht der finale Bericht ist, sondern eine vorläufige Stellungnahme.«

»Wir müssen uns auch die Tatwaffe vornehmen«, warf Lara ein. »Das Schwert lässt vielleicht Rückschlüsse auf den Täter zu.«

»Oder die Täterin«, ergänzte Kregel. »Aber du hast natürlich vollkommen recht. So eine Waffe kauft man nicht beim Händler um die Ecke. Wir müssen herausfinden, wo so etwas erhältlich ist und wer überhaupt in dessen Besitz kommen darf. Außerdem sollten wir in Betracht ziehen, dass die akkurate Anordnung der beiden Köpfe vielleicht eine tiefere Bedeutung haben könnte.«

»Ihre Augen waren in Richtung des Mannes gerichtet«, sagte Lara. »Ich denke, es sollte symbolisiert werden, dass sie sich den Tod von Christoph Brok gewissermaßen ansehen mussten.«

»Möglich.« Kregel klang nachdenklich und noch nicht überzeugt.

»Was wissen wir eigentlich über diese beiden Frauen, die die Opfer gefunden haben?«, fragte Jan.

»Offenbar zwei ältere Wanderinnen, die die Morgenstimmung auf dem Velmerstot erleben wollten. Wir hatten ihnen unsere polizeipsychologische Betreuung angeboten, aber sie haben es vorgezogen, sofort nach Hause zu fahren. Laut eigener Aussage haben sie am Tatort nichts berührt, sondern uns sofort verständigt.«

»Kennt jemand diesen Laden von Christoph Brok? Bettina, du vielleicht?« Cengiz blickte seine Kollegin an, als würde er tatsächlich erwarten, dass sie dort Stammkundin war.

»Kennst du überhaupt die Unterschiede zwischen einzelnen Subkulturen?«, fragte Bettina provokant. »Ich komme vom Punk, mit Mangas und Fantasy hatte ich nie was am Hut.«

»Schon gut«, sagte Cengiz beschwichtigend. »War ja nicht ganz ernst gemeint. Aber klar ist, dass wir, wie vorhin schon erwähnt, so schnell wie möglich herausfinden müssen, ob es zwischen dem, was Brok beruflich gemacht hat, und dem, was letzte Nacht passiert ist, irgendeinen Zusammenhang gibt.«

»Vollkommen richtig«, stimmte Kregel zu. »Jan und Cengiz, legt bitte fest, wer sich um was kümmert. Wir müssen alles über Brok wissen. Auch über die Tatwaffe müssen wir mehr erfahren. Und versucht bitte, so viel wie möglich über die beiden weiblichen Opfer herauszufinden. Was sie beruflich gemacht haben, in welchem Verhältnis sie zu Brok standen, ob sie in Beziehungen gelebt haben oder was auch immer. Ich würde gerne so schnell wie möglich wissen, was die drei dort oben auf dem Gipfel des Velmerstot gemacht haben. Sie hatten mehr vor, als sich nur den Sonnenunter- und -aufgang in der Mittsommernacht anzusehen. Denn das, was Cengiz gefunden hat, ist ziemlich eindeutig.«

Kregel schien auf die Details des Funds nicht eingehen zu wollen. Alle im Raum waren selbst auf dem Velmerstot vor Ort gewesen. Außerdem war einiges von dem, was Brok und die beiden Frauen offenbar geplant hatten, so unangenehm, dass Kregel es anscheinend nicht offen thematisieren wollte.

Jan hatte den Inhalt der beiden großen Rucksäcke genau vor Augen. Zumindest die Decken waren unverdächtig gewesen, aber dann waren die Fetisch-Kleidung und das unzweifelhafte Equipment zum Vorschein gekommen. Neben einigem Sex-Spielzeug, das offenbar zur Kategorie Sadomaso gehörte, waren auch zwei GoPro-Kameras dabei gewesen. Noltes Leute hatten bereits überprüft, ob sich verwertbares Material auf den Kameras befand, aber offenbar waren die Speicherkarten leer.

»Ich befürchte, dass wir das Wochenende wohl durcharbeiten müssen«, redete Kregel weiter. »Jedenfalls können wir nicht bis Montagmorgen mit weiteren Ermittlungen warten. Zumal wir morgen früh eine Pressekonferenz geben müssen. Die Berichterstattung dürfte äußerst unangenehm werden. Die ersten Artikel sind online. Auf den einschlägigen Social-Media-Kanälen geht bereits die Post ab.«

»Dann schlage ich vor, dass wir sofort loslegen.« Jan stand auf und beugte sich über den Tisch, wobei er sich mit beiden Händen abstützte. »Cengiz und ich setzen uns gleich zusammen und erstellen einen Plan, wer sich worum kümmert. Bis dahin könnt ihr schon mal alles über Brok und die Frauen zusammentragen, was ihr findet.«

Sein Blick wanderte von links nach rechts und wieder zurück. Nur Stahlhut sah er dabei nicht in die Augen. Der machte allerdings sofort mit einem Räuspern auf sich aufmerksam.

»Verratet ihr mir auch, wen ich mir vorknöpfen soll?«

»Da ich euch Streithähne aktuell nicht zusammenarbeiten lassen möchte, wirst du dich aus dieser Angelegenheit komplett heraushalten«, antwortete Kregel. »Zumindest solange wir nicht gezwungen sind, noch mehr Leute für diese Ermittlungen abzustellen.«

»Verstehe, ich werde hier als Neuer also anders behandelt als die Alteingesessenen. Hätte nicht gedacht, dass ich Vera so vermissen würde.«

»Wenn ich dich daran erinnern darf, bin auch ich neu hier«, sagte Lara entschieden. »Und trotz einiger Anfangsprobleme habe ich keineswegs das Gefühl, dass hier ein Unterschied zwischen Alteingesessenen und neuen Kollegen gemacht wird. Könnte also sein, dass es doch einfach nur an dir selbst und deiner ziemlich unangenehmen Art liegt.«

Jan blickte seine Kollegin überrascht an. Das hatte gesessen. Wenn er nicht ohnehin schon ein wenig verliebt in sie gewesen wäre, dann wohl jetzt. Während Kregel die Besprechung kurzerhand für beendet erklärte und die anderen am Tisch aufstanden, sah er Lara noch immer fasziniert hinterher.

Schließlich verließ auch Jan den Raum. Allerdings mit dem festen Vorsatz, Lara noch auf dem Flur abzufangen und sie um eine Wiederholung ihres Dates zu bitten. Vielleicht sogar noch heute Abend.

Als er auf den lang gezogenen Gang trat und Lara am Kaffeeautomaten erkannte, spürte er plötzlich sein Herz schlagen. So heftig wie schon lange nicht mehr.

Ritual Worlds

Jans Erinnerungen an Lage waren ziemlich verschwommen. Vor über zwanzig Jahren, mit achtzehn, hatte er eine zwei Jahre jüngere Freundin gehabt, die dort bei ihren Eltern gewohnt hatte. Damals war er meistens mit dem Zug von Herford nach Lage gefahren. Eine Zeit, die ihm jetzt wieder seltsam präsent war und andererseits doch so weit weg, dass er Probleme hatte, sich das Gesicht dieser Frau vor Augen zu rufen. Dieses Mädchens, korrigierte er sich.

Lage war größer, als er es erinnerte, fuhr es ihm durch den Kopf, als Cengiz und er durch die Innenstadt fuhren. Jedenfalls war eine gewisse Infrastruktur vorhanden. Sie parkten in der Schulstraße schräg gegenüber von Christoph Broks Laden.

Bevor er losgefahren war, hatte sich Jan den Namen des Geschäfts geben lassen und unweigerlich an die Besprechung mit den Kollegen vor knapp zwei Stunden zurückdenken müssen. »Ritual Worlds« hieß das Geschäft. Stahlhut war es gewesen, der flapsig über einen Ritualmord spekuliert hatte. Ausgerechnet Stahlhut.

Jan war von einer Art Spielwarengeschäft für Erwachsene ausgegangen, wo Fantasy-Bücher, Brett- und Rollenspiele für irgendwelche Nerds verkauft wurden, aber »Ritual Worlds« hörte sich nach wesentlich mehr an.

Cengiz und er blieben vor dem verschlossenen Laden stehen und sahen sich um. Fast alle anderen Geschäfte Lages hatten an diesem Samstagabend ebenfalls geschlossen, immerhin war es bereits kurz nach achtzehn Uhr. Da der Inhaber dieses Ladens vor wenigen Stunden verstorben war, war es aber ohnehin wenig überraschend, dass er nicht geöffnet hatte.

Die beiden betrachteten das kleine Schaufenster und die wenigen ausgestellten Exponate darin. Eine lebensgroße männliche Puppe mit einem samtenen Umhang. Darunter versteckte sich offenbar ein großes Schwert.

Es war in etwa so groß wie das, was in Christoph Broks Oberkörper gesteckt hatte, erinnerte sich Jan. Aber es sah anders aus. Während dieses hier verspielter und geschwungener war und eher wie ein Degen wirkte, hatte die Tatwaffe auf dem Velmerstot wie die eines Ritters aus dem Mittelalter ausgesehen.

»Ich denke, wir werden hier wohl auf niemanden treffen«, sagte Jan schließlich. »Gut möglich, dass dieser Brok den Laden ganz allein geführt hat.«

»Dann machen wir es so wie besprochen«, sagte Cengiz mit gewohnter Deutlichkeit in der Stimme. »Kregel hat uns die Erlaubnis gegeben. Worauf warten wir also noch?«

»Es wäre klüger, wenn wir warten, bis der Durchsuchungsbeschluss offiziell vorliegt. Oder wenigstens, bis Noltes Leute hier sind und den Laden weiträumig abgesichert haben. Aber man muss sich ja nicht immer klug verhalten.«

Er nickte Cengiz zu. Als Zeichen, sich unerlaubterweise Zutritt zum Laden zu verschaffen. Cengiz war auf diesem Gebiet der Beste, den er kannte. Mit einem Gefühl in den Fingern, das mit Sicherheit auch eine Karriere als professioneller Langfinger ermöglicht hätte.

Keine dreißig Sekunden später standen die beiden bereits in dem kleinen Verkaufsraum des »Ritual Worlds« und blickten auf ein Sammelsurium aus Fantasy-Brettspielen, Büchern und Comics, Masken und Kostümen, Waffen, die, wie Jan hoffte, nicht echt waren, und allerhand seltsam anmutenden, größtenteils mittelalterlich aussehenden Gegenständen, deren Sinn sich Jan fürs Erste nicht erschloss.

»Genau so habe ich es mir vorgestellt«, sagte er nach einer Weile. »Als ich achtzehn oder neunzehn war, hatte ich ein paar Freunde, die jedes Wochenende mit Rollenspielen verbracht haben. Das waren eigentlich ganz nette Typen, aber irgendwie auch ziemlich schräge Vögel. Ich schätze mal, dass dieser Laden genau solche Leute anspricht.«

»Warum wundert es mich nicht, dass du mit solchen Freaks abgehangen hast?«

»Das waren nicht nur Freaks«, entgegnete Jan. »Einige von

ihnen hatten die hübschesten Mädels am Start, aber an den Wochenenden wollten sie einfach mit ihren Kumpels in andere Welten abtauchen, statt in die Disco zu gehen.«

»Ich kannte auch solche Typen«, sagte Cengiz. »Die waren mir immer suspekt. Meine Befürchtung war, dass die irgendwann nicht mehr zwischen ihren Rollenspielen und der Realität unterscheiden können.«

»Wenn ich daran denke, was wir da heute Morgen gesehen haben, liegst du mit deiner Befürchtung wahrscheinlich nicht allzu falsch. Trotzdem passiert so eine Tat nicht einfach so. Es muss irgendetwas Einschneidendes geschehen sein, dass Brok und die beiden Frauen sterben mussten.«

Sein Finger glitt über einige Buchrücken in dem Regal zu seiner Linken. Jan runzelte die Stirn, als er einzelne Wörter der Buchtitel las. Reinkarnation. Palingenese. Wiedergeburt. Seelenwanderung.

Plötzlich war ein Poltern aus den hinteren Räumlichkeiten zu hören. Da war offenbar jemand, der durch ihren unerlaubten Einstieg in den Laden aufgeschreckt worden war. Jan und Cengiz sahen sich einen kurzen Augenblick lang in die Augen, dann stürmten beide los.

Sie folgten dem Geräusch durch einen schmalen Flur in den hinteren Bereich des Hauses, bis sie schließlich in einer Art Lagerraum standen. Und vor ihnen eine Frau, die Jan auf Mitte dreißig schätzte. Sie war offensichtlich außer Atem, versuchte das jedoch zu verbergen.

»Was wollen Sie hier?«, fragte die Frau so ruhig wie möglich.

Jan brauchte einige Sekunden, um zu verstehen, weshalb sie so ängstlich war. Falls sie hier arbeitete, hielt sie ihn und Cengiz womöglich für Einbrecher. Oder sie wusste bereits, dass Brok tot war, und befürchtete, jetzt auch in Gefahr zu sein. Jedenfalls war sie in Panik.

»Wir sind von der Kripo Bielefeld.« Cengiz zückte seinen Dienstausweis und hielt ihn hoch. »Sagen Sie uns bitte, wer Sie sind?«

»Welche Rolle spielt das?«

»Die Fragen stellen wir«, antwortete Cengiz unbeeindruckt.

»Haben Sie etwas mit diesem Laden zu tun?«

»Natürlich habe ich das.« Die Frau war ungehalten. »Weshalb sollte ich sonst hier sein?«

»Also arbeiten Sie hier?«

»Auch.«

»Auch? Was denn noch?«

»Ich wohne hier in diesem Haus.«

Cengiz und Jan tauschten einen flüchtigen Blick. Beide hatten offenbar denselben Gedanken.

»Verstehen wir richtig, Sie und Christoph Brok haben gemeinsam hier gelebt?«

»Wir waren zusammen.«

Jan erkannte, dass die Frau, deren Namen sie noch immer nicht wussten, ihre Tränen nur schwer unterdrücken konnte. Offenbar wusste sie, dass Brok tot war. Ihm kamen die Dinge aus den Rucksäcken von Brok und den Frauen, die sie auf dem Velmerstot gefunden hatten, in den Sinn. Und die spärliche Bekleidung der Opfer. Wenn Brok eine Partnerin gehabt hatte, mussten sie die ganze Situation neu bewerten. Wobei sie bislang ohnehin noch keine Schlussfolgerungen hatten ziehen können.

»Verraten Sie uns bitte Ihren Namen.« Jan gab sich zurückhaltender als Cengiz. Mit etwas mehr Empathie, hoffte er.

»Tun Sie doch nicht so, als wüssten Sie nicht längst Bescheid«, antwortete die Frau noch immer trotzig. »Christoph und der Laden waren mein Leben. Und jetzt ist alles vorbei. Zerstört von irgendeinem Verrückten.«

»Ihr Name?«, drängte Jan vorsichtig.

Die Frau schwieg. Jan spürte, dass er allmählich die Geduld verlor.

»Meines Wissens haben wir Sie nicht über den Tod Ihres Lebensgefährten informiert. Woher wissen Sie überhaupt davon?«

»Seit heute Mittag läuft keine andere Meldung mehr in den Nachrichten.«

»Es wurden keinerlei Namen genannt«, sagte Cengiz scharf.

»Glauben Sie ernsthaft, es spricht sich nicht sofort herum, wenn so etwas passiert? Ich wusste es wahrscheinlich schon vor Ihnen.«

»Dann dürfte es wahrscheinlich auch kein Problem für Sie sein, uns zu verraten, wer Ihnen die Namen der Opfer genannt hat.«

»Natürlich nicht, aber vielleicht will ich das gar nicht. Sie haben nicht verhindern können, dass Christoph ums Leben gekommen ist. Wieso sollte ich jetzt ausgerechnet mit Ihnen zusammenarbeiten?«

»Moment mal.« Jetzt reichte es auch Jan. »Würden Sie uns bitte verraten, wie Sie das meinen? Wie hätte die Kripo Ihren Lebensgefährten davor schützen sollen, was passiert ist? Wenn es im Vorwege irgendwelche Anzeichen gegeben hat, von denen Sie womöglich wussten …« Jan brach seinen Satz ab, als ihm klar wurde, dass die Frau ihn offensichtlich nur provozieren wollte. Ob mit voller Absicht oder aus Unsicherheit und Trauer um Christoph Brok, konnte er noch nicht einschätzen.

Er beobachtete sie und versuchte zu verstehen, wen er da vor sich sah. Die Frau passte zu dem, was er vorne im Laden gesehen hatte. Sie trug komplett schwarze Kleidung. Eine enge Kunstlederhose und Schnürstiefel mit Absatz. Obenrum einen ebenfalls eng anliegenden Pullover mit tiefem V-Ausschnitt. Obwohl eigentlich überhaupt nicht sein Typ, fand er sie auf gewisse Weise attraktiv. Sie war schlank und ihr nur dezent blass geschminktes Gesicht hübsch. Aber vor allem ihre Frisur stach ins Auge. Die schwarz gefärbten Haare hatte sie zu einem hohen Zopf gebunden. An den Seiten waren die Haare bis auf wenige Millimeter Ansatz komplett abrasiert.

Jan musste an frühere Zeiten denken. Wenn er sich an Tagen, an denen nur Dark Wave und Gothic gespielt wurde, ins Bielefelder PC 69 oder in die Herforder Großdisco Kick verirrt hatte. Dort waren er und sein bester Freund Philipp die Einzigen gewesen, die keine schwarze Kleidung getragen hatten. Sie hatten gleichermaßen fasziniert wie verständnislos den schwingenden Tanzbewegungen der Gothic-Anhänger zugesehen.

Er hatte keinen Zweifel daran, dass die Frau, die vor ihnen stand, ebenfalls dieser Szene angehörte. Und wenn er an die Bilder auf dem Velmerstot dachte, war er sich auch sicher, dass die drei Toten ähnliche optische Merkmale aufgewiesen hatten. Auch wenn sie nur wenig Kleidung getragen hatten.

»Angenommen«, setzte Jan wieder an, »Sie und Christoph Brok waren ein Paar –«

»Warum stellen Sie das in Frage?«, unterbrach ihn die Frau rüde. »Glauben Sie mir etwa nicht?«

»Doch, natürlich. Aber umso wichtiger ist es, dass Sie uns bei unseren Ermittlungen helfen. Wie Sie sich vorstellen können, haben wir jede Menge Fragen.«

»Die habe ich auch«, entgegnete sie knapp.

»Nennen Sie uns doch am besten erst einmal Ihren Namen. Das wäre ein guter Anfang für eine vernünftige Zusammenarbeit. Wir werden ihn ohnehin herausfinden.«

»Ich sage gar nichts«, blieb die Frau stur. »Verschwinden Sie jetzt einfach von hier. Haben Sie überhaupt einen Durchsuchungsbeschluss oder so etwas?«

»Glauben Sie etwa, wir verschaffen uns hier ohne offizielle Erlaubnis einfach so Zutritt?« Cengiz sprach so überzeugend, dass die Frau augenblicklich einen Schritt zurücktrat. »Wenn Sie sich weiter querstellen, werden wir Sie direkt mit aufs Präsidium nehmen. Dort werden wir uns dann ganz in Ruhe mit Ihnen unterhalten.«

»Und weshalb? Ich wüsste nicht, was Sie dazu berechtigt.«

»Ihr Lebensgefährte wurde umgebracht«, sagte Jan eindringlich. »Genau wie zwei Frauen, über die wir noch so gut wie gar nichts wissen. In welcher Beziehung standen die beiden zum Beispiel zu Christoph Brok? Vielleicht könnte der Verdacht auf Sie fallen, diese Tat begangen zu haben.«

»Wie bitte? Ist das Ihr Ernst?« Sie schüttelte den Kopf und lächelte bitter. Im Zusammenspiel mit der Unsicherheit und Angst, die sie noch immer ausstrahlte, wirkte sie in diesem Augenblick verletzlich. Aber ihre Haltung blieb angriffslustig.

»Sie wollen uns also gar nichts sagen?«, bohrte Jan weiter.

»Sie wollen nicht dabei helfen, den Tod Ihres Partners aufzuklären? Bleibt es dabei?«

»Sie wissen nichts über mich«, blaffte die Frau zurück. Für einen Moment hatte Jan das Gefühl, sie würde in Tränen ausbrechen. »Ich werde auch nichts sagen. Da müssen Sie mich schon unter Zwang hier herausschleppen.«

Jan und Cengiz tauschten erneut Blicke. Cengiz wirkte irgendwie abwesend. Offenbar hatte auch er keine Idee mehr, wie sie wichtige Informationen noch herauskitzeln könnten.

»Schade«, sagte Jan schließlich. »Dann werden wir –«

»Natürlich!«, platzte Cengiz unvermittelt heraus. »Diana Spies.«

Jan sah ihn überrascht an.

»Ich habe schon die ganze Zeit das Gefühl gehabt, dass wir uns kennen, und jetzt gerade ist es mir wieder eingefallen. Ist schon ein paar Jahre her, damals haben Sie noch in Bad Salzuflen gelebt. Und vor allem waren Sie noch blond und sahen auch sonst etwas anders aus.«

»Ich weiß nicht, wovon Sie sprechen«, antwortete die Frau.

»Doch, das wissen Sie genau. Schließlich haben Sie sich damals selbst bei der Polizei gemeldet. Sie haben Ihren damaligen Freund angezeigt. Ich kann mich noch genau an unser Treffen erinnern. Wir mussten einen Notarzt rufen, weil wir vermuteten, dass Ihre Verletzungen nicht nur äußerlicher Art waren.«

»Schön, dann wissen Sie jetzt, wer ich bin. Trotzdem werde ich Ihnen nicht helfen.«

»Wir haben Ihnen damals aber sehr wohl geholfen«, entgegnete Cengiz. »Ihr Freund wurde noch an demselben Tag festgenommen.«

»Einen Scheißdreck haben Sie«, brach es aus Diana Spies hervor. »Dieser Typ hat mich kaputt gemacht. Selbst aus dem Knast heraus hat er mir nicht nur gedroht, sondern mir seine widerlichen Kumpel auf den Hals gehetzt. Niemand hat mich vor diesem Psychopathen geschützt.«

»Davon höre ich zum ersten Mal.« Cengiz hob entschuldigend die Hände.

»Wie auch immer«, sagte Jan. »Irgendwann sind Sie jedenfalls offenbar von Ihrem Ex-Freund losgekommen und haben hier in Lage ein neues Leben begonnen. An der Seite von Christoph Brok. In diesem Haus und dem ›Ritual Worlds‹. Ist das richtig?«

»Sie können es noch so oft versuchen, ich werde nichts über Christoph und uns beide sagen.«

»Weshalb nicht?«

»Weil es Sie nichts angeht.«

»Das dürfte die Staatsanwaltschaft wahrscheinlich anders sehen.« Jan blieb ruhig. »Bei einem solchen Verbrechen werden Sie sich einer Befragung oder einer Vernehmung nicht entziehen können.«

»Wir werden sehen.« Diana Spies zuckte mit den Schultern.

»Wer sind die beiden getöteten Frauen, mit denen Christoph Brok vergangene Nacht auf dem Velmerstot gewesen ist?«, probierte Jan es noch einmal. »Wir kennen die Namen, aber in welchem Verhältnis standen sie zu Brok? Haben Sie eine Ahnung?«

»Schluss jetzt!«, sagte Diana Spies plötzlich wieder aufgebracht. »Lassen Sie mich mit meiner Trauer um Christoph endlich allein. Ich habe hier noch ein paar Dinge zu erledigen, und dann muss ich dringend etwas schlafen.«

»Werden Sie hier in der Wohnung über dem Laden schlafen?«

»Das weiß ich noch nicht.«

»Was käme denn sonst in Frage?«

»Ich habe genügend Möglichkeiten.«

»Sicher«, sagte Jan.

Er zögerte. Obwohl die dringlichsten Fragen noch immer unbeantwortet waren, sah er im Moment keinen Sinn mehr darin, heute Abend noch länger mit dieser Frau zu sprechen. Sie hatte sich dazu entschieden, vorerst zu schweigen. Das würden sie ihr aber nicht lange durchgehen lassen. Spätestens Montagmorgen würden sie sie aufs Präsidium vorladen.

»Wir brauchen eindeutige Angaben«, kam Cengiz ihm zu Hilfe. »Wo können wir Sie in den nächsten Tagen antreffen?«

»Wie eben schon gesagt, das weiß ich noch nicht.«

»Dann geben Sie uns jetzt bitte Ihre Telefonnummer.«

Es dauerte einige Augenblicke, bis Diana Spies sich durchgerungen hatte, ihre Nummer herauszurücken. Jan und Cengiz speicherten sie auf ihren Handys ab. Während Cengiz bereits zurück in den Verkaufsraum ging, wählte Jan die eben gespeicherte Nummer.

Sofort hörte er einen Freiton in der Leitung. Aber das Telefon in Diana Spies' Hand klingelte nicht. Nach einigen Sekunden meldete sich eine ältere Männerstimme. Jan legte auf.

»Es hätte mich auch gewundert, wenn Sie plötzlich kooperieren und uns einfach Ihre Nummer geben.« Jan trat auf die Frau zu und fixierte sie.

»Ich habe keine Ahnung, wovor Sie Angst haben. Oder was Sie zu verschweigen haben. Warum Sie uns nicht helfen wollen, den Tod Ihres Partners und der beiden Frauen aufzuklären. Aber wir werden es herausfinden, auch ohne Ihre Hilfe. Sie sollten sich auf jeden Fall darauf vorbereiten, dass wir Sie in Kürze aufs Präsidium in Bielefeld vorladen werden. Wir werden sogar so nett sein und Sie abholen. Und wir werden Sie finden, egal wo Sie heute Nacht schlafen. Ich kann allerdings nicht versprechen, dass wir dann noch so nachsichtig sein werden wie heute.«

Jan holte tief Luft, dann setzte er erneut an. »Wir sehen uns jetzt noch ein wenig im Laden um. Vielleicht finden wir dort einen Hinweis, der uns hilft. Bitte fassen Sie hier nichts mehr an. Die Kriminaltechniker sind auf dem Weg und werden hier in Kürze alles absperren.«

Er nickte ihr mit ernster Miene zu, bevor auch er sich von ihr abwandte.

Seine Hoffnung, sie vielleicht doch noch zum Reden gebracht zu haben, erfüllte sich jedoch nicht. Wortlos ließ Diana Spies die beiden gehen.

Knochenbrecher

Als sie die Tür öffnete und ihn anlächelte, war ihm sofort klar, dass sie es bereits wusste. Das Lächeln überspielte die Skepsis und vermutlich sogar die Angst, die sie in diesem Augenblick empfand. Vielleicht nicht unbedingt direkt vor ihm. Aber zumindest vor der Ungewissheit darüber, was gestern geschehen war. »Gut, dass du da bist«, sagte sie mit leicht zitternder Stimme. »Komm rein.«

»Woher weißt du es?«, fragte er, nachdem er die Wohnung betreten und sich an den kleinen Tisch in der Küche gesetzt hatte.

»Wanda hat mich angerufen. Keine Ahnung, woher sie es schon wusste.«

»Wo ist sie jetzt?«

»Ich denke mal, zu Hause«, antwortete sie.

»Sie werden mit ihr sprechen.«

»Wer?«

»Die Bullen natürlich.«

»Da muss sie durch«, sagte sie vorsichtig. »Wie wir alle.«

»Ich werde vorher mit ihr reden, so wie wir es jetzt tun. Sie muss aufpassen mit dem, was sie sagt.«

»Ich verstehe nicht, was du meinst.« Sie schien verwirrt. »Was soll sie denn Falsches sagen?«

»Du verstehst es wirklich nicht«, antwortete er. Etwas zu abfällig, wie er selbst bemerkte. »Aber lassen wir das. Was glaubst du eigentlich, warum waren die drei gestern Abend oben auf dem Gipfel? Was haben sie vorgehabt? Wir hatten doch nichts besprochen.«

»Keine Ahnung.«

»Wirklich nicht?«

»Natürlich habe ich mir auch meine Gedanken gemacht, aber ich weiß es einfach nicht.«

»Weshalb werde ich das Gefühl nicht los, dass du mehr weißt, als du mir sagen willst?«

»Nein, das stimmt nicht. Wie kommst du denn darauf?«

»Als wüsste ich nicht Bescheid ...«, sagte er vielsagend und atmete mehrere Male tief durch. Er musste ruhig bleiben. Dass er sich innerlich aufregen würde, hatte er einkalkuliert. Eine schlechte Eigenschaft, aber er hatte gelernt, die Funktionen seines Körpers zu regulieren.

Nachdem er vor einigen Monaten verstanden hatte, was um ihn herum geschah, war er einige Tage lang außer sich vor Wut gewesen. Wäre am liebsten Amok gelaufen. Hatte sich letztlich doch wieder beruhigt und einen Plan geschmiedet.

Er hatte sich nicht einmal anmerken lassen, wie sehr es ihn belastete, was man ihm angetan hatte. Für ihn war alles zusammengebrochen, was er sich in den vergangenen Jahren aufgebaut hatte. Hintergangen und ausgenutzt von Menschen, denen er vertraut hatte. Die er überhaupt erst in diese Gruppe gebracht hatte. Denn ohne ihn hätte es ihren gemeinsamen Glauben an eine neue Welt gar nicht gegeben.

Jetzt waren Christoph, Anna und Michelle tot. Natürlich war da die Hoffnung, dass mit den anderen alles wieder so werden würde wie zu Beginn. Aber er war realistisch genug, um zu wissen, dass es ab jetzt nur noch schwieriger werden würde. Wofür sie standen und was sie taten, würde mit Sicherheit in die Öffentlichkeit gelangen. Er musste gewappnet sein und genau wissen, wen er in dieser Phase an seiner Seite haben wollte.

Ob Britta zum Beispiel diese Person war, konnte er noch immer nicht einschätzen. Er kannte sie nicht gut genug. Sie war erst vor zwei Jahren zu ihnen gekommen. Als letztes Mitglied ihrer Gruppierung. Er mochte sie, gleichwohl fiel es ihm schwer, sich ein Bild von ihr zu machen. Er hoffte, dass sie ehrlich zu ihm war. Aber konnte er ihr wirklich vertrauen? Was zum Teufel sollte er mit ihr machen?

Er rief sich in Erinnerung, dass auch sie sich von ihm abgewendet hatte. So wie alle in den vergangenen Wochen und

Monaten. Aber er würde ihr eine Chance geben. »Wann hat das angefangen?«, drängte er Britta unvermittelt.

Sie schüttelte den Kopf und stand auf. Ohne etwas zu sagen, drehte sie sich weg und trat an das kleine Küchenfenster.

»Wann?«, wiederholte er.

»Warum fragst du mich das?«

»Weil ich wissen will, was passiert ist. Wie es überhaupt so weit kommen konnte.«

»Ich bin nicht die Richtige, um dir das zu beantworten. Du weißt selbst, dass ich euch erst seit knapp zwei Jahren kenne.«

»Ja«, sagte er und klang nun deutlich nachdenklicher. »Natürlich weiß ich das. Christoph war so begeistert von dir, dass ich nicht lange gezögert habe, dich aufzunehmen.«

»Ich hoffe, du weißt, dass Christoph mir damals sehr geholfen hat. Ohne ihn wäre ich heute längst am Ende.«

»Und das bist du jetzt nicht mehr?«

»Doch, es geht mir schlecht«, antwortete Britta mit belegter Stimme. Bislang hatte sie ihre Trauer um den Tod der anderen noch einigermaßen überspielen können, doch jetzt schien es so, als bräche alles aus ihr heraus.

»Mir geht es auch nicht gut.« Er heuchelte Verständnis, spürte aber selbst, wie unbeholfen er klang. »Umso wichtiger ist es, zu verstehen, was passiert ist«, kam er zurück zum Wesentlichen. »Ich würde mich wirklich freuen, wenn du mir alles sagst, was du weißt. Über die letzten Wochen und Monate. Wer von uns steht auf welcher Seite? Wenn du etwas verschweigst, werden wir in große Schwierigkeiten geraten.«

»Warum glaubst du mir denn nicht?«, fragte sie verzweifelt. »Mir reißt der Tod von Christoph, Anna und Michelle den Boden unter den Füßen weg. Ich verstehe einfach nicht, wer zu so etwas Grauenhaftem fähig ist.«

»Den Boden unter den Füßen wegreißen«, wiederholte er leise und lächelte bitter in sich hinein. »Vielleicht spendet es dir etwas Trost, wenn ich dir sage, dass es mir genauso geht.«

Jetzt erst drehte sich Britta wieder zu ihm um und blickte ihm tief in die Augen. »Nicht, dass ich es wirklich denken würde«, sagte sie mit festerer Stimme, »aber sag mir bitte, dass du nichts mit der ganzen Sache zu tun hast.«

»Was glaubst du denn?«

»Ich hoffe einfach nur, dass es irgendeine andere Erklärung gibt«, antwortete sie unschlüssig. »Eine, die nichts mit uns zu tun hat.«

»Das war keine Antwort auf meine Frage.«

»Natürlich glaube ich nicht, dass du es warst ...«

»Aber?«

»Ich mache mir doch nur meine Gedanken. Und Wanda wird es mit Sicherheit nicht anders ergehen.«

Er nickte. Längst hatte er verstanden, was er von Britta halten sollte. Sie zweifelte an ihm. An seinem Plan. Seinem Glauben. Und Zweifel konnte er nicht zulassen. Es war unmöglich, den Weg, der noch vor ihm lag, gemeinsam mit ihr zu gehen.

»Es ist dein gutes Recht, dir Gedanken zu machen«, sagte er schließlich kühl. »Ich kann dich beruhigen. Was passiert ist, hat nichts mit uns zu tun. Aber wir werden damit klarkommen müssen, und wenn wir uns geschickt anstellen, wird alles gut.«

»Hast du denn keine Vermutung, wer es gewesen sein könnte?«

»Nicht ansatzweise«, antwortete er. »Ich kann es mir nicht anders erklären, als dass sie zufällig Opfer geworden sind.«

»Ich werde niemandem etwas verraten«, sagte sie nach einer Weile des Schweigens.

»Was verraten?«, fragte er irritiert.

»Von uns natürlich. Davor hast du doch Angst, oder nicht?«

Wieder nickte er. Nicht, weil er ihr zustimmte. Vielmehr, weil er endgültig verstanden hatte, dass er nicht auf sie zählen konnte.

»Ich glaube, es ist am besten, wenn jeder von uns erst einmal für sich alleine mit der Sache klarkommt«, sagte Britta jetzt.

Er fixierte sie. Nahm sie sich wirklich heraus, das Gespräch einfach zu beenden und ihn zum Gehen aufzufordern?

»Wir werden sehen, wer seinen Mund halten kann«, sagte er. »Ich hoffe, du enttäuschst mich nicht.«

Britta sagte nichts. Mit einer zurückhaltenden Handbewegung gab sie ihm jedoch tatsächlich zu verstehen, dass er ihre Wohnung verlassen solle.

Das hier verlief komplett anders, als er gedacht hatte. Er fühlte die Wut hochsteigen. Es konnte nicht sein, dass sie ihn so behandelte. Niemand hatte das Recht, und schon gar nicht sie, ihm zu sagen, wann er zu gehen hatte. Und ihn so an der Nase herumzuführen. Er war derjenige, der bestimmte, was passierte. Und wer das nicht befolgte, musste bestraft werden.

»Was wirst du sagen, wenn die Polizei hier auftaucht?« Er ließ nicht locker und versuchte es noch einmal. »Vielleicht hast du noch bis morgen oder übermorgen Zeit, dir die passenden Worte zurechtzulegen.«

»Um ehrlich zu sein, sehe ich kein Problem darin, der Polizei von uns zu erzählen. Sie muss ja nicht alles erfahren.« Sie lächelte zögerlich. Aber es schien so, als schwinge plötzlich viel weniger Unsicherheit mit. Ihre Angst hatte sie abgelegt.

»Du wirst denen gar nichts erzählen«, schmetterte er ihr mit einem Mal ins Gesicht. Er wusste sofort, was seine Worte anrichten würden.

Von einer auf die andere Sekunde war die Angst in ihrer Mimik zurück. Sie wusste offenbar, was ihr drohte. Wahrscheinlich hatte sie gehofft davonzukommen, ihn in Sicherheit wiegen zu können. Allein die Vorstellung, dass sie so gedacht und ihn derart unterschätzt hatte, machte ihn noch wütender.

Seine Gedanken rasten. Er war unbewaffnet, weil er nicht mit der Absicht hergekommen war, ihr etwas anzutun. Sollte er sich auf sie stürzen und sie mit bloßen Händen erwürgen?

Einige Sekunden lang stand er einfach da und verharrte. Schließlich hatte er sich wieder unter Kontrolle.

»Tut mir leid«, sagte er. »Ich wollte dir keine Angst einjagen. Aber die ganze Sache geht auch an mir nicht spurlos vorbei.«

Sie schwieg. Aber ihr Blick blieb ängstlich.

»Glaubst du mir nicht?«

»Ich würde jetzt wirklich gerne wieder allein sein«, antwortete Britta ausweichend.

Sie wollte also nicht mehr. Sie wollte nicht länger Teil der Gruppe sein. Und sie wollte nicht länger auch nur irgendetwas mit ihm zu tun haben.

Vielleicht würde sie sogar ihr Leben lang dichthalten. Über ihre Gruppierung. Ihre Ziele. Und das neue Leben an einem anderen, besseren Ort. Und womöglich auch über das, was sie ahnte. Was er getan hatte. Aber es war einfach zu riskant.

Ganz langsam ging er auf dem Flur einige Schritte rückwärts, bis er die Wohnungstür erreicht hatte. Dann öffnete er sie mit der linken Hand, ohne seinen Blick von ihr abzuwenden. »Du wirst heute noch deine SIM-Karte wechseln, verstanden?«

Sie nickte.

»Wir telefonieren ab jetzt nicht mehr. Ich werde sooft es geht hier bei dir vorbeikommen.«

»Mach dir keine Gedanken, ich komme klar. Ich will nur ein wenig allein sein.«

Weshalb wimmelte sie ihn so hartnäckig ab? Sie wollte doch nicht etwa abhauen?

Ohne ein weiteres Wort trat er hinaus in den Hausflur. Heute war nicht der Tag, er war nicht vorbereitet. Und Britta würde gegenüber der Polizei vielleicht auch nicht sofort einknicken, hoffte er. Aber sicher sein konnte er sich natürlich nicht.

Sie nickte ihm noch einmal zu. Dann schob sie die Tür langsam vor ihm zu.

Das Gefühl der Demütigung stieg unvermittelt wieder in ihm hoch. Heftiger als zuvor. Und stärker als der Drang, weitere Eskalationen momentan um jeden Preis zu vermeiden.

Doch direkt vor seinen Augen fiel die Tür zu. Im letzten Moment stellte er seinen linken Fuß in den Spalt. Augenblicklich spürte er den Druck der Tür. Britta stemmte sich offenbar mit aller Kraft dagegen.

Er schob sein Gesicht jetzt ganz nah an die Tür heran. Bis er ihren Atem hören konnte. Sie kämpfte. Und ahnte mit Sicherheit, dass sie keine Chance gegen ihn haben würde.

Er stellte seinen Fuß jetzt quer in den Spalt, ohne allzu große

Anstrengungen. So weit, bis er seinen Kopf zwischen Tür und Rahmen stecken konnte. Er wollte ihr noch einmal in die Augen sehen. Nur für einen kurzen Augenblick. Er hatte sich keine Gedanken gemacht, welcher Gesichtsausdruck ihn erwarten würde. Vielleicht Verzweiflung und Angst. Oder Tränen, die ihr übers Gesicht liefen. Aber in ihrem Blick lag etwas, mit dem er nicht klarkam. Sie lächelte. Ein Lächeln voller Verachtung, aber auch Gleichgültigkeit. Da war keine Angst mehr in ihren Augen zu erkennen.

Es war kaum zu ertragen, aber er musste sich eingestehen, dass er sie und womöglich alle anderen auch verloren hatte. Ohne zu wissen, wie es dazu gekommen war.

Nein, das stimmte nicht. Er wusste es nämlich genau. Er wusste, wer schuld daran war und wann es begonnen hatte.

Er zog seinen Kopf zurück und trat mit dem rechten Fuß einen Schritt zurück, den linken noch immer im Türspalt. Es war jetzt noch ruhiger als zuvor. Nicht einmal mehr das leise Knarzen der Holztür oder ein Atemgeräusch waren zu hören.

Nur noch Stille.

Er hatte sich entschieden. Auch wenn es ihm schwerfiel. Ganz kurz schloss er noch einmal die Augen. Dann drehte er sich seitlich nach hinten.

Ein letztes Innehalten.

Mit einer schnellen Bewegung zog er den Fuß aus dem Spalt. Dann sprang er mit voller Wucht gegen die Tür und rammte sie in Brittas Körper. Der dumpfe Aufprall durchschnitt die Stille. Gefolgt von dem Geräusch brechender Knochen und einem röchelnden Stöhnen als untrügliches Zeichen, dass es Britta zwischen Tür und dahinterliegender Wand regelrecht zerquetscht hatte.

Er wartete einige Sekunden und lauschte, ob er noch irgendein Lebenszeichen von ihr vernahm. Obwohl er nichts dergleichen hörte, holte er noch einmal aus und presste seinen eigenen Körper gegen die Wohnungstür.

Und noch ein weiteres Mal.

So lange, bis er sich sicher sein konnte, dass Britta tot war.

Er verzichtete darauf, die Wohnung noch einmal zu betreten und einen Blick auf sie zu werfen. Stattdessen zog er die Tür rasch zu und verließ das Mietshaus so unauffällig und schnell, wie er gekommen war. Im vollen Bewusstsein, dass er weitere Menschen töten musste.

Guinness und Nachos

Die Gedanken an das Gespräch mit Diana Spies hingen Jan noch nach, als er den Irish Pub am Rand der Bielefelder Altstadt betrat.

Er hatte noch im »Ritual Worlds« die Kollegen im Präsidium angerufen, damit sie möglichst schnell mindestens zwei Streifen nach Lage schickten. Diana Spies musste dringend observiert werden. Falls sie das Haus in der Schulstraße verließ, durften sie sie nicht aus den Augen verlieren. Fotos von ihr, die sie hoffentlich im Internet finden würden, sollten an alle Kollegen und Kolleginnen verteilt werden. Außerdem würde Kregel bei der Staatsanwaltschaft schnellstmöglich einen Durchsuchungsbeschluss auch für die Wohnung beantragen.

Die Eindrücke aus dem Laden hatten sich bei Cengiz und ihm tief eingebrannt. Je länger sie in den Regalen gesucht, je mehr Schränke und Schubladen sie geöffnet hatten, desto klarer war ihnen geworden, dass es sich tatsächlich nicht einfach um einen Spielzeugladen für Erwachsene handelte.

Nicht nur, dass die meisten Brett- und Computerspiele sowie die unzähligen Comics und Fantasyromane mit dem FSK-18-Label versehen waren, es waren vor allem die Waffen aller Art, die sie in verschlossenen Schränken und Vitrinen gefunden hatten. Auffällig viele historische Waffen, die – so vermutete Jan – womöglich Rollenspielen dienten. Schusswaffen, Hieb- und Stichwaffen und diverse Armbrüste. Auf den ersten Blick hatten sie nicht einschätzen können, ob alle Waffen auch tatsächlich einsatzfähig waren, aber zumindest bei den Messern und Schwertern waren sie sich sicher gewesen, dass es sich nicht um Attrappen handelte. Bei dem Gedanken an das Schwert, das in Christoph Broks Oberkörper gesteckt hatte, lag zweifellos die Vermutung nahe, dass es aus diesem Fundus stammte.

Er hatte kaum glauben können, welches Bild sich ihnen bot.

Wie hatte es sein können, dass Brok mitten in Lage einen Laden geführt hatte, in dem die Beschaffung jeder erdenklichen Waffe offenbar kein allzu großes Problem darstellte? Unter der Ladentheke in einem Geschäft angeboten, das nach außen hin vielleicht etwas speziell, aber keineswegs kriminell wirkte.

Jan hatte nach dem Telefonat mit den Kollegen noch einmal zu seinem Handy gegriffen. Diesmal hatte er Nolte angerufen. Er hatte die Kriminaltechniker gebeten, noch heute Abend, aber spätestens morgen früh, wenn der dringliche Durchsuchungsbeschluss hoffentlich vorlag, nach Lage zu fahren und bestenfalls nicht nur den Laden, sondern das komplette Haus auf den Kopf zu stellen.

Während Jan darüber nachdachte, ob Noltes Leute am heutigen Samstag überhaupt noch irgendeinen Zentimeter des Gebäudes untersuchen konnten, erkannte er Lara. Sie saß ganz hinten in dem Pub an einem kleinen Hochtisch. Mit ihrem blonden Kurzhaarschnitt stach sie immer sofort aus der Menge heraus. Zumindest empfand er das so.

Die Folkmusik, die von einer Band in der anderen Ecke des Pubs gespielt wurde, war so laut, dass er bezweifelte, heute Abend eine tiefergehende Unterhaltung mit Lara führen zu können. Es war ihre Idee gewesen, sich hier zu treffen. Vielleicht hatte sie auch gar keine Lust auf Gespräche.

»Schön, dass es geklappt hat, auch wenn es nicht der beste Abend für ein Treffen ist«, sagte Jan, nachdem beide eine Weile eher schweigsam in die Speisekarten geblickt hatten. »In unserem Job kann man das nun mal schlecht planen. Als ich heute Morgen wach geworden bin, war noch alles in Ordnung. Jetzt befürchte ich, dass in den nächsten Tagen die Hölle auf uns wartet.«

»Ich weiß, du bist gerade eben noch in Lage gewesen, aber ich würde heute Abend gerne nicht über die Arbeit reden.«

»Natürlich«, sagte Jan. Froh darüber, dass sie so direkt war. Gleichzeitig spürte er, dass er wie ein Roboter klang. Als wäre er gar nicht bei der Sache, was der Wahrheit tatsächlich ziemlich nahe kam.

»Ich hole uns mal was zu trinken. Irgendeinen bestimmten Wunsch?«

Jan zögerte noch, weil er zwar in die Karte gestarrt, sie aber gar nicht wirklich gelesen hatte.

Lara stand auf und ging ohne seine Antwort abzuwarten an die Bar. Ein paar Minuten später kam sie mit einem kleinen Tablett zurück, auf dem zwei frisch gezapfte Gläser Guinness und ein Teller mit überbackenen Nachos standen.

»Ich hoffe, ich habe deinen Geschmack getroffen.«

»Absolut.« Jan spürte, wie sich seine Laune sofort aufhellte, nachdem sie angestoßen und den ersten Schluck getrunken hatten.

»Ich wollte mich noch mal bei dir bedanken«, sagte Lara. »Dafür, dass du dir meinen ganzen Seelenfrust angehört hast.«

»Stets zu Diensten.«

»Ich meine das ernst, unser Gespräch hat mich total weitergebracht. Mir ist dadurch einiges klarer geworden, was ich in meinem Leben verändern muss.«

»Das freut mich zu hören.« Jan merkte wieder, wie hölzern er klang. Diesmal lag es jedoch daran, dass ihre Worte ihn nervös machten. Hatte Lara tatsächlich die Beziehung zu ihrem Freund beendet, so wie er es ihr auf subtile Art geraten hatte? Etwa seinetwegen?

»Und mich freut es, dass du dich freust«, sagte Lara.

Jan legte seine Stirn in Falten. Er war verwirrt.

»Ich hatte nämlich schon in eine ganz andere Richtung gedacht, als du mich heute Nachmittag gefragt hast, ob wir mal ausgehen wollen.«

»Du sprichst ein wenig in Rätseln«, sagte Jan. »Hast du jetzt mit Nils Schluss gemacht oder nicht?«

»Was?«, fragte Lara entgeistert. Dann lächelte sie den peinlichen Moment, der unweigerlich entstanden war, einfach weg. »Nein, genau das Gegenteil ist der Fall. Ich habe ihm endlich gesagt, was mich stört und dass ich diese Pendelei zwischen Bielefeld und Hamburg auf Dauer nicht mehr will. Seine Reaktion war besser, als ich zu träumen gewagt hätte. Er will sich allen Ernstes um einen Job in Ostwestfalen bemühen.« Lara strahlte und griff zu ihrem Glas.

Jan lächelte steif. In diesem Moment erschien es ihm einfach unbegreiflich, wie unglaublich wenig feinfühlig sie davon berichtete, dass er ihre Beziehung gerettet habe. Obwohl sie selbst gerade noch angedeutet hatte, dass sie befürchtete, er rechne sich vielleicht Chancen bei ihr aus.

»Manchmal muss man das, was einem auf dem Herzen liegt, einfach nur mal loswerden«, redete sie unverblümt weiter. »Ich bin froh, dich als Kollegen und Freund zu haben.«

»Das hast du schön gesagt.« Jan griff ebenfalls nach seinem Glas und kippte es in wenigen Zügen hinunter. Dann stand er wortlos auf, ging ohne Lara eines Blickes zu würdigen an die Theke und bestellte sich ein neues Bier. Die Wartezeit verkürzte er sich mit einem Tequila.

Als er schließlich an den Tisch zurückkehrte, hatte sich ihre Miene verändert. Ihr Lachen war verschwunden. »Weshalb hast du nie etwas gesagt?«, fragte sie nach einer Weile.

»Wovon sprichst du?«

»Schon okay, ich hab's verstanden. Tut mir leid, dass ich mich eben wie ein Elefant im Porzellanladen benommen habe. Wahrscheinlich hatte ich einfach gehofft, dass zwischen uns alles ganz normal läuft. Eben wie unter Kollegen oder guten Freunden.«

»Für meine Verhältnisse habe ich mich ziemlich weit aus dem Fenster gelehnt …« Jan brach ab und lächelte wieder. Diesmal über sich selbst, weil er sich gerade entblößte, wie er es nur selten vor einer Frau getan hatte.

»Vergiss das einfach alles ganz schnell wieder«, sagte er stattdessen. »Wir sind einfach nur Kollegen, die sich gut verstehen. Wenn du eine Lösung mit Nils gefunden hast, die dich glücklich macht, dann freue ich mich wirklich für dich. Du brauchst dir keine Sorgen zu machen: Ich habe mich nicht unsterblich in dich verliebt.«

»Nein?« Sie sah ihn herausfordernd an. Für einen kurzen Augenblick glaubte Jan, Enttäuschung in ihrem Blick zu erkennen. Er entschied sich für entwaffnende Ehrlichkeit.

»Ja, ich hätte mir wirklich mehr zwischen uns gewünscht. Um ehrlich zu sein, ich finde dich äußerst attraktiv. Ich mag auch deine norddeutsche Art. Einerseits zurückhaltend, andererseits direkt. Aber auch sonst gefällt mir sehr viel an dir. Es spricht eigentlich nichts dagegen, mich sofort in dich zu verlieben. Außer der Realität.« Jan zuckte mit den Schultern.

Lara atmete tief durch. Sie fuhr sich mit der rechten Hand durch ihre Haare. Mit der linken griff sie nach ihrem Glas und trank es leer. Sie machte kein Geheimnis daraus, dass sie mit seinen Worten kaum klarkam.

Jan konnte ihr Verhalten nur schwer nachvollziehen. Lara war es, die ihm eine klare Abfuhr erteilt hatte. Wieso war sie jetzt die Gekränkte?

»Letztlich ist es gut, dass wir nun Klartext geredet haben.« Er versuchte, die Emotionen wieder herunterzufahren. »Die Fronten sind geklärt, und ich muss keine Gedanken mehr an etwas verschwenden, das völlig illusorisch ist.«

»Das habe ich doch nie gesagt.«

»Was?«

»Dass es vollkommen …« Jetzt war es Lara, die nicht weitersprach. Offenbar schien sie gemerkt zu haben, dass jedes weitere Wort sie unglaubwürdig machte.

»Du warst eben sehr eindeutig«, sagte Jan nüchtern.

»Ja, vielleicht. Aber das hatte ich gar nicht unbedingt beabsichtigt. Ich mag dich auch. Und hoffentlich arbeiten wir in Zukunft weiterhin so gut zusammen.«

»An mir soll es nicht scheitern.«

»An mir auch nicht.« Lara hob ihr Glas zum Anstoßen. Als sie merkte, dass ihr Glas bereits leer war, griff sie nach seinem und trank es bis zur Hälfte aus.

»Dann besorge ich am besten mal zwei neue«, sagte Jan. »Es ist immerhin Samstagabend. Nach dem, was wir heute Morgen gesehen haben, können die Bilder in unseren Köpfen ruhig etwas verschwimmen.«

»*Drinking to forget*«, sagte sie leise.

»Wie?«, fragte Jan, obwohl er sie genau verstanden hatte.

»Schon gut.« Sie winkte ab.

»Soll ich dir wirklich noch ein Bier mitbringen? Du musst nicht, falls du …«

»Glaubst du etwa, ich hätte ein Alkoholproblem?«

»Nein.«

»Wie kommst du dann darauf? Wegen dieses einen Spruchs?«

»Vielleicht, weil ich mir einbilde, einen Riecher für so etwas zu haben.« Jan verzog seinen Mund zu einer entschuldigenden Miene.

»Da liegst du mit deinem Riecher diesmal aber falsch«, entgegnete sie kraftlos. »Zumindest was mich betrifft.«

Jan runzelte die Stirn. Es brauchte ein paar Sekunden, ehe er verstand. »Ist das der Grund, warum du ihn nicht verlassen kannst?«, fragte er vorsichtig. »Weil du dir Sorgen machst, dass er zur Flasche greift?«

»Nur weil ich dir neulich mein Herz ausgeschüttet habe, kennst du nicht automatisch mein ganzes Leben«, entgegnete sie unwirsch. »Und schon gar nicht das von Nils. Wir sind seit fünfzehn Jahren zusammen und haben eine Menge mitgemacht, wie du dir sicherlich vorstellen kannst. Nils hat Dinge in seiner Kindheit erlebt, die immer wieder hochkommen. Und nicht alle seine Methoden, dagegen anzukämpfen, sind gut für ihn. Falls du verstehst, was ich meine.«

»Ich denke schon«, sagte Jan. »Es geht mich aber auch tatsächlich nichts an. Gut, dass du dich um Nils kümmerst und ihn nicht fallen lässt.«

»Das ist doch selbstverständlich. Zumindest solange sich an unserer Liebe zueinander nichts ändert.«

Jan spürte, dass er sich zunehmend unwohl fühlte. Er hatte keine Lust, sich diese Details anzuhören. Seine Intention zu Beginn dieses Abends war eine ganz andere gewesen.

»Die Beziehung ist wirklich schwierig, wie du weißt«, redete sie weiter, »aber wenn Nils tatsächlich hierherzieht, glaube ich, dass wir eine Chance haben. Ansonsten muss man sehen, was passiert.«

»Verstehe«, sagte Jan knapp. Er ließ seinen Blick durch den

Pub schweifen. Dann stand er auf, um endlich neue Getränke zu holen.

Während er auf die Biere wartete, lief der Tag wie ein Film vor seinen Augen ab. Vor einigen Stunden war er noch froh gewesen, endlich wieder einen Fall zu haben, der ihm alles abverlangte. Um sich von der schwierigen Situation zu Hause bei seiner Mutter und den Geschwistern ablenken zu können. Und in Bezug auf Lara war er voller Hoffnung gewesen, dass aus dem zarten Pflänzchen vielleicht doch mehr werden würde.

Jetzt war alles anders. Laras Worte waren unmissverständlich. Sie liebte ihren langjährigen Freund und hielt an der Beziehung fest. Mit gekränkter Eitelkeit auf seine realistische Feststellung zu reagieren hätte sie sich einfach sparen können!

Was den Fall betraf, war die Euphorie über neue Ermittlungen im Verlauf des Tages der Sorge gewichen, dass er die Bilder vom Velmerstot nicht mehr aus dem Kopf bekommen würde. Sie hatten ihn schwer mitgenommen, egal wie er sich anstrengte, egal wie viele Guinness er noch trinken würde.

War es wirklich das, was er wollte? Brutalste Verbrechen aufklären, in die menschlichen Abgründe hineintauchen und sich in das Leben anderer einmischen, statt sein eigenes auf die Reihe zu bekommen?

Vor seinem Sabbatjahr hatten ihn bereits ähnliche Gedanken geplagt. Doch nach einer Weile auf Tournee mit der Band hatte er feststellen müssen, dass ihm sein Job als Kriminalpolizist fehlte. Am Ende hatte er sich nur noch danach gesehnt, endlich wieder ermitteln zu können.

Der Gedanke, dass er sich verändert hatte, überkam ihn in diesem Moment mit solcher Wucht, dass ihm regelrecht schwindelig wurde.

Er war nicht mehr der leichtlebige Jan, der die Probleme mit seiner Familie einfach so abschütteln konnte. Der seinen Job als Kriminalpolizist in der Mordkommission als spannende Herausforderung betrachtete. Er war auch längst nicht mehr der Typ, der Frauen hinterherrannte, wie er es jahrelang immer wieder und dennoch nur halbherzig bei Katharina von Allwörden getan hatte. Er tickte jetzt anders, ohne dass er sich dagegen wehren konnte.

Was Lara anging, stießen seine ehrlichen Gefühle entweder auf Gegenseitigkeit, oder er würde einfach weiterziehen. An eine gute Freundschaft, wenn einer für den anderen mehr empfand, glaubte er sowieso nicht.

Vielleicht war er auf dem besten Weg, ein alternder Alleingänger zu werden, fuhr es ihm durch den Kopf. Unfähig, eine Beziehung zu führen. Aber auch lustlos, weitere Versuche zu unternehmen. Im Grunde jemand, der er nie hatte sein wollen. Aber vielleicht schon immer gewesen war.

Er seufzte und schüttelte über sich selbst den Kopf. Dann nahm er die beiden Guinness entgegen und ging zurück an den Tisch. Auf halber Strecke sah er, dass Lara telefonierte. Sie gestikulierte und redete lauter, als es hier im Pub angebracht war. Zumal die Band gerade pausierte.

Jan verharrte und speicherte jedes Wort von ihr ab, schwor sich gleichzeitig allerdings, sie niemals gegen Lara zu verwenden. Als sie schließlich auflegte, trat er an den Tisch und setzte sich.

»Alles okay?«, fragte er nach einem Moment der Stille.

»Ist das dein Ernst?«, fragte sie aufgebracht. »Hast du nicht gehört, was passiert ist?«

»Nein, sonst würde ich nicht fragen«, log Jan. »Wenn du nicht darüber reden willst, ist das natürlich völlig in Ordnung.«

»Er will gar nicht«, brach es aus ihr heraus. »Er hat mich gerade angerufen, um mir zu sagen, dass er nicht hierherziehen wird. Vollkommen egal, was dann aus uns wird.«

Jan sagte nichts. Minutenlang saßen sie beide da, ohne ein Wort miteinander zu wechseln. Während Lara immer wieder mit den Tränen kämpfte, legte Jan sich Worte zurecht, die sie trösten und ihr Mut zusprechen sollten.

»Ich würde dir gerne empfehlen zu kämpfen«, sagte er. »Fünfzehn Jahre sind eine zu lange Zeit, um sie einfach wegzuwerfen. Aber ein wenig musst du bei der ganzen Sache auch an dich selbst denken. Du hast es nicht verdient, in dieser Beziehung nur zu leiden. Dein Herz weiß, was gut für dich ist. Wenn du tief im Innern nicht mehr an euch beide glaubst, solltest du die Reißleine ziehen. Und das sage ich nicht, weil ich mir Chancen bei dir ausrechne.«

»Nett gemeint«, sagte Lara, nachdem sie sich wieder beruhigt hatte, »aber du bist da wahrscheinlich doch etwas befangen. Gib mir jetzt das Bier, ich habe Lust, mich ordentlich zu betrinken.«

»Auch wenn morgen Sonntag ist, müssen wir einigermaßen früh raus und fit sein.«

»Langweiler! Glaubst du, dass du dich mit spießigen Ansagen attraktiver machst?«

»Muss mit meinem Alter zu tun haben«, entgegnete Jan schulterzuckend.

»Ach, du Armer«, spottete sie.

»Eigentlich bin ich ganz froh. Nicht, dass ich mich völlig verändert hätte, aber natürlich denkt man mit vierzig –«

»Moment mal, Jan.« Lara hielt abwehrend die rechte Hand hoch. »In welche Richtung läuft dieses Gespräch hier gerade? Ich verstehe es, wenn du auch mal über dich sprechen willst. Aber heute Abend überfordert mich das ehrlich gesagt etwas. Ich hätte dich da für sensibler gehalten.«

»Ist das wirklich dein Ernst?«

»Tut mir leid«, antwortete sie fahrig. »Ich kann mich gerade gefühlsmäßig nicht auf dich einlassen. Gib mir ein paar Tage Zeit, damit ich die Sache mit Nils sacken lassen kann.«

Jan verzog seinen Mund zu einem bitteren Lächeln. Obwohl er verstehen konnte, dass ihre Probleme mit ihrem Freund sie belasteten, ging ihm ihr Verhalten nicht in den Kopf. Er fühlte sich an Katharina erinnert. Sie war ähnlich mit ihm umgegangen, und er hatte es mit sich machen lassen. Da waren immer wieder diese Widersprüche in ihren Aussagen gewesen. Hinhaltetaktik einerseits, und doch niemals irgendein Anzeichen für eine gemeinsame Zukunft.

Im Grunde genommen war es immer nur um Katharina gegangen – und genau dasselbe erlebte er gerade mit Lara. Der entscheidende Unterschied war jedoch, dass er das jetzt nicht mehr mit sich machen ließ. Er würde sich nicht mehr wie ein Schuljunge vorführen lassen. Dennoch spielte er die möglichen Folgen seines Verhaltens kurz durch, bevor er entschlossen aufstand.

»Schon wieder die nächste Runde?«, fragte Lara überrascht.

»Nein. Du kannst aber gerne auch mein Bier austrinken. Ich werde nämlich jetzt nach Hause fahren.«

»Du hast doch schon zu viel getrunken, um noch zu fahren.«

»Du wirst mich ja wohl nicht verpfeifen, oder?«

»Nein, aber –«

»Dann akzeptiere einfach, dass ich jetzt gehe. Das war harter Tobak, was du mir heute Abend erzählt hast. Aber keine Sorge, ich musste schon mit ganz anderen Sachen klarkommen.« Jan presste ein Lächeln hervor. Dann nickte er ihr kurz zu. Er ging rüber an die Theke, bezahlte den gemeinsamen Abend und verließ den Irish Pub, ohne sich noch einmal zu Lara umzudrehen.

Jan hatte den Laden kaum verlassen und die warme Sommerluft noch nicht einmal richtig aufgesogen, da plagte ihn bereits das schlechte Gewissen. Und dennoch hatte er keinen Zweifel daran, dass es richtig war, Lara an diesem Abend einfach so sitzen zu lassen.

Phil Collins

Ob es das Geräusch des Kaffeeautomaten auf dem Flur gewesen war, das ihn geweckt hatte, oder die Sonnenstrahlen, die durch die Lamellen fielen und ihn blendeten, war im Grunde unerheblich. Denn Jan war in diesem Moment vor allem damit beschäftigt zu begreifen, dass sich gerade ein Gesicht über ihn beugte, das er allzu gut kannte.

Nicht nur, weil er auf einer faltbaren dünnen Matratze in seinem Büro geschlafen hatte und er jeden einzelnen seiner Knochen zu spüren glaubte, konnte er auf diesen Besuch gut und gerne verzichten. Denn die Tatsache, dass es sich um das Gesicht von Katharina von Allwörden handelte, ließ seine leichten Kopfschmerzen zu einem hämmernden Dröhnen anschwellen.

»Guten Morgen, Jan«, sagte die Rechtsmedizinerin aus Münster ohne Umschweife. »Tut mir leid, dass ich hier so hereinplatze, aber dein Chef hat mich gebeten, heute Morgen nach Bielefeld zu kommen, um euch die Ergebnisse der Obduktion persönlich vorzustellen. Unten im Foyer hat mir jemand gesagt, dass du heute Nacht hier geschlafen hast.«

Sie machte eine kurze Pause und wartete offenbar darauf, dass er etwas entgegnete. Aber ihm war in keiner Weise danach, sich für irgendetwas zu erklären.

»Normalerweise mache ich so etwas nicht«, fuhr sie schließlich fort. »Und ehrlich gesagt finde ich diese Bitte von Kregel auch etwas frech, aber es passte zufälligerweise ganz gut bei mir. Ich war gestern Abend ohnehin in Bielefeld.«

»Privat?«, fragte Jan verschlafen.

»Soll es auch ohne uns beide geben«, antwortete sie. Etwas zu schnippisch, sodass Jan sofort hellhörig wurde.

»Ich hoffe, ihr hattet einen schönen Abend.« Er raffte sich langsam hoch und griff zu der Wasserflasche, die neben ihm stand. Er trank einen großen Schluck.

»Ich hatte einen schönen Abend, danke«, entgegnete sie.

»Wie gesagt, ich war gestern auch in Bielefeld unterwegs, aber so wie ich die Locations kenne, die du bevorzugst, bestand wohl nicht die Gefahr, dass wir uns über den Weg laufen.«

»Keine Ahnung, wo du gewesen bist. Aber ich war im Irish Pub.«

»Wie bitte?« Jan schnellte hoch und stand im nächsten Moment in T-Shirt und Unterhose vor Katharina.

»Reg dich ab, war nur ein Scherz. Lara hat mir vorhin gesagt, dass ihr dort gewesen seid. Ich war in der Oetker-Halle, da gab es ein Symphoniekonzert der –«

»Du hast mit Lara gesprochen?«, unterbrach Jan sie.

»Warum nicht? Auch wenn sie noch nicht so lange dabei ist, hatte ich schon häufig mit ihr Kontakt. Sie scheint nett zu sein.«

»Und sie sieht gut aus«, sagte Jan. Schadete nicht, Katharina ein wenig zu provozieren.

»Lass gut sein«, sagte sie nüchtern. »Ich habe überhaupt kein Problem damit. Wir müssen uns nicht mehr duellieren.«

Da war sie wieder, diese Art, die er so an ihr hasste. Sie stellte sich über ihn, bestimmte darüber, was zwischen ihnen gewesen war, was gesagt werden durfte und wie ihr Verhältnis heute war. Dabei hatte sie im Grunde überhaupt keine Ahnung von seinem Leben. Weder damals noch heute.

»Ich warte noch immer darauf, zu eurer Hochzeit eingeladen zu werden«, sagte er. »Müsste doch bald so weit sein.«

»Ach, tu doch bitte nicht so«, entgegnete sie mit gespielter Entrüstung. »Ich bin mir sicher, dass du bereits Bescheid weißt. David und ich haben uns getrennt.«

»Ganz ehrlich, es interessiert mich gar nicht.« Jan hatte seinen Satz noch nicht vollendet, da wusste er bereits, dass seine Worte sie treffen würden. Denn wenn Katharina eines nicht ertragen konnte, dann war es fehlende Aufmerksamkeit.

»Lass uns doch am besten darüber reden, weshalb du hier bist«, schob er hinterher. »Die Ergebnisse der Obduktion interessieren mich mehr als dieser zwischenmenschliche Wahnsinn bei uns beiden.«

»Das hast du schön gesagt.« Ein rasches Lächeln huschte über ihre Lippen. »Warum es zwischen uns so schwierig gewesen ist, habe ich nie richtig begriffen. Aber wahrscheinlich habe auch ich meinen Teil dazu beigetragen.«

»Das würde ich sofort unterschreiben«, sagte Jan trocken. »Aber um des Friedens willen sollten wir jetzt einfach darüber sprechen, was du bei der Obduktion herausgefunden hast.« Er hatte sich mittlerweile seine Jeans angezogen und war hinüber zu seinem Schreibtisch gegangen. »Setz dich doch.« Er zeigte auf den Besucherstuhl.

»Ich glaube, das ist gar nicht nötig«, sagte sie. »Sonderlich viel habe ich nämlich nicht zu berichten.«

»Wir haben es mit einem so brutalen Verbrechen zu tun, und die Rechtsmedizin hat nicht viel dazu beizutragen?«

»Zumindest wenig neue Erkenntnisse, die ihr nicht gestern Nachmittag schon vorliegen hattet.«

»Ich würde trotzdem gerne deine Einschätzung hören.«

»Den beiden Frauen wurde zweifelsohne mit einem einzigen Hieb durch das Schwert der Kopf abgetrennt. Der Schnitt ist glatt und zeigt eindrucksvoll, wie scharf die Waffe war. Auch wenn wir es nicht mit letzter Gewissheit sagen können, denke ich, dass der Angriff von hinten erfolgt ist. Der Täter hat die Frauen also wahrscheinlich hinterrücks angegriffen und geköpft. Wie gesagt, mit einem einzigen Hieb. Wir haben keine weiteren Verletzungen an ihren Körpern gefunden.«

Katharina setzte sich jetzt doch hin. »Ich empfehle euch, dieses Schwert genau zu untersuchen. Ich habe es bislang noch nicht mit eigenen Augen gesehen, aber ich bin mir sicher, dass es sehr aufwendig hergestellt wurde. Der Stahl wurde mit Sicherheit sehr oft gefaltet. Ich gehe davon aus, dass es sich um eine historische, aber sehr gut erhaltene Waffe handelt.«

»An dieser Sache sind wir bereits dran«, sagte Jan. Augenblicklich musste er wieder an Lara denken. Sie sollte sich um die Tatwaffe kümmern. Gestern Abend hatten sie nicht ein einziges Wort darüber verloren.

»Was ist mit Christoph Brok?«, fragte er nach einigen Sekunden der Stille. »Können wir uns sicher sein, dass er sich das Schwert nicht selbst in den Oberkörper gerammt hat?«

»Wir waren an dieser Stelle besonders genau«, antwortete Katharina. »Wir haben das Ganze anhand der Körpermaße von Brok und der Länge des Schwertes nachgestellt. Natürlich auch unter Berücksichtigung der Schärfe des Stahls. Und so können wir mit Sicherheit sagen, dass es unmöglich ist, sich auf diese Weise unter diesen Voraussetzungen selbst das Leben zu nehmen.«

»Könnte es sein, dass Brok die beiden Frauen getötet hat und eine dritte Person dann wiederum Brok?«, hakte Jan nach.

»Vorstellbar, letztlich allerdings euer Job, das herauszufinden.«

»Könnten wir es auch mit einer Täterin zu tun haben?«

»Unter gewissen Umständen auch denkbar. Durch die Schärfe des Schwertes kam es beim Ausführen des Hiebs wahrscheinlich gar nicht entscheidend auf die Kraft an. Dass eine Frau dann aber wiederum dem männlichen Opfer das Schwert von vorne in den Oberkörper rammt, erscheint mir erheblich unwahrscheinlicher.«

Beim Anblick der Toten auf dem Velmerstot hatte Jan ähnliche Gedanken gehabt. »Was ist mit dem Todeszeitpunkt?«, fragte er.

»Die Tat ist nicht nachts passiert.« Katharina zog die Augenbrauen hoch. »Aber auch nicht in den frühen Morgenstunden, wie Nolte vermutet hat. Der Todeszeitpunkt der beiden Frauen liegt nach unserer Einschätzung zwischen zwanzig und einundzwanzig Uhr am Freitagabend. Bei dem männlichen Opfer sieht es etwas anders aus. Unter Berücksichtigung einer nicht vollständig auszuschließenden Abweichung von dreißig bis sechzig Minuten lege ich mich fest, dass der Tod bei dieser Person um etwa zweiundzwanzig Uhr eingetreten ist.«

»Also mindestens eine Stunde, nachdem die Frauen bereits tot waren?«, fragte Jan überrascht.

»Hervorragend geschlussfolgert.«

»Was hat der Täter denn währenddessen gemacht?« Jan

sprach mehr zu sich selbst. Er vermied es, auf Katharinas sarkastischen Kommentar einzugehen.

»Könnte vielleicht bedeuten, dass dieser Brok doch als Mörder der beiden Frauen in Frage kommt und erst später von einem uns unbekannten Täter mit dem Schwert erstochen wurde«, antwortete Katharina achselzuckend.

Jan nickte nachdenklich. Zweifellos waren verschiedene Szenarien denkbar. Noch hatten sie nicht die leiseste Ahnung, was in der Mittsommernacht auf dem Velmerstot geschehen war.

»Hast du Hinweise darauf gefunden, dass die drei an diesem Abend sexuellen Kontakt miteinander gehabt haben?«

»Du fragst wegen der knappen Bekleidung?«

»Es war zwar eine tropische Nacht, aber die Tatsache, dass die beiden Frauen nur Unterwäsche getragen haben, lässt für mich eigentlich keinen anderen Schluss zu.«

»Spermaspuren haben wir jedenfalls keine gefunden«, erklärte Katharina. »Für die vergangenen etwa achtundvierzig Stunden können wir zumindest ausschließen, dass die beiden Frauen ungeschützten Sex hatten. Geschützten Verkehr kann ich nicht ausschließen. Außerdem gibt es natürlich noch jede Menge anderer Sexualpraktiken, die wir nicht nachweisen können, solange sie nicht unter Gewalt angewendet wurden.«

»Verstehe. Gibt es denn sonst noch interessante Feststellungen?«

»Der Zustand der drei Körper war unauffällig, wenn ich das mal so sagen darf. Wobei anzumerken ist, dass die Laborergebnisse noch nicht vorliegen. Ob und inwieweit Alkohol und Drogen eine Rolle gespielt haben, können wir noch nicht sagen. Ich gehe davon aus, dass das im Laufe des Tages passieren wird. Unsere Untersuchungen haben aber zumindest keinen Hinweis auf extensiven Konsum geliefert.«

»Es liegt aber im Bereich des Möglichen, dass die drei nicht nüchtern gewesen sind?«

»Möglich ist vieles.«

Katharina hatte recht. Sie konnte offenbar kaum weiterhelfen. Des Rätsels Lösung lag in diesem Fall nicht in rechtsmedizinischen Untersuchungen, sondern wohl eher in der Beantwortung der Frage, was die drei Opfer und den möglichen Täter miteinander verband.

»Auch wenn es etwas indiskret ist«, sagte Jan unvermittelt, »aber mich würde doch interessieren, weshalb David und du nicht mehr zusammen seid. Was ist passiert? Ich hatte das Gefühl, dass ihr glücklich seid.«

»Es gibt viele Gründe für dieses Scheitern«, antwortete sie vieldeutig. »Ich war mir anfangs absolut sicher, dass es mit David und mir für immer funktionieren würde. Heute muss ich allerdings feststellen, dass ich mich nie zuvor in einem Menschen so getäuscht habe. Mehr möchte ich zu dieser Sache aber auch nicht sagen.«

»Hast du sehr gelitten?«

»Hast du mich gerade nicht verstanden?«

»Es interessiert mich eben, warum eure Beziehung gescheitert ist«, sagte Jan. »Wo es schon nie eine befriedigende Erklärung dafür gab, dass es mit uns nicht geklappt hat.«

»Willst du das alles jetzt etwa noch einmal aufarbeiten? Deswegen bin ich nicht hier. Außerdem ist das kein Thema für einen Sonntagmorgen«, sagte Katharina entschieden. »Es gibt eine Menge Dinge, die mich damals dazu bewogen haben. Ob es richtig war, mich von dir zu trennen, kann ich selbst heute nicht sagen. Ich weiß nur, dass ich keine Lust mehr auf ein Zurück habe. Unsere Zeit ist einfach vorbei.«

Jan wollte etwas erwidern, als plötzlich seine Bürotür aufgestoßen wurde und Stahlhut vor ihnen stand.

»Was willst du denn hier?«, fragte Jan barsch.

»Neuer Tag, neue Leiche. Du hattest dich doch neulich darüber beklagt, dass so wenig los sei. Jetzt kommt es knüppeldick.«

»Was ist passiert?«

»Eine tote Frau. Offenbar ziemlich übel zugerichtet.«

»Wo?«

»In Herford«, antwortete Stahlhut. »Eine Nachbarin hat sie in ihrer Wohnung gefunden.«

»Wissen wir noch mehr? Gibt es irgendeinen Hinweis auf den Täter?«

»Keine Ahnung, ich habe es eben auf dem Flur aufgeschnappt. Kregel sagte, ich soll dir Bescheid geben. Wir beide sollen dorthin fahren.«

»Warum denn …« Jan brach ab. Er realisierte, dass kaum eine andere Konstellation möglich war. Stahlhut war der Einzige, der noch Kapazitäten für diese Angelegenheit hatte, nachdem Kregel ihn aus den Ermittlungen um die Morde am Velmerstot größtenteils raushielt. Da aber niemand im Team mit Stahlhut zusammenarbeiten wollte, würde Kregel sich auf keine Diskussionen einlassen.

»Gut, dann fahren wir nach Herford. Ist ja schließlich unsere Hood.« Jans Versuch, die Situation aufzulockern, scheiterte krachend.

»Es ist meine Hood«, sagte Stahlhut. »Du wohnst vielleicht in Herford, aber von dem, was dort vor sich geht, hattest du noch nie eine Ahnung. Ich habe mich fünfzehn Jahre lang um die Scheiße auf den Straßen gekümmert, während du hier bei der Mordkommission in Bielefeld eine ruhige Kugel geschoben hast. Erzähl mir also nichts von Herford.«

»Wenn du in deiner Zeit bei der Polizeiinspektion in Herford den gleichen Kotzbrocken gegeben hast wie hier, ist es kein Wunder, dass die Scheiße auf den Straßen Herfords überhandgenommen hat.«

»Nicht schlecht«, sagte Stahlhut lächelnd. »Der Punkt geht an dich.«

»Fahren wir?«

»Ich tue, was Kregel mir sagt.«

»Wenn wir beide jetzt nach Herford fahren, machst du das, was ich sage, klar?«

»Ich werde mich zurückhalten, so wie es meinem Naturell entspricht.«

Jan wusste nicht, ob Stahlhuts Worte eine Erklärung oder doch eher eine Drohung sein sollten. Er verabschiedete sich kurzerhand von Katharina und folgte Stahlhut auf den Flur.

Die Gedanken an das unbefriedigende Gespräch mit Katharina vergaß er im Gegensatz zu früher diesmal schnell.

✳✳✳

Zehn Minuten später fuhren sie in Stahlhuts Skoda auf der B 61 in Richtung Herford. Sie wechselten kein Wort miteinander, während aus den Boxen Phil Collins dröhnte. Jan wunderte sich, schließlich waren Stahlhut und er ein Jahrgang. Ihr Musikgeschmack unterschied sich allerdings derart, als läge mindestens ein Jahrzehnt zwischen ihnen.

Als die beiden schließlich vor dem Mehrfamilienhaus in der Bergertorstraße ankamen und Stahlhut den Wagen in einer Bushaltebucht direkt hinter zwei Einsatzfahrzeugen der Kriminaltechniker parkte, spürte Jan, dass den Kollegen etwas beschäftigte.

»Was ist los?«

»Ich kenne dieses Haus«, sagte Stahlhut nachdenklich.

»Was meinst du damit? Ich kenne das Haus auch.«

»Ich war allerdings schon mal dort drin. Als ich die Adresse gehört habe, hätte ich es eigentlich sofort wissen müssen.«

»Was wissen?« Jan blickte seinen Kollegen an. Warum sprach er nicht Klartext?

»Meine Halbschwester wohnt hier. Wir haben nie viel Kontakt miteinander gehabt, in den letzten Jahren dann gar nicht mehr.«

Das erste Mal, seitdem Jan mit Stahlhut zusammenarbeitete, hatte er das Gefühl, er zeige eine menschliche Reaktion, die nicht aus sarkastischen oder lauten Kommentaren bestand.

»Weißt du denn irgendetwas über die Tote?«, fragte Jan.

»Eigentlich nicht.«

»Ihren Namen?«

»Nein.«

Jan verstand allmählich, weshalb Stahlhuts Gesichtsfarbe immer bleicher wurde. »Weißt du, in welches Stockwerk wir müssen?«

»Auch das nicht.«

»Dann schlage ich vor, dass ich erst mal alleine hochgehe und mit Nolte spreche«, sagte Jan. »Ich hole dich dazu, sobald wir wissen, dass es sich bei der Toten nicht um …« Er brach ab.

»Meine Schwester heißt Britta Lücking«, sagte Stahlhut leise. »Falls sie es ist, möchte ich sie tatsächlich nicht sehen. Auch wenn es nie einfach zwischen uns war, möchte ich sie so in Erinnerung behalten, wie sie damals war.«

Jan betrat das Mehrfamilienhaus. Nicht ohne einen raschen Blick auf das Klingelschild zu werfen. Mindestens ein Dutzend Bewohner zählte er. Auch Britta Lücking war dabei. Auf dem Schild hatte er jedoch nicht ablesen können, in welcher Etage sie wohnte.

Er nahm die Treppe. Erst im vierten Stockwerk sah er vor einer Wohnungstür rot-weißes Absperrband. Einer von Noltes Leuten lief ihm über den Weg, als er in den Flur trat.

»Morgen«, sagte Jan knapp. »Wie ist der Name der Toten?«

»Lücking«, antwortete der junge Kollege. »Vorletzte Tür links. Kein schöner Anblick.«

Jan atmete tief durch. Nicht nur, dass sie es offenbar mit einem weiteren brutalen Mord zu tun hatten, jetzt war also tatsächlich auch noch einer seiner Kollegen persönlich involviert. Als hätte es Stahlhut bereits gewusst, als sie vor dem Haus vorgefahren waren.

Vollkommen egal, ob er mit seiner Halbschwester in den letzten Jahren keinen Kontakt mehr gehabt hatte. Es war undenkbar, ihn mit diesem Anblick zu konfrontieren. Zum Glück sah er das genauso. Trotzdem musste Jan ihn darüber informieren, dass seine schlimme Befürchtung sich tatsächlich bewahrheitet hatte.

»Warte mal«, rief Jan dem jungen Techniker hinterher, der bereits weitergegangen war. »Könntest du mir einen Gefallen tun?«

»Eigentlich muss ich gerade runter zum Wagen und noch mehr Equipment holen.«

»Umso besser«, sagte Jan. »Unten vor der Tür steht mein

Kollege Stahlhut. Würdest du ihm bitte sagen, dass er besser nach Hause fahren soll? Ich denke, er weiß dann schon Bescheid.«

Der Techniker sah Jan mit fragendem Blick an.

»Die Nachricht wird für ihn nicht gerade leicht zu verkraften sein, aber er wird schon irgendwie damit zurechtkommen«, erklärte Jan. »Du kannst dann einfach deinen Job machen.«

»Na gut, meinetwegen.«

Jan sah dem Mann noch ein paar Sekunden hinterher. Ein Schamgefühl überkam ihn. Wie konnte er sich davor drücken, Stahlhut selbst die Wahrheit zu sagen, und stattdessen diesen jungen Techniker vorschicken? Schließlich ging er den Flur entlang, bis er die Tür erreicht hatte, hinter der offenbar Britta Lücking gewohnt hatte. Sie stand einen kleinen Spalt offen.

Er hörte leises Gemurmel aus der Wohnung. Einer der anderen Techniker schien gerade die Beschreibung des Tatorts auf sein Diktiergerät zu sprechen. Jan wartete noch einen kurzen Augenblick, dann klopfte er vorsichtig.

Ein weiterer Techniker aus Noltes Team, den er noch nie zuvor gesehen hatte, öffnete die Tür und sah ihn mit fragendem Blick an. Jan stellte sich kurz vor und bat um Eintritt. Augenblicklich wurde er noch einmal darüber aufgeklärt, dass der Anblick der Leiche äußerst unschön sei.

Nach dem, was er auf dem Velmerstot gesehen hatte, glaubte Jan, dass ihn vorerst nichts mehr schockieren konnte. Wenige Momente später wusste er allerdings, dass er sich geirrt hatte.

Direkt hinter der Tür lag der Körper von Stahlhuts Halbschwester in einer großen Blutlache. Jan brauchte eine Weile, um zu verstehen, was hier vorgefallen war. Der Körper lag merkwürdig verdreht zwischen Wand und Tür auf dem Bauch. Als er die rechte Gesichtshälfte der Frau sah, musste er schwer schlucken. Erst gestern hatte er den wohl grauenhaftesten Tatort in seiner Karriere bei der Kripo gesehen, aber das hier war vielleicht noch schlimmer.

Das blutverschmierte Gesicht war komplett zertrümmert. Von Augen, Mund und Nase war im Grunde kaum noch etwas zu erkennen. Überall war die Haut aufgeplatzt oder stark geschwollen. Der Täter musste die Frau mitten im Gesicht mit roher und stumpfer Gewalt traktiert haben.

Jan wandte sich ab und zuckte im nächsten Moment zusammen. Direkt hinter ihm stand Nolte.

»Bist du alleine hier?«, fragte der Leiter der Kriminaltechnik.

»Nein, aber ich habe Stahlhut empfohlen, besser wieder zu fahren und sich das hier nicht anzutun. Bei dem Opfer handelt es sich nämlich um seine Halbschwester.«

»Unschön«, entgegnete Nolte kühl. Er war der Inbegriff des trockenen und sachlichen Technikers, der sämtliche Emotionen bei seiner Arbeit ausschalten konnte. Vielleicht musste er sie auch gar nicht ausschalten, mutmaßte Jan.

»Sie hatten allerdings nicht viel Kontakt miteinander«, schob er hinterher. »Lass uns aber lieber darüber reden, was hier passiert ist. Wie ist die Frau gestorben?«

»Dreh dich mal um«, antwortete Nolte.

»Ich weiß nicht, ob ich mir das Gesicht unbedingt im Detail ansehen will«, sagte Jan ehrlich.

»Ich meine zur anderen Seite.«

Jan warf einen raschen Blick über seine Schulter und erkannte sofort, worauf Nolte hinauswollte. Die Tür – sie war blutverschmiert.

»Die Frau wurde regelrecht zerquetscht«, erklärte Nolte nüchtern. »Wir sind noch nicht so weit, eine komplette Tatortanalyse zu Protokoll zu geben, aber alles sieht danach aus, als hätte der Täter sein Opfer förmlich zwischen Tür und Wand zerdrückt.«

»Das heißt, der Täter hat an der Tür geklingelt oder geklopft, um dann unmittelbar sein Opfer zu töten«, sinnierte Jan.

»Eher unwahrscheinlich. Wir haben Spuren gefunden, die ziemlich eindeutig darauf schließen lassen, dass der Täter in der Wohnung gewesen ist. Und es hat den Anschein, als wäre das nicht nach dem Mord geschehen, sondern vorher. Wir müssen das verifizieren, aber aus meiner Sicht ist es wohl eher so gewesen, dass beide sich zuvor gemeinsam in der Wohnung aufgehalten haben. Vielleicht haben sie sich gekannt.«

»Dafür, dass du dich sonst nie auf solche Schlussfolgerungen einlässt, wagst du dich ganz schön weit vor«, sagte Jan.

»Die Spuren sind ziemlich eindeutig. Der Täter hat sich wenig Mühe gegeben, diese zu vertuschen. Natürlich müsst ihr die Schlüsse daraus ziehen, aber ich glaube, es ist so, wie ich gerade erläutert habe. Vielleicht sind die beiden in Streit geraten, und beim Verlassen der Wohnung ist die Situation dann eskaliert.«

»Das ist schon ziemlich weit gedacht. Welche Anhaltspunkte gibt es denn dafür?«

»Gib uns noch ein paar Stunden.«

»Natürlich.« Jan versuchte, die Informationen zu ordnen. Wenn der Täter tatsächlich bereits zuvor in der Wohnung gewesen war, konnte das tatsächlich ein Hinweis darauf sein, dass er das Opfer gekannt hatte.

Er hörte stampfende Geräusche im Treppenhaus. Jan hielt inne. Im nächsten Moment stand Stahlhut vor ihm.

»Es tut mir sehr leid«, sagte Jan ehrlich.

»Ich habe es mir anders überlegt«, sagte Stahlhut. »Ich will sie doch sehen.«

»Ich empfehle dir, es nicht zu tun.« Jan stellte sich ihm in den Weg. »Sie wurde wirklich übel zugerichtet. Erinnere dich an das, was du mir eben unten gesagt hast.«

»Ich habe dir aber vorhin nicht die ganze Wahrheit gesagt«, erklärte Stahlhut mit belegter Stimme, während er sich an Jan vorbeischob und einen zögerlichen Blick auf seine Halbschwester warf.

Als er sich zu ihr hinunterbeugen wollte, hielt Jan ihn zurück. »Erspar dir das.«

Stahlhut nickte nach einigen Sekunden des Innehaltens. Langsam trat er einige Schritte zurück. Dann räusperte er sich und begann zu erzählen.

Verloren

Jan grübelte. Über das, was Kollege Stahlhut über seine Halbschwester berichtet hatte. Und vor allem über die Konsequenz, die sich daraus ergab. Denn wenn es stimmte, was er sagte, und daran zweifelte Jan nicht, dann lag es durchaus im Bereich des Möglichen, dass Britta Lückings Tod in Zusammenhang mit den Morden auf dem Velmerstot stand.

Laut Stahlhut hatte er seine Halbschwester tatsächlich zwar seit über zehn Jahren nicht mehr gesehen, sehr wohl aber noch über ihr Leben Bescheid gewusst. Der Kontaktabbruch damals war offenbar ganz bewusst von Britta ausgegangen, nicht nur ihn betreffend, sondern die gesamte Familie. Etwas in ihrem Leben war zu dieser Zeit passiert, hinter das Stahlhut erst Jahre später gekommen war: Sie hatte neue Freunde kennengelernt, die sie vereinnahmten. Freunde, die darauf bestanden hatten, dass sie mit ihrem bisherigen Leben brach. Freunde, die gar keine Freunde waren, wie Stahlhut nüchtern erklärt hatte.

Es war noch mehr Zeit vergangen, ehe er herausgefunden hatte, in welche Kreise Britta da wirklich hineingeraten war. Anfangs waren es wohl nur einige Treffen gewesen, doch irgendwann war sie Teil einer Gruppierung geworden, deren Mitglieder sich als sogenannte Welterneuerer verstanden. Menschen, die sich als mehrfach wiedergeboren betrachteten.

Jan selbst hatte noch nie etwas von solch einer Art Sekte gehört, aber Stahlhut hatte ihn daran erinnert, dass vor nicht allzu langer Zeit ein ähnlicher Fall aus Bayern bundesweit Schlagzeilen gemacht hatte. Damals hatten sich mehrere Mitglieder einer solchen Sekte spektakulär das Leben genommen. Und seiner Meinung nach konnte die Motivation dieser Sekte womöglich auch noch mit einer ganz anderen Sache in Verbindung stehen.

Stahlhut hatte seine Worte mehr oder weniger unvollendet im Raum stehen lassen.

Es hatte nur wenige Augenblicke gedauert, dann war es Jan

wie Schuppen von den Augen gefallen. Stahlhut vermutete ganz offenbar, dass diese Gruppierung, der seine Schwester angehört hatte, etwas mit den Opfern vom Velmerstot zu tun hatte. War es etwa möglich, dass Christoph Brok, die beiden getöteten Frauen und auch Britta Lücking Teil ein und derselben Sekte gewesen waren? Einige der Bücher im »Ritual Worlds« hatten sich jedenfalls mit einem ganz ähnlichen Thema beschäftigt: Reinkarnation!

»Warum hast du gestern nichts davon gesagt?«, fragte Jan, als er sich wieder gesammelt hatte. »Hat dich der Anblick auf dem Velmerstot nicht an die Sekte deiner Halbschwester erinnert?«

»Ich hab's ja angedeutet«, antwortete Stahlhut achselzuckend. »Aber ich habe die Sache schon immer ganz gut verdrängen können.«

»Haben dir denn die Namen der Opfer nichts gesagt?«

»Nein, von diesen Namen haben wir nie etwas gehört. Sonst hätte ich natürlich sofort die Verbindung herstellen können.«

»Wir?«

»Der Rest der Familie«, antwortete Stahlhut. »Wir haben Britta anfangs nicht kampflos aufgegeben. Meine Mutter hat sie angefleht zurückzukommen, aber sie war wie ferngesteuert. Ein völlig anderer Mensch, nicht mehr sie selbst. Wir kamen überhaupt nicht mehr an sie heran.«

»Das heißt aber, du kennst diese Leute?«, bohrte Jan weiter.

»Du weißt, dass wir dringend weitere Namen brauchen.«

»Das ist fast zehn Jahre her.«

»Versuch, dich zu erinnern.«

»Wie gesagt, ich kenne keine Namen. Aber da waren auf jeden Fall zwei Frauen dabei, die damals schon ein paar Jahre älter als Britta waren.«

»Frauen?«

»Ja.«

»Und kein Mann?«

»Keine Ahnung. Ich weiß wirklich nicht, wer konkret alles in der Sekte dabei gewesen ist. Wir wussten nur von diesen beiden Frauen, mit denen sich Britta oft umgeben hat.«

»Deren Namen du nicht kennst?«

»Glaubst du mir nicht?«

»Doch«, antwortete Jan. »Aber es wundert mich, dass du als Kriminalbeamter nicht alle Hebel in Bewegung gesetzt hast, die Namen herauszufinden.«

»Du hast doch überhaupt keine Ahnung, was wir als Familie alles versucht haben«, reagierte Stahlhut gereizt.

»Na schön«, sagte Jan ungeduldig. »Gut, dass du so ehrlich warst und alles erzählt hast. Das ist bestimmt nicht leicht für dich.«

Nachdenklich ging er auf Nolte zu, der gerade dabei war, den Laminatboden im Flur auf Spuren zu untersuchen.

»Wir müssen hier alles auf den Kopf stellen«, sagte Jan. »Ich weiß, dass ihr auch noch am Velmerstot und mit dem Laden und der Wohnung in Lage beschäftigt seid, aber das hier muss dieselbe Priorität haben. Es kann sogar sein, dass alle drei Orte in Zusammenhang zueinander stehen. Achtet also bitte besonders auf mögliche Verbindungen.«

»Was genau meinst du damit?«, fragte Nolte überrascht.

»Notizen oder Namen, die ihr findet. Hinweise darauf, dass die Opfer einer gemeinsamen Gruppierung oder Sekte angehörten. Möglicherweise auch Waffen, wie wir sie im ›Ritual Worlds‹ gefunden haben. Was auch immer, die kleinste Gemeinsamkeit kann uns helfen.«

»Selbstredend«, sagte Nolte, ohne sich zu ihm umzudrehen. »Wir werden uns hier noch eine Weile umsehen. Die Wohnung ist nicht allzu groß, das dürfte vergleichsweise schnell gehen. Anschließend fahren wir wieder nach Lage. Allerdings ist heute Sonntag, ich muss ein bisschen darauf aufpassen, meine Leute bei Laune zu halten. Die sind seit gestern Morgen fast rund um die Uhr im Einsatz. Und was sie gesehen haben, geht selbst erfahrenen Kriminaltechnikern an die Nieren.«

»Verständlich«, sagte Jan. »Aber diese Sache hier verschärft unsere Ermittlungen noch einmal, wenn sie tatsächlich zusammenhängen. Dann könnte es noch weitere Opfer geben. Wir alle müssen wohl oder übel in den sauren Apfel beißen.«

»Wann tun wir das nicht?«, antwortete Nolte. »Aber ich habe dich verstanden. Lass uns jetzt hier einfach weiterarbeiten.«

Jan wandte sich wieder um und blickte Stahlhut an, der nahezu regungslos dastand und auf seine tote Schwester starrte. »Ich glaube, es ist jetzt wirklich am besten, wenn du nach Hause fährst und ein wenig zur Ruhe kommst«, sagte er. »Und rede mit deiner Familie darüber, was geschehen ist.«

»Mein Vater ist vor ein paar Jahren gestorben. Und wenn du meine Mutter meinst, die lebt seit einigen Monaten im Pflegeheim. Demenz, mit achtundsechzig.« Stahlhut lächelte bitter.

Der Mann, der da wie ein Häufchen Elend vor Jan stand, hatte nichts mehr mit dem Kotzbrocken zu tun, der er sonst war. Der er selbst noch auf der Autofahrt hierher gewesen war.

»Willst du dann lieber mit ins Präsidium kommen?«, fragte er vorsichtig. »Wir haben um halb zwölf die Pressekonferenz, das wird ungemütlich. Ich befürchte, dass nicht nur Bielefelder Medien anwesend sein werden. Der Boulevard springt bei so einer Sache mit Sicherheit sofort auf. Und anschließend müssen wir uns dringend um mögliche Verbindungen zwischen deiner Schwester und den Opfern vom Velmerstot kümmern. Wir sollten vor allem dafür sorgen, dass uns Diana Spies, die Lebensgefährtin von Brok, hilft. Und mit den Angehörigen von Anna Laukötter und Michelle Möller müssen wir ebenfalls so schnell wie möglich sprechen.«

»Zu Hause wartet niemand auf mich«, entgegnete Stahlhut niedergeschlagen.

»Dann lass uns gemeinsam fahren. Vielleicht fällt dir unterwegs ja doch noch etwas ein zu diesen Menschen, denen deine Schwester damals verfallen ist.«

Ohne seinen Blick noch einmal auf den toten Körper von Britta Lücking zu werfen, verließ Jan ihre Wohnung. Aus den Augenwinkeln erkannte er, dass Kai Stahlhut ihm folgte.

Er konnte kaum glauben, welche Wandlung dieser Mann, dem immerzu ein unverschämter, großkotziger Spruch auf den Lippen lag, in der letzten halben Stunde vollzogen hatte.

»Ich habe dir vorhin nicht die komplette Wahrheit gesagt«,

sagte Stahlhut plötzlich. »Es gibt da etwas, was ich verschwiegen habe.«

Jan blieb stehen, ehe er sich langsam umdrehte.

»Ich habe noch nie mit jemandem darüber gesprochen«, fuhr Stahlhut fort. »Du bist die erste Person, die davon erfährt. Nicht einmal Britta wusste es.«

Jan blickte seinen Kollegen erwartungsvoll an.

»Ich habe diese Menschen niemals persönlich kennengelernt«, sagte Stahlhut schließlich. »Aber ich bin ihnen verdammt nahegekommen.«

Es vibriert

Jan zog die Tür seines Büros hinter sich zu und verharrte einige Sekunden lang mit geschlossenen Augen. Die Pressekonferenz war den Umständen entsprechend zufriedenstellend verlaufen. Die zahlreichen Medienvertreter hatten zwar jede Menge Fragen gestellt, aber sie waren zurückhaltender gewesen als befürchtet. Und er hoffte, dass sie vorerst darauf verzichten würden, in ihrer Berichterstattung ein gewisses journalistisches Niveau zu unterschreiten.

Kregel war es gelungen, die Geschehnisse um die Morde an Christoph Brok, Anna Laukötter und Michelle Möller mit einer solchen Eindringlichkeit vorzutragen, dass es niemand gewagt hatte, unangebrachte Fragen zu stellen. Offenbar gab es dieses Mal auch weit weniger undichte Stellen als sonst. So schien es, als hätten die Journalisten vorab nur wenig Kenntnis über die Umstände auf dem Velmerstot gehabt.

Gleichwohl war allen im Team klar, dass ihnen nur wenig Zeit blieb, bis die Medien damit begannen, auf eigene Faust zu recherchieren, und auf die vermeintlichen Hintergründe stießen, die mit hoher Wahrscheinlichkeit für bundesweite Schlagzeilen sorgen würden. Vor allem dann, wenn sie auch noch die mögliche Verbindung zwischen diesem Fall und dem Tod von Britta Lücking in Erfahrung brachten. Denn den Mord in Herford hatten sie in der Pressekonferenz vorsichtshalber gar nicht erwähnt.

Jan setzte sich an seinen Schreibtisch und fuhr den Computer hoch. Mit Cengiz hatte er vereinbart, in einer Stunde loszufahren, um mit den Angehörigen der beiden ermordeten Frauen zu sprechen. Anschließend wollten sie noch einmal Diana Spies auf den Zahn fühlen.

Bis dahin wollte Jan die Zeit nutzen, um mehr über die sogenannten Welterneuerer und ähnliche Sekten und Glaubensgemeinschaften zu erfahren. Vielleicht, so hoffte er, würde er sogar etwas über die Gruppierung herausfinden, der sich auch Stahlhut beinahe angeschlossen hätte.

Eine Dreiviertelstunde später lehnte er sich zurück und atmete tief durch. Was er gelesen hatte, war mehr als verstörend. Er hatte noch immer kein klares Bild dieser Welterneuerer vor Augen. Auch konnte er nicht mit Bestimmtheit sagen, dass die Toten vom Velmerstot tatsächlich einer solchen Sekte angehört hatten. Aber Anzeichen hierfür gab es reichlich.

Ein zentrales Thema der Welterneuerer, die es offenbar überall auf der Welt in unterschiedlicher Ausprägung gab, war der Glaube an die eigene Reinkarnation. Die meisten von ihnen waren sogar überzeugt davon, mindestens schon einmal wiedergeboren zu sein. Einige von ihnen vereinte der Wunsch danach, nach dem Tod ein neues und besseres Leben in einer anderen Galaxie zu führen.

Todessehnsucht war das zweite wichtige Merkmal der Welterneuerer. Manche von ihnen hatten starke suizidale Tendenzen. Bereits nach kurzem Suchen hatte Jan gleich mehrere Artikel über gemeinschaftlichen Suizid solcher Gruppierungen gefunden, unter anderem auch über den Fall in Bayern, von dem Stahlhut ihm berichtet hatte.

Die Details hierzu hatten ihn besonders nachdenklich gemacht. Offenbar war diese Sekte von einem Guru angeführt worden, der mehrere Frauen um sich geschart und sie letztlich hörig gemacht hatte. Gewalt, Erniedrigung, sexuelle Abhängigkeit und wahrscheinlich auch Drogen oder Medikamente waren die Mittel dieses Mannes gewesen, um seine perfiden Vorstellungen durchzusetzen.

Einiges von dem, was er gelesen hatte, passte ziemlich genau zu dem, was sie im »Ritual Worlds« gesehen hatten. Vor allem die Bücher zum Thema Reinkarnation, aber auch die Waffen, das Equipment für Rollenspiele und die Vorliebe für diverse Rituale und mittelalterliche Praktiken aller Art.

Was er bislang nicht verstanden hatte, war die letztendliche Motivation dieser Gruppierungen. Manche sehnten sich nach dem Tod, andere schienen nur aufgrund der sich ständig wiederholenden Rituale beisammen zu sein. Und wieder andere offenbar nur, weil sie sich auf spielerische Art und Weise mit dem Thema auseinandersetzten.

Letzteres konnten sie in ihrem Fall wohl ausschließen. Hier ging es nicht um irgendein Spiel. Nicht einmal um ein Spiel, das außer Kontrolle geraten war. Er war sich sicher, dass der Mord auf dem Velmerstot aus ganz bestimmten Gründen passiert war. Geplant, nicht zufällig.

Für den Moment hatte er genug gelesen. Aber ihm war klar, dass er in das Thema noch tiefer einsteigen musste. In eine Welt, die er eigentlich gar nicht kennenlernen wollte. Aber um dahinterzukommen, was auf dem Velmerstot geschehen war und ob dieses Verbrechen auch mit dem Mord an Britta Lücking zusammenhing, genügte es nicht, ein paar Artikel im Internet zu recherchieren.

In Jans Hosentasche vibrierte sein Handy. Es war Julian Becker, wie er an der Nummer auf seinem Display erkannte. Einer der Techniker aus Noltes Team. Ein junger Kollege, von dem Nolte viel hielt. Auch Jan hatte schon einige Male mit ihm zu tun gehabt. Er meldete sich mit einem kurzen »Hallo«.

»Ich habe eben schon mit Nolte gesprochen«, kam Becker gleich zur Sache. »Er sagte, es wäre am besten, wenn ich dir direkt berichte.«

»Du sprichst in Rätseln.«

»Nolte und die anderen sind noch in Herford im Einsatz, aber ich bin schon mal nach Lage gefahren«, redete Becker unbeirrt weiter. »Ich wollte mir das Haus in Ruhe ansehen. Aber kurz nachdem ich den Laden betreten hatte, merkte ich, dass ich nicht allein war. Es hat ein paar Momente gedauert, bis wir beide uns gegenseitig klarmachen konnten, dass wir nichts Böses vom jeweils anderen wollten. Es stellte sich dann heraus, dass es sich um einen Mitarbeiter des Ladens handelte. Der war anscheinend nur da, um seine persönlichen Dinge abzuholen. Er war ziemlich zurückhaltend, wirkte fast schüchtern.«

»Hast du ihn nach seinem Namen gefragt?«

»Natürlich, er heißt Roland Hilker.«

»Ein fester Mitarbeiter oder lediglich eine Aushilfe?«, fragte Jan.

»Keine Ahnung, das habe ich ihn nicht gefragt.«

»Wie alt?«

»Ich würde ihn auf Ende vierzig oder Anfang fünfzig schätzen«, antwortete Becker.

»In Ordnung, dann müssen wir wohl auch mit ihm sprechen. Hast du ihn zufällig auch um seine Adresse oder Telefonnummer gebeten?«

»Nein, ich dachte, ihr würdet ...« Becker stockte, als er merkte, dass es wohl nicht sonderlich klug gewesen war, den Mitarbeiter aus dem »Ritual Worlds« nicht um seine Kontaktdaten zu bitten.

»Schon gut«, sagte Jan. »Wenn er bei seinem Namen nicht gelogen hat, werden wir ihn schon ausfindig machen.«

»Keine Ahnung, ob es etwas zu bedeuten hat, aber nachdem wir ein paar Worte miteinander geredet hatten, ist er ziemlich schnell verschwunden.«

»Okay, war das alles?«

»Ja.«

»Danke für die Info.« Jan kam zum Ende, als ihm plötzlich ein Gedanke durch den Kopf fuhr.

»Warte noch mal«, sagte er. »Wie kann es eigentlich sein, dass dieser Hilker sich in dem Laden aufgehalten hat und wir darüber nicht informiert werden? Wir haben doch extra einen zivilen Einsatzwagen vor dem Haus geparkt, der darauf achten soll, wer das Gebäude betritt oder verlässt. Vor allem, um Diana Spies zu observieren und zu verhindern, dass wir sie aus den Augen verlieren.«

»Dazu kann ich leider nichts sagen«, antwortete der junge Kriminaltechniker. »Ich wusste nicht, dass das Haus überwacht wird. Allerdings ist dieser Hilker auch nicht durch die Ladentür verschwunden, sondern irgendwo durch einen Ausgang, der in den Hinterhof führt.«

»Wie bitte?« Jan hoffte, sich verhört zu haben.

»Ja, ich stehe hier gerade in einem kleinen Gang, der rückseitig nach draußen führt. Das Haus ist verwinkelter, als man auf den ersten Blick denkt.«

»Verdammt«, fluchte Jan leise.

Dass Diana Spies das Haus irgendwann verlassen würde, war im Grunde klar gewesen. Sie hatte selbst gesagt, dass sie nicht wisse, wo sie schlafen würde. Genau für diesen Fall hatten sie die Observation veranlasst. Aber bislang hatte es keinerlei Meldung gegeben, dass sie aus dem Haus gegangen sei. Genauso wie sie keine Nachricht erhalten hatten, dass Roland Hilker den Laden betreten hatte. Kein Wunder, wenn es einen Hinterausgang gab, von dem sie bisher nichts gewusst hatten.

»Sichere bitte den hinteren Bereich ab und sprich sofort mit den Kollegen, die das Haus beobachten. Sie sollen notfalls Verstärkung rufen, damit es so schnell wie möglich vollständig observiert werden kann, nicht nur der Vordereingang. Und sie sollen am besten an der Wohnungstür über dem Laden klingeln. Vielleicht haben wir ja Glück und Diana Spies ist doch noch da.«

Jan verabschiedete sich von Becker und legte auf. Noch einmal stieß er einen leisen Fluch aus. Er ärgerte sich darüber, dass sie nicht gründlich genug gewesen waren und ihnen dadurch womöglich Diana Spies durch die Lappen gegangen war.

Nachdem er sich wieder etwas beruhigt hatte, fuhr er seinen Computer herunter und verließ eiligen Schrittes sein Büro. Cengiz wartete bestimmt schon auf ihn.

* * *

Nach einer halbstündigen Fahrt stellte Cengiz seinen Dienstwagen vor einem Zweifamilienhaus in Oerlinghausen ab. Gar nicht weit entfernt vom Freilichtmuseum, in dem Jan als Kind mit seinen Eltern und Geschwistern oft gewesen war. Die Wohngegend sah solide und unauffällig aus. In dem Haus, vor dem sie parkten, wohnten Anna Laukötters Eltern und ihr älterer Bruder.

Cengiz und er hatten während der Fahrt nur wenig gesprochen. Wie so oft in den Ermittlungen in den vergangenen Jahren wussten sie, was jeder zu tun hatte. Wer welchen Part übernahm. Und wer wann eingriff, um das Gespräch in eine bestimmte Richtung zu lenken. Sie waren ein eingespieltes Team.

Jan hatte nur kurz davon erzählt, was Stahlhut und er heute Morgen in Herford erlebt hatten. Er hatte auch darüber berichtet, dass eine Verbindung zu den Morden am Velmerstot durchaus im Bereich des Möglichen lag. Auch wenn es noch keinen stichhaltigen Anhaltspunkt gab, dass die Sekte, von der ihm Stahlhut erzählt hatte, tatsächlich etwas mit Christoph Brok und dem »Ritual Worlds« zu tun hatte.

Vor dem Haus parkten zwei VW. Ein älterer Golf und ein ziemlich neu aussehender großer Geländewagen. Alles wirkte normal und bürgerlich, sodass die Gedanken an den gestrigen Tag auf dem Velmerstot noch surrealer erschienen.

Gestern hatte er nur einen kurzen Blick auf den abgetrennten Kopf von Anna Laukötter geworfen und Einzelheiten ihres Gesichts kaum wahrgenommen. Vor allem zum Selbstschutz. Aber kurz bevor sie eben losgefahren waren, hatte ihm Cengiz ein paar Fotos der beiden ermordeten Frauen auf den Schreibtisch gelegt. Beim Anblick von Anna Laukötter hatte er sofort an Diana Spies denken müssen. Die halbseitig abrasierten Haare und die Piercings in der rechten Augenbraue, der Nase und der Lippe passten zu Christoph Broks Freundin. Offenbar bekannten sie sich alle auch optisch zu der Szene, in der sie verkehrten.

Obwohl ein solches Äußeres so konträr zu der spießigen Fassade dieses Hauses hier mitten in Oerlinghausen erschien, wusste Jan auch, dass sich gerade in diesen Milieus nicht selten die wunderlichsten und schrecklichsten Geschichten abspielten.

Cengiz hatte ihn auch mit einigen kurzen Informationen über Anna Laukötter versorgt. Sie war dreißig Jahre alt geworden und hatte bis zuletzt im Haus ihrer Eltern gelebt. Zumindest lag kein Eintrag über einen eigenen Wohnsitz vor.

Vor zwölf Jahren hatte sie die mittlere Reife abgeschlossen und anschließend eine Ausbildung zur Medizinisch-technischen Assistentin absolviert. Nach dem Abschluss war sie offenbar nicht übernommen worden und hatte sich daraufhin mit Aushilfsjobs in einem Sonnenstudio und später in einer Cocktailbar in Bielefeld über Wasser gehalten. Mehr wussten sie bislang allerdings nicht über das Leben von Anna Laukötter. Wann sie Christoph Brok kennengelernt hatte, war genauso unklar wie die Frage nach dem Verhältnis zu ihm.

Jan drückte auf die Klingel und trat einen Schritt zurück. Es verging fast eine halbe Minute, ehe sich die Haustür öffnete. Vor ihnen stand ein hochgewachsener Mann um die sechzig mit einem grauen Kinnbart, der sie skeptisch, aber auch erwartungsvoll ansah. Von Trauer war in seinem Gesicht wenig zu sehen.

»Gunther Laukötter?«, fragte Jan. »Wir sind von der Kripo Bielefeld und möchten Ihnen unser Beileid aussprechen. Mein Kollege Cengiz –«

»Schon gut«, fuhr der Mann dazwischen. »Mir war klar, dass Sie hier auftauchen, aber das macht es natürlich nicht besser. Meine Tochter hätte es nicht gewollt, dass die Polizei in ihrem Leben herumschnüffelt.«

Normalerweise schreckte Jan vor der Konfrontation mit Angehörigen zurück, weil diese sich oftmals schockiert und unkontrolliert zeigten. Aber in diesem Fall schien es anders zu sein. Laukötter reagierte seltsam nüchtern auf den Tod seiner Tochter und ihnen gegenüber unverhohlen feindselig.

»Wir können uns vorstellen, wie schwer die Situation für Sie ist«, fuhr Jan unbeeindruckt fort. »Wir haben extra einen Tag abgewartet, bevor wir mit Ihnen reden, um Sie nicht in Ihrer Trauer zu stören. Aber ein paar Fragen müssen wir Ihnen dennoch stellen, wenn wir herausfinden wollen, wer für den Tod Ihrer Tochter verantwortlich ist.«

»Für Sie mag das bloß eine Ermittlung sein, aber können Sie vielleicht verstehen, was es für uns bedeutet, dass unsere Tochter gestorben ist?«

»Ich antworte so, wie ich immer auf diese Frage antworte«, sagte Jan ehrlich. »Nein, ich kann es nicht nachvollziehen, weil ich so etwas Grauenhaftes noch nicht erlebt habe. Und es gibt nichts, was ich mir mehr für mein Leben wünsche, als dass ich das, was Sie gerade durchmachen, niemals selbst erleben muss.

Und trotzdem muss ich Sie bitten, uns zu helfen. In Ihrem eigenen Interesse.«

»Meine Tochter und ich hatten zeit unseres Lebens vielleicht nicht besonders viele Gemeinsamkeiten«, sagte Laukötter ausweichend. »Um nicht zu sagen, gar keine. Aber in einer Sache waren wir zumindest immer derselben Überzeugung: Wir mögen keine Polizei.«

Der Mann mit den kurz geschorenen grauen Haaren trat einen Schritt auf Jan zu und postierte sich mit verschränkten Armen vor ihm. »Und genau darum werde ich mich auch weigern, Ihre Fragen zu beantworten.«

»Darf ich fragen, welche schlechten Erfahrungen Sie mit uns gemacht haben?«

»Sie dürfen, aber ich habe keine Lust, Ihnen eine Antwort zu geben. Außerdem werden Sie es ohnehin herausfinden.«

Jan tauschte einen Blick mit Cengiz, der ihm zunickte.

»Wir möchten die Situation nicht unnötig verkomplizieren«, setzte Jan noch einmal an. »Uns geht es ausschließlich darum, in Erfahrung zu bringen, was vorgestern Abend auf dem Gipfel des Velmerstot passiert ist. Weshalb Ihre Tochter sterben musste.«

»Natürlich geht es Ihnen darum. Aber vielleicht wollen meine Frau und ich das gar nicht wissen. Deshalb werde ich Ihnen auch nicht helfen.«

»Soll ich?«, fragte Cengiz und trat energisch einen Schritt vor.

»Was will er?«, fuhr Laukötter sofort dazwischen. »Mir etwa Gewalt androhen?«

»Nein, das will er nicht«, sagte Jan gelassen. »Sie müssen nur wissen, mein Kollege ist manchmal etwas aufbrausend. Da kann es schon mal ungemütlich für die Beteiligten werden. Gar nicht so einfach, ihn immer zu kontrollieren. Wenn Sie verstehen, was ich meine.«

»Ich kenne Ihre Spielchen nur allzu gut«, entgegnete Laukötter unbeeindruckt. »Ich habe schon mit Typen wie Ihnen zu tun gehabt, als Sie noch an der Brust hingen. Damit beeindrucken Sie mich nicht. Verschwinden Sie jetzt von hier. Meine Tochter ist gestorben. Und meine Frau ist am Boden zerstört. Ich habe hier jetzt wichtigere Dinge zu regeln.«

»Ich habe keine Ahnung, weshalb Sie so unkooperativ sind«, sagte Jan, »aber ich nehme es zur Kenntnis. Möglich, dass Sie ein persönliches Problem mit uns haben. Aber glauben Sie mir, wir werden uns so schnell wie möglich um eine Vorladung aufs Polizeipräsidium in Bielefeld kümmern. Und mein Kollege hier führt dann die Vernehmung.«

»Dann werde ich erst recht nichts sagen.« Laukötter ging einen Schritt zurück, als Zeichen dafür, dass er die Tür vor ihrer Nase schließen wollte. »Suchen Sie sich Ihre Informationen dort, wo Sie willkommen sind. Hier jedenfalls nicht.«

Im nächsten Moment fiel die Haustür ins Schloss.

Jan und Cengiz blieben einige Sekunden regungslos stehen, dann wandten sie sich fast gleichzeitig ab. Als sie wieder in Cengiz' Wagen saßen, dauerte es eine Weile, ehe ein Gespräch in Gang kam. Es war Cengiz, der als Erster Worte fand.

»Ich glaube, es hätte nicht geschadet, wenn wir noch ein wenig eindringlicher gewesen wären«, sagte er. »Jede Wette, dass seine Abneigung uns gegenüber etwas damit zu tun hat, dass wir ihm seiner Meinung nach zu lasch sind. Dass die Polizei nicht hart genug durchgreift. Im Kampf gegen alles Mögliche. Solche Typen müssen im Zweifelsfall auch mal hart angepackt werden.«

»Im Grunde gebe ich dir recht«, sagte Jan. »Aber er hat erwähnt, dass wir es ohnehin herausfinden werden. Also glaube ich, dass er schon mal Ärger mit der Polizei gehabt hat. Vielleicht ist er vorbestraft, hat sogar schon mal eingesessen. Was auch immer. Jedenfalls werden wir von ihm so schnell nichts erfahren, was uns weiterhilft. Aber er weiß ganz genau, was seine Tochter getrieben hat. Es war schließlich herauszuhören, dass er es nicht gutgeheißen hat. Wahrscheinlich meinte er ihren Umgang. Bevor er allerdings mit uns kooperiert, würde er sich wohl eher die Zunge abbeißen.«

»Das heißt, du willst ihm das durchgehen lassen?«

»Was heißt schon ›durchgehen lassen‹? Wir werden die Informationen über seine Tochter nicht aus ihm rausprügeln können. Uns bleibt nichts anderes übrig, als auf anderen Wegen mehr in Erfahrung zu bringen. Fahren wir zu den Eltern von Michelle Möller.«

Auf dem Weg nach Leopoldshöhe sah sich Jan noch einmal die Fotos an, die Cengiz zusammengestellt und ausgedruckt hatte. Im Gegensatz zu Anna Laukötter und Diana Spies hatte Michelle Möller hellblonde und nur fingerlange Haare, die sie mit einem Seitenscheitel trug. Auf beiden Seiten hatte aber auch sie ihre Haare millimeterkurz abrasiert. Und auch sie hatte offenbar ein Faible für Piercings und schwarze Kleidung gehabt. Die Fakten zu ihrem Leben lasen sich fast wie eine Kopie derjenigen über Anna Laukötter. Die beiden hatten dieselbe Schule besucht und gemeinsam ihren Abschluss gemacht. Auch bei der Auswahl des Ausbildungsberufs hatten sie sich offenbar abgesprochen. Mit dem Unterschied allerdings, dass Michelle Möller nach erfolgreicher Ausbildung drei Jahre lang in der Praxis einer Radiologie in Bielefeld-Heepen gearbeitet hatte.

Sofern die beiden nicht ohnehin die ganze Zeit eng miteinander befreundet gewesen waren, hatten sich ihre beruflichen Wege anschließend erneut gekreuzt. Michelle Möller hatte in derselben Cocktailbar in Bielefelds Altstadt gejobbt, in der auch Anna Laukötter gearbeitet hatte.

Jans Handy vibrierte in seiner Hand. Es war Lara. Er hatte sie gebeten, ebenfalls nach Lage ins »Ritual Worlds« zu fahren, um sicherzustellen, dass das Haus tatsächlich umfassend observiert wurde.

»Du hattest recht«, kam sie direkt zur Sache. »Sie ist weg.«

Jan überlegte kurz, was sie meinte, dann verstand er jedoch. Diana Spies hatte sich offenbar durch den Hinterausgang aus dem Gebäude davongemacht. »Seid ihr euch absolut sicher?«

»Sie öffnet zumindest nicht die Tür. Und auch sonst deutet nichts darauf hin, dass sie sich noch im Haus befindet. Kein Licht in der Wohnung, keine Bewegungen hinter den Vorhängen.«

»Das war zu befürchten.« Jan war verärgert.

»Wieso haben wir das Haus nicht gestern bereits durchsucht?«, sagte Lara. »Wir hätten uns auch die Wohnung von Brok sofort vornehmen müssen.«

Jan atmete tief durch. Lara hatte vollkommen recht, aber klar war auch, dass sie gestern Abend keinerlei Befugnis gehabt hatten, in die Wohnung von Christoph Brok, in der offenbar auch seine Lebensgefährtin Diana Spies wohnte, einzudringen. Sie hatten gestern noch nichts Stichhaltiges in der Hand gehabt, was darauf hindeutete, dass Broks Wohnung Hinweise auf den Täter liefern könnte. Dass sie sich Zugang zum Laden verschafft hatten, war schon heikel genug gewesen.

Natürlich hatte das Verhalten von Diana Spies Jans Alarmglocken sofort schrillen lassen, aber als sie im »Ritual Worlds« gewesen waren, hatten weder er noch Cengiz die Veranlassung gesehen, das Haus komplett auf den Kopf zu stellen. Vielleicht war es ein Fehler gewesen.

»Es ist, wie es ist«, sagte er frustriert und merkte selbst, wie kläglich seine Antwort klang. »Ich hatte darauf gehofft, dass wir mit der Observation verhindern, dass Diana Spies sich aus dem Staub macht. Dann wären wir heute dorthin gefahren und hätten in Ruhe mit ihr ein weiteres Gespräch geführt. Und gleichzeitig alles noch einmal genau unter die Lupe genommen.«

»Haben wir denn wenigstens mittlerweile einen Durchsuchungsbeschluss?«, drängte Lara.

»Meines Wissens nur für den Laden«, antwortete Jan. »Aber das ist jetzt auch vollkommen egal. Wenn du dir sicher bist, dass niemand mehr in der Wohnung ist, dann gehst du jetzt einfach rein. Bist du denn allein dort?«

»Nein, Bettina ist mit dabei. Und natürlich die Kollegen von der Streife, die die ganze Zeit das Haus beobachten.«

»Und Becker von der KT?«, fragte Jan überrascht. »Ist der nicht da?«

»Kommt gerade wieder rein. Scheint sich was zu essen geholt zu haben.«

»In Ordnung, wir sind spätestens in einer Stunde bei euch«,

sagte Jan. »Sichert weiterhin alles ab. Und veranlasse bitte, dass sofort eine Fahndung nach Diana Spies herausgegeben wird.« Jan verabschiedete sich von Lara und legte auf. Tatsächlich war es also so, wie er befürchtet hatte. Diana Spies war verschwunden. Sie hatten die Situation falsch eingeschätzt. Und er war nicht unschuldig daran. Gestern Abend hätte er erkennen müssen, dass die angeordnete Observation nicht ausreichte, um sie erfolgreich zu überwachen. Diana Spies war womöglich die wichtigste Figur bei ihren Ermittlungen. Vielleicht hatte sie sogar selbst etwas mit den Morden zu tun. Zumindest war sie jedoch die Person, die ihnen helfen konnte, wenn es um Christoph Brok ging.

Wenige Minuten später parkte Cengiz seinen Wagen an einer Straße am Ortsrand in Leopoldshöhe. Das Reihenendhaus, in dem Michelle Möllers Familie lebte, wirkte leicht heruntergekommen und war wesentlich kleiner als das der Laukötters.

Diesmal öffnete ihnen eine Frau, die Jan deutlich jünger als den Vater von Anna Laukötter schätzte. Wenn sie die Mutter von Michelle Möller war, musste sie sie wahrscheinlich mit Anfang zwanzig geboren haben.

»Kathrin Möller?«, fragte er vorsichtig.

Sie nickte. Mit ihrem blonden Kurzhaarschnitt sah sie ihrer Tochter so ähnlich, dass Jan sich seine Frage eigentlich hätte sparen können.

Als sie verstand, wer da vor ihr stand, brach die Frau sofort in Tränen aus. Jan stellte sich und Cengiz rasch vor und richtete der Frau ihr Beileid aus. Dann bat er darum, ihr in Ruhe ein paar Fragen stellen zu dürfen.

Vielleicht lag es an ihrer seelischen Verfassung, wahrscheinlicher erschien Jan jedoch, dass sie einfach ganz anders als Anna Laukötters Vater tickte. Jedenfalls bat sie die beiden mit einem unauffälligen Kopfnicken hinein.

Sofort hatte er den Geruch von Räucherstäbchen in der Nase, der ihm bestens vertraut war. Seine frühere Mitbewohnerin Mareike hatte seine Wohnung während ihrer Yoga-Kurse oft damit eingenebelt.

Während sie durch den Flur gingen, versuchte Jan einen Blick in die abzweigenden Räume zu werfen. Viel konnte er nicht erkennen, aber ihm stach ins Auge, dass überall in der Wohnung Fotos von Michelle hingen oder standen. Aus Kindertagen, als Jugendliche und Erwachsene. Allein, zusammen mit ihrer Mutter und auch gemeinsam mit einer weiteren weiblichen Person, die offenbar in ihrem Alter war und ihr zum Verwechseln ähnlich sah.

Jan stutzte einen Moment, dann war er sich jedoch sicher, dass Michelle eine Zwillingsschwester haben musste.

»Wir werden nicht lange bleiben«, sagte er, nachdem sie sich im Esszimmer an einen einfachen Holztisch gesetzt hatten. »Aber ein paar Fragen müssen wir Ihnen leider stellen.«

»Schon in Ordnung, Sie machen ja nur Ihre Arbeit.« Kathrin Möller wischte sich mit einem Taschentuch die Tränen aus den Augenwinkeln, dann atmete sie mehrfach tief ein und aus. Eine Übung, die sie offenbar bereits verinnerlicht hatte. Denn wenige Augenblicke später hatte sie sich wieder beruhigt und nickte ihnen zu.

»Leben Sie hier alleine?«, begann Jan.

»Jetzt ja«, antwortete sie. »Wobei, im Grunde schon seit einer ganzen Weile. Michelle hat schon seit einigen Jahren nur noch sehr selten hier geschlafen.«

»Verstehe«, sagte Jan. »Das heißt, Sie haben keinen –«

»Nicht mehr«, fiel Kathrin Möller ihm ins Wort. »Mein Lebensgefährte hat mich vor einem halben Jahr verlassen.«

»Möglicherweise müssen wir auch mit ihm sprechen …«

»Das ist nicht notwendig«, sagte sie entschieden. »Er war nicht der leibliche Vater von Denise und Michelle. Wir waren auch nur ein paar Jahre zusammen. Um ihn trauere ich nun wirklich nicht.«

»Darf ich fragen, was mit dem leiblichen Vater der beiden ist?«

»Er ist tot.« Kathrin Möllers Ton war nüchtern. »Schon lange, fast auf den Tag genau zwanzig Jahre.«

»Das tut mir leid.«

»Braucht es Ihnen nicht, es war seine eigene Entscheidung. Er hatte es oft genug angekündigt, aber ich habe es nicht ernst genommen. Eines Tages hat er sich dann tatsächlich vor einen Zug geworfen. Wenn, dann müsste also ich mir selbst Vorwürfe machen.« Sie hielt kurz inne und atmete tief durch. Dann fuhr sie fort.

»Wissen Sie, er war es, der alles zerstört hat. Sich selbst zu töten hat mit Sicherheit viele Gründe, vielleicht nachvollziehbare Gründe, aber ich sage es Ihnen ganz ehrlich: Wer sich selbst umbringt, ist in erster Linie ein Egoist. Und erst recht, wenn derjenige Familie hat. Ich kann diese Leute nicht verstehen, die mehr Verständnis für den Täter übrighaben als für die eigentlichen Opfer.«

»Täter?«, fragte Jan vorsichtig.

»Natürlich war er ein Täter«, antwortete sie regelrecht aufgebracht. »Alles, was danach folgte, hat er zu verantworten. Er trägt nicht nur die Schuld an seinem eigenen Tod. Falls Sie verstehen, was ich meine?«

»Noch nicht so richtig«, antwortete Jan ehrlich.

»Die Sache mit Denise liegt jetzt mittlerweile fast acht Jahre zurück.« Kathrin Möller stockte. Der Kloß in ihrem Hals schien sie am Weiterreden zu hindern.

Jan versuchte sich zu erinnern, ob er möglicherweise vor acht Jahren irgendetwas von einem möglichen Unglück mitbekommen hatte. Aber ihm fiel nichts ein. Cengiz' Miene verriet, dass auch er komplett ahnungslos war.

»Michelles Zwillingsschwester?«, fragte er.

»Sie waren zweieiige Zwillinge, aber fast jeder dachte, sie wären eineiig. Sie waren unzertrennlich.«

»Es tut uns leid, dass wir so direkt nachfragen müssen, aber wir wissen nicht, worauf Sie anspielen. Was ist mit Denise vor acht Jahren passiert?«

»Sie hat sich ebenfalls das Leben genommen.« Kathrin Möllers Worte erstarben beinahe unter ihren Tränen und einem schweren Schlucken. »Sie ist vom Dach eines Hochhauses in Bielefeld gesprungen. Mit gerade einmal einundzwanzig Jahren.«

Jan spürte, wie sich nun auch seine Kehle zuschnürte. Er griff nach der Flasche Wasser, die auf dem Tisch stand, und schenkte allen am Tisch ein. Dann nahm er einen kräftigen Schluck.

»Spätestens ab diesem Tag war unser Leben nicht mehr dasselbe«, fuhr Kathrin Möller fort. »So komisch es auch klingen mag, aber irgendwie verspüre ich jetzt, wo Michelle auch tot ist, beinahe Erlösung. Die beiden sind jetzt wieder zusammen und vereint.«

Jan wollte ihr reflexartig zustimmen, hielt sich dann aber doch zurück. »Glauben Sie, dass auch Michelle den Gedanken in sich trug, sterben zu wollen?«, fragte er stattdessen.

»Michelle war anders«, antwortete Kathrin Möller kurz angebunden.

»Sie wissen, wie wir Ihre Tochter gefunden haben?«, fragte Jan.

Sie nickte.

Jan betrachtete Kathrin Möller einige Sekunden lang. Dafür, was sie durchgemacht hatte, wirkte sie erstaunlich gefestigt und frisch. Einzig die tränenunterlaufenen Augen deuteten auf ihr Schicksal hin. Wie eine gebrochene Frau sah sie jedoch nicht unbedingt aus.

»Wir gehen davon aus, dass Michelle zumindest nicht leiden musste«, fuhr er fort. »Wir haben keinerlei Verletzungen feststellen können, die darauf hindeuten, dass sie festgehalten oder misshandelt wurde.«

»Also hatte sie gar keine Chance, sich zu wehren?«

»So wie es aussieht, nein«, antwortete Jan. »Das trifft übrigens auch auf Anna Laukötter zu. Wenn wir richtig informiert sind, war sie eine gute Freundin Ihrer Tochter.«

»Nein, das ist nicht richtig«, entgegnete Kathrin Möller plötzlich vehement. »Die beiden hatten zwar seit der Kindheit immer wieder miteinander zu tun, aber Freundinnen waren sie nie.«

»Sie haben die gleiche Ausbildung gemacht und später zusammen in derselben Cocktailbar gearbeitet. Und jetzt sind sie gemeinsam auf dem Velmerstot gestorben.«

»Sie waren keine Freundinnen«, wiederholte Kathrin Möller. »Es war wohl eher so, dass Anna Michelle nachgeeifert hat. Es gab Zeiten, da war Michelle ziemlich genervt von ihr.«

»Aber vorgestern Abend in der Mittsommernacht waren die beiden gemeinsam auf dem Velmerstot«, mischte sich Cengiz ein, indem er Jans Worte noch einmal wiederholte. »Es gibt aus unserer Sicht einige Hinweise darauf, dass die beiden Teil einer, nennen wir es mal Gruppierung waren, der mindestens noch zwei weitere Personen angehörten. Unter anderem ein gewisser Christoph Brok, der ebenfalls auf dem Velmerstot umgebracht worden ist. Sagt Ihnen dieser Name etwas?«

»Nein, aber mir war natürlich klar, dass es so jemanden geben muss.«

»›So jemanden‹?«, fragte Jan überrascht.

»Dass Michelle unter den Einfluss von jemandem geraten ist, habe ich die ganze Zeit geahnt. Sie hat sich irgendwann vor ein paar Jahren verändert – optisch, aber vor allem auch als Mensch. Sie war eigentlich immer anders als Denise. Mutig und lebensfroh. Aber irgendetwas muss mit ihr passiert sein. Kurz danach ist sie dann hier auch mehr oder weniger ausgezogen.«

»Wo hat sie denn in den letzten Jahren gelebt?«, hakte Cengiz nach.

»Das kann ich Ihnen nicht sagen. Wir haben nie darüber gesprochen.«

Jan fixierte die Frau. Zum ersten Mal hatte er das Gefühl, dass sie nicht die Wahrheit sagte.

»Sie schließen also aus, dass Michelles Veränderung etwas mit ihrem Kontakt zu Anna Laukötter zu tun hatte?«, fragte er. »Immerhin waren sich die beiden in Sachen Kleidungsstil ziemlich ähnlich.«

»Ich habe leider wirklich keine Ahnung, wie es dazu kommen konnte, dass Michelle sich so verändert hat. Obwohl es seit Jahren keine Nacht mehr gegeben hat, in der ich hier nicht schlaflos gelegen und mir Gedanken darüber gemacht habe. Das können Sie mir glauben. Ich weiß nicht, zu wem sie Kontakt hatte. Aber dass Anna etwas damit zu tun hatte, kann ich mir nur schwer vorstellen.«

»Wäre es denkbar, dass Michelle vielleicht bei Anna gewohnt hat?«

»Bei den Laukötters?«, fragte Kathrin Möller entrüstet. »Niemals.«

»Dann noch einmal die Frage: Haben Sie den Namen Christoph Brok schon einmal gehört?«

»Nein, tut mir wirklich leid.«

»Und Britta Lücking?« Jan gab nicht auf, er wurde das Gefühl nicht los, dass Kathrin Möller nicht alles preisgab. »Kennen Sie die?«

»Was soll das jetzt werden?« Kathrin Möller wirkte sichtlich irritiert. »Ich höre diese Namen zum ersten Mal.«

Jan zweifelte nicht einen Moment daran, dass sie log. Sie wusste sehr wohl, wer Britta Lücking war.

»Sie brauchen uns nichts vorzumachen«, sagte er, nachdem er sie einige Sekunden fixiert hatte. »Wenn Sie wissen, in welche Kreise Ihre Tochter geraten ist, sollten Sie uns alles sagen und uns vielleicht wichtige Informationen und Namen nennen. Ich glaube, es wäre jetzt wirklich angebracht, wenn Sie mit uns kooperieren. Also, was ist mit Ihrer Tochter passiert? Was für einer Gruppierung hat sie sich vor einigen Jahren angeschlossen? Es wäre in der Tat hilfreich, wenn Sie alles sagen, was Sie wissen. Das sollte schließlich auch in Ihrem Interesse sein.«

»Ob Sie es mir jetzt glauben oder nicht, aber Michelle und ich haben wirklich niemals darüber gesprochen. Wie gesagt, ich vermute ja auch, dass es da jemanden gegeben hat, der Einfluss auf sie genommen hat. Vielleicht war es dieser Brok, den Sie eben erwähnt haben. Aber ich weiß es einfach nicht.«

»Sie haben also Michelles Veränderungen und ihren Auszug hingenommen, ohne jemals nachzufragen, was es damit auf sich hat?«

»Michelle war zweiundzwanzig Jahre alt, als es angefangen hat. Was glauben Sie denn, was ich da noch ausrichten konnte? Nach allem, was zuvor in unserer Familie passiert ist.«

»Das ist natürlich absolut verständlich«, sagte Jan ruhig. »Dennoch: Wenn Sie irgendeine Ahnung haben, auf wen sich Ihre Tochter eingelassen hat und aus welchen Beweggründen, dann reden Sie mit uns. Wir verfolgen die Theorie, dass sie in eine Art Sekte hineingeraten ist. Ob Michelles Tod wirklich damit zu tun hat, überprüfen wir noch. Sagt Ihnen der Begriff Welterneuerer etwas?«

Kathrin Möller sagte nichts. Offenbar hatte sie verstanden, dass jedes weitere Wort gegen sie verwendet werden konnte. Aber mit ihrem Schweigen hatte sie im Grunde bereits zugegeben, dass Jan und Cengiz mit ihrer Theorie nicht ganz falschlagen.

»Wann hatten Sie zuletzt Kontakt zu Ihrer Tochter?«, fragte Jan, doch in dem Moment spürte er erneut das Vibrieren seines Handys in der hinteren Hosentasche. Er gab Cengiz ein Zeichen und zog das Telefon hervor.

Es war schon wieder Lara. Sie würde nicht anrufen, nur um mal zu reden oder zu hören, wie es bei ihnen gerade lief. Er stand auf und ging in den Flur, um ungestört zu telefonieren.

»Hallo, Lara«, meldete er sich.

»Könnt ihr so schnell wie möglich herkommen?« Sie klang nervös.

»Bist du denn noch in Lage?«

»Ja, ich stehe hier im ›Ritual Worlds‹. Aber irgendetwas stimmt nicht.«

»Was meinst du?«

»Das weiß ich noch nicht.«

»Ist Diana Spies doch noch im Haus?«

»Nein, das wohl nicht, aber …«

»Bist du allein dort? Jetzt sag doch endlich, was los ist«, rief Jan aufgebracht.

»Es sieht hier so aus, als wäre eine Bombe eingeschlagen«, antwortete Lara. »Im Laden steht kein einziges Regal mehr. Bücher, Kostüme, Dekomaterialien, Waffen – alles liegt durcheinander verstreut herum. Selbst in den hinteren Räumen herrscht das totale Chaos.«

Angestrengt dachte Jan darüber nach, was es zu bedeuten hatte, dass jemand offenbar den Laden verwüstet hatte.

»Da ist noch etwas anderes«, sagte Lara. Ihre Stimme klang sehr angespannt.

»Was denn?«

»Es könnte sein, dass wir wissen, wer das nächste Opfer ist.«

»Wie denn das?«

Ehe Lara antworten konnte, setzte auf einmal ein lautes Stimmengewirr am anderen Ende der Leitung ein.

Aufgeregte Schreie.

Wortfetzen.

Kurz bevor das Gespräch abbrach, hörte er noch einmal Laras Stimme heraus. Sie klang jetzt panisch, aber unmissverständlich. Offenbar hatten die Kollegen vor Ort plötzlich Gasgeruch wahrgenommen.

Während jemand aus dem Hintergrund gerade brüllte, dass alle so schnell wie möglich aus dem Laden rennen sollten, weil das Haus jeden Moment in die Luft fliegen würde, ging Jan mit wackeligen Knien und dem Handy in der Hand langsam zurück ins Esszimmer.

Spätestens in diesem Moment bestätigte sich seine Ahnung. Dieser Fall würde ihn jenseits seiner Grenzen bringen. Bislang stießen sie nur auf Mauern des Schweigens, und jetzt nahm die Katastrophe ihren Lauf. Womöglich würde in wenigen Sekunden auch noch die einzige richtige Spur vernichtet werden.

Trümmer

Dass seine schlimmsten Befürchtungen eingetroffen waren, erkannte Jan bereits, als sie sich auf der B 66 von Westen kommend mit Blaulicht Lage näherten. Über der Stadt hing eine schwarze Rauchwolke. In dem Haus, in dem sich der Laden und die Wohnung von Christoph Brok befanden, hatte es also tatsächlich eine Explosion gegeben.

Cengiz drückte das Gaspedal seines Passats so weit durch, dass Jan den Blick von der Straße abwenden musste. Immer wieder überholte sein Kollege andere Autos und riskierte dabei einen Zusammenstoß mit dem entgegenkommenden Verkehr.

Aber Jans Gedanken waren ohnehin von etwas ganz anderem besessen: Warum verdammt noch mal ging Lara nicht an ihr Handy?

Er versuchte, jemand anderen aus dem Team zu erreichen. Aber auch Bettina und Julian Becker von der Kriminaltechnik gingen nicht ran. Stahlhut hatte er nach der Pressekonferenz nach Hause geschickt, und Kregel saß, soweit er wusste, in einem Meeting mit seinen Vorgesetzten.

Cengiz steuerte seinen Wagen mit quietschenden Reifen durch die Stadt. Ein paarmal hätte er um ein Haar parkende Autos gerammt. Doch kurz darauf bog er in die Schulstraße ein, in der sich das »Ritual Worlds« befand.

Befunden hatte, korrigierte sich Jan selbst, als er schon von Weitem erkannte, dass dort, wo das Haus gestanden hatte, jetzt eine Lücke klaffte, aus der nur noch einige Mauerreste herausragten. Flammen loderten aus den Trümmern.

»Scheiße«, war alles, was Jan dazu einfiel, während Cengiz den Wagen rechts ran fuhr und starr durch die Windschutzscheibe auf das blickte, was sich da vor ihnen abspielte. Ein kompletter Löschzug stand in der Straße und kämpfte verzweifelt gegen die Flammen. Mehrere Krankenwagen waren vorgefahren, dazu mindestens ein Dutzend Einsatzfahrzeuge der Polizei.

»Dann lass uns mal«, sagte Jan, nachdem er für einige Sekunden die Augen geschlossen hatte und in sich gegangen war. Er war jetzt vorbereitet, redete er sich ein.

Sie duckten sich unter den Absperrbändern hindurch und näherten sich langsam dem Ort des Geschehens. Jetzt mussten sie sich nicht beeilen. Helfen konnten sie nicht mehr. Entweder Lara und die anderen hatten es rechtzeitig aus dem Haus geschafft, oder aber … Er weigerte sich, die Konsequenzen zu Ende zu denken.

Während sie an den Einsatzkräften vorbeigingen, sah er sich in alle Richtungen um. Auf der Suche nach irgendeinem Gesicht, das er kannte. Jemandem, der ihm ein Zeichen gab, dass alles in Ordnung war. Dass es alle rechtzeitig geschafft hatten.

Aber er erkannte niemanden.

Cengiz dagegen wirkte in diesem Moment wie eine Maschine. Obwohl auch ihn die Situation mitnahm, blieb er stark und ging voran.

Als sie nur noch wenige Meter von den Trümmern des Hauses entfernt waren, trat Jan zur Seite und ging auf einen Streifenbeamten zu, der in sein Funkgerät sprach. »Wo sind die Kollegen, die im Haus gewesen sind?«, kam er sofort zur Sache.

»Moment«, sagte der Polizist und sprach noch einmal kurz in sein Gerät, bevor er sich Jan zuwandte. »Was wollen Sie hier? Das Gebiet ist abgesperrt, haben Sie keine Augen im Kopf?«

Obwohl ihm der Beamte sofort unsympathisch war, wusste Jan, warum er so reagierte. Es gab kaum noch einen Einsatzort, an dem Gaffer nicht die Einsatzkräfte an ihrer Arbeit hinderten.

»Kripo Bielefeld«, sagte er knapp und hielt dem Mann seinen Dienstausweis hin. »Sagen Sie mir, was Sie wissen. Kolleginnen und Kollegen von uns waren in dem Haus, kurz bevor es in die Luft geflogen ist.«

»Tut mir leid, das kann ich im Augenblick nicht. Es gibt Verletzte, das ist alles, was ich weiß.«

»Wer kann denn hier irgendetwas sagen? Und wer hat überhaupt die Einsatzleitung übernommen?«

»Auch das kann ich aktuell nicht beantworten, da es hier, wie

Sie sicherlich verstehen können, ziemlich chaotisch zugegangen ist. Aber mein Eindruck ist, dass die Anweisungen von da vorne kommen.« Der Beamte machte eine Kopfbewegung in Richtung zweier kleiner Polizeibusse, die ein paar Meter weiter standen. Jan ging auf einen der beiden Wagen zu. Auf der Rückbank des VW-Busses saßen zwei Personen in Decken eingehüllt, obwohl es auch heute wieder um die dreißig Grad warm war. Lara und Bettina – sie lebten, durchfuhr es ihn. Offenbar waren sie rechtzeitig entkommen. Wahrscheinlich im letzten Moment, bevor das Haus explodiert war.

Er spürte, wie sich die Angst um Lara, die ihn in den letzten zwanzig Minuten gelähmt hatte, innerhalb weniger Sekunden auflöste. Ein Gefühl von Erleichterung, das er schon lange nicht mehr empfunden hatte, machte sich in ihm breit. Hoffentlich gab es nicht andere Kollegen, die es nicht rechtzeitig geschafft hatten.

Sekunden später erkannten die beiden Frauen auch ihn. Lara nickte ihm zu, wollte souverän wirken. Aber Jan verstand sofort, dass das Gegenteil der Fall war. Langsam stieg er in den Wagen und setzte sich den beiden Kolleginnen gegenüber. Körperlich sahen sie unversehrt aus. Aber an ihrem Blick erkannte er, dass die letzten Minuten dramatisch gewesen sein mussten.

»Wie knapp war es?«, fragte er schließlich etwas unbeholfen.

»Fünf Sekunden«, antwortete Lara kühl.

»Sind alle rechtzeitig rausgekommen?«

»Von unseren Leuten ja. Ich weiß allerdings nicht, wer sich noch in dem Haus aufgehalten haben könnte.«

»Du warst dir bei unserem vorletzten Telefonat ziemlich sicher, dass Diana Spies durch den Hintereingang verschwunden sein muss. Wer könnte sich denn noch in dem Haus aufgehalten haben?«

»Keine Ahnung«, antwortete Lara. »Es wurde alles durchwühlt. Und irgendjemand muss dafür gesorgt haben, dass die Gasleitung geöffnet wurde, um mit Vorsatz das Haus in die Luft zu jagen.«

»Wenn es denn kein tragisches Unglück durch eine defekte Leitung gewesen ist«, sagte Jan nachdenklich, »wird derjenige, der das getan hat, mit Sicherheit auch versucht haben, das Haus rechtzeitig zu verlassen.«

»Denkst du, Diana Spies ist für das hier verantwortlich?«

»Wir sollten das zumindest nicht ausschließen«, antwortete Jan. »Ich meine, warum sprengt jemand ein ganzes Haus in die Luft? Höchstwahrscheinlich, weil er etwas vernichten möchte. Vielleicht hat Diana Spies zuvor etwas gesucht. Das würde zu dem Chaos im ›Ritual Worlds‹ passen, von dem du berichtet hast.«

»Vielleicht etwas, das uns zu dem Täter führen könnte. Möglicherweise sogar zu ihr selbst.«

»Richtig«, sagte Jan. »Es kann tatsächlich sein, dass Diana Spies ihre eigenen Spuren verwischen wollte. Es ist unverzeihlich, dass wir sie haben entkommen lassen. Wir hätten diesen Hinterausgang einfach früher sichern müssen.«

»Das sollten wir vielleicht nicht unbedingt an die große Glocke hängen«, meinte Bettina. »Könnte uns um die Ohren fliegen.«

Jan sah sie überrascht an. Natürlich hatte Bettina recht. Trotzdem hätte er so eine Aussage vor allem von ihr nicht erwartet. Sie war immer die Rebellin im Team gewesen. Unkonventionell. Nicht immer einfach. Aber vor allem eine akribische Kriminalkommissarin. Was er bislang noch nicht an ihr kennengelernt hatte, war die Tatsache, dass sie offenbar auch beide Augen zudrücken konnte, falls es nötig war.

»Um korrekt zu bleiben, müssen wir zumindest mit Kregel darüber sprechen«, sagte Jan schließlich. »Aber grundsätzlich hast du vollkommen recht. Es bringt uns nichts, wenn wir mit jedem unserer Schritte oder in diesem Fall Fehler an die Öffentlichkeit gehen. Viel wichtiger ist es jetzt, Diana Spies zu finden. Hier dürfen wir keine Zeit mehr verlieren.«

»Ich bin mir ziemlich sicher, dass sie nicht die Person ist, die wir suchen«, entgegnete Bettina. »Auch wenn ich sie nicht persönlich kenne, fällt es mir ziemlich schwer, sie mir als Täterin vorzustellen. Denkt bitte daran, was wir auf dem Velmerstot gesehen haben.«

»Sie war wirklich sonderbar, als wir mit ihr gesprochen haben«, sagte Jan. »Sie weiß etwas. Auf jeden Fall müssen wir sie dringend finden.«

»Was sagt denn die Rechtsmedizin dazu? Ist es überhaupt denkbar, dass eine Frau als Täterin in Frage kommt?«

Jan musste an sein Gespräch mit Katharina von Allwörden denken. Sie hatten darüber diskutiert, ob Brok vielleicht zuerst die Frauen getötet haben konnte und anschließend selbst von einer dritten Person erstochen worden war. Auf seine Frage, ob sie es auch mit einer Täterin zu tun haben konnten, hatte sie keine eindeutige Antwort geben können.

»Es ist zumindest nicht auszuschließen«, sagte er kurz angebunden. »Ich bin jedenfalls froh, dass euch nichts passiert ist. Nehmt euch so viel Zeit, wie ihr braucht. Es brennt zwar nicht nur sprichwörtlich an allen Ecken und Enden, aber wir müssen auch auf uns aufpassen.«

Jan hatte das Bedürfnis, sich zwischen die beiden zu setzen und seine Arme um sie zu legen. Er verzichtete jedoch darauf, weil er nicht wusste, wie vor allem Lara darauf reagieren würde. Stattdessen nickte er den beiden aufmunternd zu. Gerade als er aus dem Wagen aussteigen wollte, setzte Lara noch einmal an.

»Erinnerst du dich, was ich dir vorhin am Telefon gesagt habe? Kurz bevor das hier passiert ist?«

Jan drehte sich hastig wieder um. Natürlich erinnerte er sich. Aber er hatte es zwischenzeitlich vollkommen vergessen.

»Das nächste Opfer«, sagte er leise.

»Genau.«

»Sag schon, was hattet ihr gefunden?«

»Ein Foto«, antwortete Lara. »Christoph Brok zusammen mit Anna Laukötter und Michelle Möller. Und einer weiteren Frau, aber nicht Diana Spies.«

»Zeig her.«

Lara schüttelte den Kopf und zuckte gleichzeitig mit den Schultern.

Jan verstand. Das Foto war in den Trümmern des Hauses verschüttet worden.

»Es hing in einem der hinteren Räume an der Wand«, erklärte Bettina. »Als wir den Gasgeruch bemerkten, sind wir alle sofort rausgestürmt. Und im nächsten Moment gab es dann auch schon diesen fürchterlichen Knall.«

»Könnt ihr die Frau auf dem Foto beschreiben?«

»Ich denke, ja«, sagte Bettina. »Für ein vernünftiges Phantombild sollte es reichen.«

Auch Lara nickte, als Zeichen, dass sie sich ebenfalls erinnerte.

»Gut, dann wäre es wohl das Beste, wenn wir doch so schnell wie möglich gemeinsam zurück ins Präsidium fahren.« Jan stockte kurz. Ihm war etwas eingefallen. »Welche Haarfarbe hatte die Frau?«, fragte er.

»Blond«, antwortete Bettina. »Hellblond, wahrscheinlich gefärbt.«

Jan wusste nicht, was er davon halten sollte. Britta Lücking hatte dunkle Haare gehabt. »Konntet ihr erkennen, ob sie Piercings getragen hat?«

»Nein, ich leider nicht«, antwortete Lara.

»Ich bin mir ziemlich sicher, keine an ihr gesehen zu haben«, sagte Bettina. »Vom ganzen Look sah sie auch anders aus als Anna Laukötter und Michelle Möller. Irgendwie normaler.«

Soweit Jan es heute Morgen erkennen konnte, hatte Britta Lücking auch keine sichtbaren Piercings oder Tätowierungen getragen. Die blonden Haare passten nicht. Aber war es dennoch denkbar, dass sie die Frau auf dem Foto gewesen war? Dann wäre das mögliche nächste Opfer, wie Lara sie genannt hatte, schon längst tot.

»Habt ihr ein Foto von Britta Lücking gesehen?«, fragte Jan weiter.

Lara und Bettina schüttelten unisono den Kopf.

»Es könnte sein, dass sie es –«

»Nein«, unterbrach Lara ihn vehement. »Es gibt einen Unterschied zu den anderen Frauen. Sie war deutlich älter. Mindestens Mitte vierzig, wahrscheinlich älter.«

Jan spürte, wie die leise Hoffnung sofort wieder zerplatzte.

Andererseits bedeutete das aber auch, dass sie ein Leben retten könnten, sofern diese unbekannte Frau auf dem Foto tatsächlich ein mögliches weiteres Opfer war.

»Gut, dass ihr so genau hingeschaut habt«, sagte er und wandte sich ab, um aus dem Einsatzwagen zu steigen.

»Wir kommen mit«, hörte er Lara sagen. »Was sollen wir hier noch länger herumsitzen?«

Jan lächelte. Exakt drei Sekunden lang. Dann erfror sein Lächeln und ging direkt in eine fassungslose Miene über.

Denn nur wenige Meter entfernt erkannte er mehrere Rettungssanitäter, die sich um eine offenbar schwer verletzte Person kümmerten.

Zweifellos handelte es sich bei dieser Person um Diana Spies.

Bröckelndes Image

Um kurz nach siebzehn Uhr schloss Ben Kregel hinter sich die Tür des Besprechungsraums und setzte sich mit finsterer Miene ans Kopfende des großen Tischs. Es war später geworden an diesem Sonntagnachmittag, als die anderen im Raum wohl gehofft hatten.

Jan und Cengiz waren direkt von Lage ins Klinikum Lippe nach Detmold gefahren, wohin der Rettungswagen Diana Spies gebracht hatte.

Sie war schwer verletzt, schwebte aber offenbar nicht in Lebensgefahr. Zwei Stunden lang hatten sie gewartet, in der Hoffnung, dass sie vielleicht bereits ansprechbar wäre. Aber die Ärzte hatten auch am späten Nachmittag noch nicht ihr Okay für eine kurze Vernehmung gegeben.

Immerhin wussten sie mittlerweile, dass sich Diana Spies mit hoher Wahrscheinlichkeit in der Wohnung von Christoph Brok befunden hatte, als das Haus explodiert war. Also nicht im Laden. Das war das entscheidende Detail gewesen, das sie von den Kriminaltechnikern noch kurz vor ihrer Abfahrt erfahren hatten. Andernfalls wäre sie wohl sofort tot gewesen.

Bedeutete das nun, dass Diana Spies das Haus gar nicht verlassen, sondern die ganze Zeit in Broks Wohnung gewesen war? Sie hatte die Tür nicht geöffnet, als Lara geklingelt hatte, und sie waren fest von ihrer Flucht ausgegangen. Wenn sie jedenfalls tatsächlich in der Wohnung gewesen war, schien es ihm äußerst unwahrscheinlich, dass sie die Gasleitung sabotiert hatte. Doch bislang blieb ihm nichts anderes übrig, als zu spekulieren.

»Gut, dass ihr alle noch hier seid«, sagte Kregel zur Begrüßung. »Es ist Sonntagabend, ihr solltet eigentlich zu Hause sein. Aber in dieser schwierigen Situation bleibt uns leider keine andere Wahl, als jetzt die Lage zu besprechen.« Er trank einen Schluck Wasser, bevor er fortfuhr.

»In den vergangenen rund dreißig Stunden ist viel auf uns

hereingeprasselt. Darum schlage ich vor, dass wir das Geschehene noch einmal aufarbeiten. Jan, würdest du bitte wie besprochen übernehmen.«

Jan nickte. Als er im Präsidium angekommen war, hatte Kregel ihn zur Seite genommen und ihn gebeten, die Sitzung inhaltlich zu leiten.

»Tatsächlich ist seit gestern Morgen ziemlich viel passiert«, begann er. »Ich werde versuchen, alles noch einmal in Ruhe darzustellen und die Tatorte sowie die involvierten Personen auch auf mögliche Verbindungen untereinander zu überprüfen.«

Er stand auf und trat an das vor einigen Wochen neu angeschaffte Whiteboard. Dann schrieb er die Namen der drei Opfer vom Velmerstot auf. Um sie herum zog er einen Kreis.

Ein Stück weit darunter notierte er den Namen »Britta Lücking«. Es juckte ihm in den Fingern, auch Stahlhuts Namen aufzuschreiben. Schließlich hatte der Herforder Kollege selbst zugegeben, beinahe ebenfalls zu dieser sektenartigen Gruppierung gehört zu haben. Auch wenn das schon Jahre zurücklag, konnte diese Verbindung hilfreich sein.

Stahlhut hatte vor Beginn dieser Sitzung ihm gegenüber noch einmal beteuert, niemals jemanden aus der Sekte getroffen zu haben und auch keinen Namen zu kennen.

Er glaubte ihm. Angesichts der Tatsache, dass Stahlhut heute Morgen den Anblick der grausam zugerichteten Leiche seiner Halbschwester hatte ertragen müssen, würde Jan fürs Erste auch nichts von seinem kleinen Geheimnis vor den anderen sagen.

»Was wissen wir denn bislang schon von diesen Personen?«, fragte Kregel.

»Leider noch nicht so viel«, antwortete Jan. »Cengiz und ich waren heute Morgen bei Anna Laukötters und Michelle Möllers Eltern. Beide Gespräche verliefen höchst unterschiedlich. Gunther Laukötter ist uns gegenüber äußerst unkooperativ, beinahe feindselig aufgetreten. Wir hatten keine Chance auf ein normales Gespräch. Es war jedoch herauszuhören, dass seine Tochter und er kein gutes Verhältnis zueinander gehabt haben. Ich gehe davon aus, dass er wusste, was für ein Leben Anna geführt hat. Leider hat er unmissverständlich klargemacht, dass es für ihn außer Frage steht, mit der Polizei zu kooperieren. Deshalb sollten wir schnell herausfinden, weshalb er so –«

»Schon geschehen«, unterbrach Bettina ihn. »Als ich den Namen Laukötter durch unser Register laufen ließ, stieß ich direkt auf Annas Vaters. Tatsächlich liegen gleich mehrere Einträge vor. Dabei geht es immer wieder um illegalen Waffenbesitz. Einmal sogar um den Einsatz einer Schusswaffe während eines unerlaubten Glücksspiels. Die Vergehen liegen zwar fast zwanzig Jahre zurück, aber ich glaube, der Gute lag ziemlich oft im Clinch mit unseren Vorgängern.«

»Danke, Bettina. Das passt zu dem Eindruck, den wir von ihm gewonnen haben.« Jan sah sich um. Niemand im Raum war bereits vor zwanzig Jahren Teil der Kripo Bielefeld gewesen. Der Kollege Horstkötter war wahrscheinlich der Einzige, aber er weilte aktuell im Urlaub.

»Ganz anders verlief unser Gespräch mit Kathrin Möller«, fuhr er fort. »Sie hat sich uns anfangs geöffnet. Vielleicht, weil sie bereits alles in ihrem Leben verloren hat, was ihr wichtig war. Ihr Mann hat sich schon vor langer Zeit das Leben genommen, Michelles Zwillingsschwester Denise dann vor acht Jahren ebenfalls. Und jetzt ist auch noch ihre zweite Tochter gestorben. Mir ist schleierhaft, wie sie überhaupt so sachlich mit uns sprechen konnte.«

Jan blickte in die Gesichter der anderen, doch niemand schien etwas dazu sagen zu wollen. Er fuhr fort. »Laut Kathrin Möller sind Michelle und Anna Laukötter nicht eng miteinander befreundet gewesen, obwohl sie sich bereits seit frühester Schulzeit kannten und einen sehr ähnlichen und gemeinsamen beruflichen Werdegang hatten. Vor dem Hintergrund, dass beide auch zusammen auf dem Velmerstot waren, halte ich diese Aussage von ihr zumindest für zweifelhaft.«

Er zog auf dem Whiteboard eine gestrichelte Verbindungslinie zwischen Anna und Michelle und versah sie mit einem Fragezeichen.

»Weiterhin hat Kathrin Möller klar ausgesagt, dass sich ihre

Tochter seit einigen Jahren stark verändert und von ihr abgewandt hat. Wozu sie allerdings keinerlei Aussagen machen wollte, waren die Beweggründe hierfür sowie ihre Verbindung zu Christoph Brok. Oder auch zu anderen Kontakten, die uns weiterhelfen könnten. In dieser Hinsicht war sie nicht hilfreicher als Gunther Laukötter.«

»Ihr habt mit dem Vater von Anna Laukötter und der Mutter von Michelle Möller gesprochen«, sagte Kregel. »Was ist mit Lebensgefährten, Freunden oder weiteren Verwandten?«

Jan ließ seinen Blick erneut durch die Runde kreisen. In der Hoffnung, jemand habe bereits mehr über die beiden Frauen und ihre Familien- und Bekanntenverhältnisse herausgefunden. Aber offenbar war dem nicht so.

»Wir wissen tatsächlich noch zu wenig über die beiden«, sagte er schließlich. »Anna Laukötter hat offenbar bis zuletzt im Haus der Eltern gelebt. Michelle Möller ist dagegen kaum noch zu Hause gewesen, aber ihre Mutter konnte oder wollte nicht sagen, wo sie gewohnt hat. Wir sollten uns auch bei ihren Arbeitgebern umhören.«

»Na schön, dann berichte bitte noch kurz darüber, womit wir heute Morgen in Herford konfrontiert wurden«, sagte Kregel. »Die Tote heißt Britta Lücking. Was wissen wir über sie?«

»Nun, einige von euch haben das mittlerweile sicherlich mitbekommen: Bei der Toten handelt es sich um die Halbschwester von Kai. Das macht die Situation natürlich nicht leichter, aber darüber haben wir bereits gesprochen.«

Jan atmete tief durch, es fiel ihm schwer, über Stahlhuts Halbschwester zu reden. »Wir müssen davon ausgehen, dass Britta Lücking Teil einer sektenartigen Gruppierung gewesen ist, die an ein besseres Leben nach dem Tod geglaubt hat. Bislang gibt es keinen direkten Hinweis auf eine Verbindung zwischen ihr und den anderen drei Toten, aber die zeitliche Abfolge der Morde und dieser Glaube an Reinkarnation sind zumindest auffällig. Als wir gestern Abend kurz im ›Ritual Worlds‹ waren, habe ich dort nämlich ein ganzes Regal mit Büchern über dieses Thema gesehen.«

Jan sah schräg zur Seite. Stahlhut saß regungslos und mit verschränkten Armen auf seinem Stuhl und machte keinerlei Anstalten, seinen Blick zu erwidern. »Kai, willst du ein paar Worte dazu sagen?«, fragte er dennoch.

»Nein, eigentlich nicht«, blockte Stahlhut sofort ab. »Ich hatte dir ja bereits gesagt, dass ich nichts darüber weiß, was Britta in dieser Sekte gemacht hat. Und wer diese Menschen waren.«

»Was mit deiner Schwester passiert ist, ist ganz furchtbar«, sagte Kregel jetzt. »Und keiner möchte in deiner Haut stecken. Wenn du möchtest, kannst du einfach nach Hause fahren und dich morgen früh krankschreiben lassen. Aber ich würde dich jetzt trotzdem bitten, uns alles zu sagen, was du möglicherweise weißt.«

»Britta war meine Halbschwester«, sagte Stahlhut entschieden. »Außerdem ist das Ganze mehr als zehn Jahre her, unsere gesamte Familie hat den Kontakt zu ihr danach abgebrochen.«

»Du bist ihr Halbbruder, aber gleichzeitig auch Kriminalpolizist«, warf Cengiz ein. »Willst du uns ernsthaft erzählen, dass du nicht versucht hättest herauszufinden, wohin deine Schwester abgedriftet ist? Ich kann mir vorstellen, dass du alles versucht hast, um sie da wieder rauszuholen.«

»Und ich glaube, dass dich das gar nichts angeht.«

Da war er wieder, der Kotzbrocken, durchfuhr es Jan. Wenn Stahlhut in Bedrängnis geriet, feuerte er sofort zurück. Und dennoch war es anders als sonst. Er strahlte keinerlei Selbstüberzeugung aus. Vielmehr wirkte er wie ein angeschossenes Tier, das sich verzweifelt versuchte zu wehren.

»Wir wollen den Mörder deiner Schwester finden. Willst du ernsthaft nichts dazu beitragen, obwohl du vielleicht Namen kennst, die uns weiterbringen können?«

»Lass gut sein, Cengiz«, sagte Jan. »Ich habe lange mit Kai darüber gesprochen. Er weiß nichts, und das glaube ich ihm auch. Viel wichtiger ist die Frage, ob es sich bei dieser Gruppierung, zu der Britta Lücking gehörte, tatsächlich um dieselbe handelt, mit der wir es in dem anderen Fall zu tun haben.«

»Innerhalb weniger Stunden gibt es zwei Tatorte«, entgegnete

Cengiz. »Und in beiden Fällen existiert offenbar eine Verbindung zu sektenartigen Gruppierungen, die sich als Welterneuerer verstehen. Es erscheint mir äußerst unwahrscheinlich, dass das Zufall sein soll.«

»Und dennoch haben wir bislang keinerlei Beweise für eine Verbindung«, sagte Jan. »Noltes Leute haben in Britta Lückings Wohnung noch nichts gefunden, das uns weiterhilft. Die Auswertung der wenigen Spuren dauert aber noch an. Merkwürdig ist auch, dass die Tatorte mehr als vierzig Kilometer auseinanderliegen.«

»Nach Lage sind es von Herford aus nur zwanzig Kilometer«, warf Bettina ein.

Jan rollte mit den Augen, dann wechselte er das Thema.

»Dann lasst uns jetzt mal auf jemand anderen zu sprechen kommen«, sagte er. »Diana Spies, auch sie gehört natürlich in dieses Muster.« Er schrieb ihren Namen etwas versetzt über den von Christoph Brok.

»Wir wissen noch nicht viel über sie. Und aktuell ist auch nicht abzusehen, wann wir sie vernehmen können. Dass sie überhaupt überlebt hat, ist wohl sehr großes Glück gewesen. Ihre Verletzungen sind aber offenbar nicht ganz so schwerwiegend. Die Ärzte geben sich trotzdem noch bedeckt, wann sie wieder ansprechbar ist.« Er sah Lara an und nickte ihr zu.

»Wir mussten davon ausgehen, dass Diana Spies das Haus in der Schulstraße durch einen Hintereingang verlassen hat«, begann Lara, nachdem sie sich ihre Worte zurechtgelegt hatte. »Sie hat nicht auf unser Klingeln und Klopfen an der Wohnungstür reagiert. Auch durch die Fenster konnten wir keinerlei Bewegungen im Haus erkennen. Als wir dann in das Gebäude rein sind, haben wir es gerade noch rechtzeitig geschafft, uns einen groben Überblick über den Laden zu verschaffen. Bevor wir dann hoch in die Wohnung konnten, haben wir aber schon den Gasgeruch bemerkt.«

»Gut, was können wir noch über Diana Spies sagen?« Jans Worte waren vor allem an Cengiz gerichtet. Doch ehe sein Kollege zu Wort kam, redete er einfach selbst weiter.

»Als wir sie gestern im ›Ritual Worlds‹ angetroffen haben, wirkte sie ziemlich durcheinander, um es mal positiv auszudrücken. Wir haben es hingenommen, weil sie behauptet hat, dass sie die Freundin von Christoph Brok gewesen sei. Somit erschien uns die Reaktion zumindest einigermaßen nachvollziehbar. Aber ungewöhnlich war ihr Verhalten allemal. Sie hat sich unkooperativ und beinahe aggressiv gegeben.«

»Kann es denn sein, dass sie für die Explosion verantwortlich ist?«, fragte Kregel. »Oder besteht vielmehr die Gefahr, dass auch sie ein potenzielles Opfer ist? Wenn Diana Spies wirklich die Partnerin von Christoph Brok war, wie sie euch gesagt hat, ist es doch vielleicht naheliegend, dass auch sie im Visier des Täters steht. Davon abgesehen, dass natürlich unklar bleibt, weshalb dafür ein ganzes Haus in die Luft gesprengt werden musste, sieht eine effektive Tötung in meinen Augen natürlich anders aus.«

»Genau das habe ich mich auch gefragt«, sagte Lara nachdenklich. »Dazu kommt aber noch etwas anderes: Im ›Ritual Worlds‹ hat jemand versucht, irgendetwas wahrscheinlich Wichtiges zu finden. Es sah dort wirklich schlimm aus. Der ganze Laden war zerstört. Falls Diana Spies tatsächlich die ganze Zeit in der Wohnung von Christoph Brok gewesen ist, fällt es mir trotzdem schwer zu glauben, dass sie für dieses Chaos verantwortlich ist. Sie hätte doch nicht den gesamten Laden verwüstet.«

»Lösen wir uns mal davon, wer es vielleicht gewesen sein könnte«, sagte Jan. »Wenn jemand diesen Laden hat explodieren lassen, weil er befürchtet, dass wir dort etwas finden, was uns auf die Spur des Täters vom Velmerstot bringt, sollten wir uns genau darauf konzentrieren. Was könnte es also gewesen sein, das niemand finden sollte?«

Keiner in der Runde sagte etwas.

»Lara?« Wieder sah Jan seine Kollegin erwartungsvoll an.

»Irgendwo in diesem Trümmerhaufen liegt ein Foto in einem Rahmen«, erklärte sie zögerlich. »Darauf zu sehen ist Christoph Brok, umrahmt von drei Frauen. Anna Laukötter und

Michelle Möller waren eindeutig zu erkennen. Aber die dritte Frau konnten wir nicht zuordnen.«

»Wir?«, fragte Kregel.

»Bettina und ich.«

»Ihr beide habt das Foto gesehen?«

»Ja. Wir haben unabhängig voneinander vorhin bereits mit dem Polizeizeichner vom LKA gesprochen, damit ein Phantombild erstellt werden kann.«

»Mir ist mittlerweile noch etwas anderes eingefallen«, warf Bettina ein. »Auf diesem Foto waren im Hintergrund noch andere Personen zu erkennen, da bin ich mir ziemlich sicher. Und wenn ich mich nicht völlig irre, ist die Aufnahme bei den Externsteinen entstanden.«

»Und das sagst du erst jetzt?«, fragte Jan überrascht.

»Vielleicht kannst du dir vorstellen, dass ich heute Nachmittag, als wir uns in dem Einsatzwagen unterhalten haben, noch nicht ganz bei der Sache gewesen bin«, reagierte Bettina gereizt. »Die gute Nase von Julian Becker und nicht mal dreißig Sekunden haben uns das Leben gerettet.«

»Tut mir leid, so war das nicht gemeint. Erinnerst du dich denn daran, wer genau dort im Hintergrund auf dem Foto noch zu sehen gewesen ist?«

»Gesichter waren nicht zu erkennen, aber da waren mindestens noch zwei weitere Frauen. Den Haaren nach zu urteilen, könnte eine von ihnen Diana Spies gewesen sein.«

Jans Blick wanderte rüber zu Lara.

»Offenbar habe ich dann wohl nicht so genau hingesehen«, sagte sie achselzuckend. »Jedenfalls kann ich mich nicht an weitere Personen auf dem Foto erinnern.«

»Es würde ja durchaus Sinn ergeben, wenn auch Diana Spies zu sehen gewesen ist«, sagte Kregel. »Für uns entscheidend muss jetzt sein, in Erfahrung zu bringen, wer die Frau war, die ihr bewusst wahrgenommen habt. Gut, dass das Phantombild schon in Arbeit ist.«

Jan kam ein Gedanke. »Also wenn eine dieser beiden Frauen, die weiter im Hintergrund zu sehen waren, wirklich Diana Spies gewesen ist, könnte es sich dann bei der anderen vielleicht um Britta Lücking, Kais Schwester, gehandelt haben?«, fragte er.

»Wenn ich an das Foto von ihr denke, das ich vorhin auf dem Rechner gesehen habe, würde ich das zumindest nicht ausschließen.«

»In diesem Fall hätten wir endgültig eine Verbindung«, sagte Jan. »Das wären fünf Frauen, die dieser möglichen Gruppierung angehört haben. Und wenn wir der bisherigen Logik folgen, dürften Diana Spies und die noch unbekannte Frau, die ihr beiden auf dem Foto gesehen habt, mit hoher Wahrscheinlichkeit auch in Gefahr sein.«

»Haben wir jemanden vor dem Krankenhauszimmer von Diana Spies stehen?« Kregel klang plötzlich nervös und blickte abwechselnd Jan und Cengiz an.

»Als wir vorhin da gewesen sind, stand niemand dort«, antwortete Cengiz. »Soweit ich weiß, hat das ja auch niemand veranlasst.«

Kregel und Cengiz sahen sich mehrere Sekunden lang in die Augen. Von einem auf den anderen Moment herrschte eine angespannte Stimmung im Raum.

»Aber nach dem, was wir gerade besprochen haben, sollten wir auf Nummer sicher gehen«, sagte Kregel mit ruhiger Stimme. »Jan, bitte sorg dafür, dass noch heute Abend zwei Kollegen im Wechsel vor der Tür postiert werden.«

»Die Externsteine sind ein wichtiger Ort für diese Menschen. Ich glaube, wir sollten uns etwas intensiver damit auseinandersetzen.«

Jan fuhr herum und sah Stahlhut überrascht an. Er hatte nicht damit gerechnet, dass er sich überhaupt noch einmal in das Gespräch einklinkte. Schon gar nicht mit einem Hinweis, wofür genau sich diese Sektenmitglieder interessierten.

»Du hast vollkommen recht«, sagte Jan. »Wir müssen verstehen, mit was für Leuten wir es überhaupt zu tun haben. Was sie denken. Welche Ziele sie verfolgen. Welche Rituale sie pflegen. Das, was ich bislang recherchiert habe, ist eine Welt, die uns allen wahrscheinlich äußerst fremd ist.«

»Davon ist auszugehen«, sagte Stahlhut vieldeutig. »Soweit ich weiß, spielt der Tod eine zentrale Rolle bei vielen dieser Gruppierungen.«

»Wie meinst du das?«, fragte Kregel interessiert.

»Wenn Brok und die Frauen ähnlich getickt haben wie damals diese Leute, die meine Schwester in ihren Bann gezogen haben, glaube ich, dass sie sich den Tod wahrscheinlich sehr herbeigesehnt haben. Natürlich nicht so, wie er ihnen nun widerfahren ist.«

»Ich verstehe noch nicht, worauf du hinauswillst.«

»Ich spreche von den Welterneuerern«, erklärte Stahlhut. »Der Begriff ist ja hier schon ein paarmal gefallen. Manche nennen sich auch Welterschaffer. Das sind Menschen, die sich als mehrfach wiedergeboren betrachten. Sie streben danach, auf ihren Tod hinzuarbeiten, um das *Dasein* zu verlassen. Mit dem großen Ziel, an einem anderen Ort oder zu anderer Zeit eine andere Welt oder ein neues System zu erschaffen. Vor allem ein *besseres* System. Mit einem besseren Leben für sie selbst.«

»Sie wollten also sterben?«

»Ja, darum geht es diesen Leuten. Aber sie wollen die Erde natürlich eigenbestimmt und gemeinsam verlassen. Um dann fernab von dieser Welt in einer anderen Galaxie neu zu beginnen.«

»Weißt du eigentlich, wie sich das anhört, was du da erzählst?«, fragte Kregel ungläubig.

»Natürlich, ich bin mir vollkommen darüber im Klaren«, antwortete Stahlhut. »Glaub mir, ich habe diese ganze Sache schon vor über zehn Jahren hinter mich gebracht. Zu verstehen, woran diese Menschen glauben, ist …« Er brach ab.

»Wir wissen noch nicht, ob wir es tatsächlich mit einer solchen Sekte zu tun haben«, ging Jan dazwischen, als er merkte, dass sich Stahlhut gerade in eine für ihn unangenehme Situation manövrierte. »Letztlich müssen wir aber davon ausgehen. Dass auch unsere anderen drei Opfer Teil dieser Gruppierung gewesen sind, liegt durchaus im Bereich des Möglichen.«

»Aus meiner Sicht sollte unser Hauptaugenmerk Christoph Brok gelten«, sagte Kregel. »Wenn er der Anführer dieser Sekte war, müssen wir mehr über ihn in Erfahrung bringen. Oder überhaupt irgendetwas. Bislang wissen wir nichts über ihn, außer dass er ein Geschäft für alles Mögliche rund um das Thema Fantasy und Manga betrieben hat.«

»Etwas mehr wissen wir schon«, sagte Jan. »Zum Beispiel, dass er über dem ›Ritual Worlds‹ gewohnt hat. Und dass er mit Diana Spies, zumindest laut ihrer Aussage, zusammen gewesen ist.«

»Wie deuten wir denn die Tatsache, dass Brok und die beiden Frauen nur in Unterwäsche gekleidet waren, als wir ihre Leichen gefunden haben?«, hakte Kregel ein. »Hieß es gestern nicht, dass die drei die Mittsommernacht auf dem Velmerstot möglicherweise für ein Schäferstündchen zu dritt nutzen wollten?«

»Sex spielt in dieser Sekte ebenfalls eine große Rolle«, sagte Stahlhut nüchtern. »Auch als Mittel der Machtdemonstration und zur Unterwerfung der Frauen.«

»Du weißt ja doch eine ganze Menge über diese Leute«, sagte Cengiz. »Man könnte fast meinen, du wärst selbst mal einer von ihnen gewesen.«

»Es reicht, Cengiz«, zischte Jan leise, aber laut genug, dass es alle im Raum hörten.

»Schon gut, Cengiz hat doch vollkommen recht. Ich kenne die Idee, die dahintersteckt, besser, als ihr denkt. Ich weiß genau, wie diese Sekte tickt.«

Jan sah zur Seite und blickte Stahlhut verwundert an. Wollte er etwa die ganze Wahrheit erzählen? Nicht dass es für ihn irgendwelche Konsequenzen nach sich ziehen würde, aber seinem Image als unempathischer Kotzbrocken würde es wahrscheinlich schaden, wenn er zugab, um ein Haar Teil einer Welterneuerer-Sekte geworden zu sein.

»Du hast eben bestritten, auch nur einen einzigen Namen zu kennen«, sagte Cengiz. »Aber über die Motive und Hintergründe weißt du also Bescheid?«

»Ganz genau«, sagte Stahlhut ruhig. »Ich habe eine Zeit lang alles versucht, meine Schwester wieder zurückzuholen. Ihr klarzumachen, dass sie den falschen Weg eingeschlagen hat. Ich bin so weit gegangen, dass ich mich ihr zuliebe sogar selbst auf die Sache eingelassen habe.«

»Du warst also auch mal so ein Welterneuerer?«, fragte Kregel überrascht.

»Nein, aber fast«, antwortete Stahlhut. »Nicht weil ich daran geglaubt habe. Ich wollte mich im Stil von Günter Wallraff einschleichen und herausfinden, wer sie sind und was sie mit meiner Schwester anstellen. Leider ist es mir nicht gelungen. Ich habe niemals einen von den anderen getroffen. Und meine Schwester hat mir nicht getraut, aus gutem Grund. Aber ihr könnt mir glauben, in dieser Zeit habe ich trotzdem jede Menge über die Denkweise dieser Menschen gelernt.«

»Bist du ihr niemals heimlich gefolgt, wenn sie sich mit diesen Leuten getroffen hat?«

»Es gab in dieser Sekte so einige Regeln, die zu befolgen waren. Meine Vermutung ist, dass sie meiner Schwester und den anderen diese Regeln durch eine Art Gehirnwäsche eingetrichtert haben. Hinzu kam, dass auch ein Abhängigkeitsverhältnis entstand, aus dem sie nicht mehr ausbrechen konnte. Finanziell, aber auch sexuell.«

Er machte eine kurze Pause und trank einen Schluck Wasser, ehe er weiterredete. »Jedenfalls lautete eine dieser Regeln, dass niemand jemals von ihnen erfahren durfte. Gemeinsame Treffen gab es nur, wenn Britta abgeholt wurde. Und das geschah immer dann, wenn sie sich sicher sein konnten, dass ihnen niemand folgte. Und dann verschwand sie immer für mehrere Tage, manchmal sogar für Wochen.«

»Du sprichst die ganze Zeit von ›sie‹ – wen meinst du damit?« Jan lehnte sich vor und sah Stahlhut erneut an. Er hatte nicht erwartet, dass er derart offen mit der Sache umgehen würde. Überhaupt war er kaum wiederzuerkennen.

»Ich sage ›sie‹, weil ich mir nicht vorstellen kann, dass diese Sekte nur von einer einzigen Person angeführt wurde.«

»Glaubst du denn, dass Christoph Brok einer dieser Anführer gewesen sein kann?«

»Ich weiß es nicht.« Stahlhut klang resigniert. »Nach dem wenigen, was wir über Brok wissen, ist es schwer zu sagen, aber ich könnte es mir durchaus vorstellen. Dass er ein Faible für Fantasy und Rollenspiele hatte, lässt diesen Schluss allein zwar noch nicht zu, aber grundsätzlich gibt es in dieser Szene wohl nicht wenige, die den Unterschied zwischen ihren Rollenspielen und der Realität nicht mehr erkennen. Alles verschwimmt zu einer ganz eigenen Welt.«

»Ist das nicht etwas zu einfach gedacht?«, fragte Lara. »Ich erinnere mich noch daran, dass sich damals viele Jungs von meiner Schule samstagabends zu Rollenspielen getroffen haben, anstatt in die Disco zu gehen. Kann mir nicht vorstellen, dass die anschließend in irgendeiner Sekte gelandet sind.«

»Das kenne ich auch noch«, pflichtete Stahlhut bei. »Das waren damals Brettspielabende. Die gibt es heute zwar noch, aber vieles findet mittlerweile im Netz statt. Der Großteil spielt frei zugängliche Spiele, aber manche rutschen auch ab ins Darknet. Und was dort alles möglich ist, brauche ich euch wohl nicht zu erzählen.«

»Moment mal«, ging Kregel plötzlich dazwischen. »Jetzt sprechen wir mit einem Mal also über Computerspiele und das Darknet? Wie passt das denn zu unserem Fall? Ich sehe hier keine Parallelen.«

»Ich wollte nur aufzeigen, wie vielschichtig und unübersichtlich diese ganze Szene ist. Vollkommen klar, dass man nicht ohne Weiteres über ein Rollenspiel zu einem Welterneuerer wird. Aber wie gesagt, manchmal sind die Übergänge fließend. Im Fall der Sekte, der meine Schwester angehörte, waren, glaube ich, vor allem die Themen Macht und Besitz von zentraler Bedeutung. Oftmals agieren Sektenführer aber auch unter dem Einfluss von Drogen. Oder sie sind getrieben von psychotischen Wahnvorstellungen. Es kann auch eine Mischung aus allem sein.«

»Ich verstehe immer noch nicht, woher du das alles weißt, wenn du außer deiner Schwester niemals jemanden aus dieser Sekte kennengelernt hast«, sagte Cengiz.

»Viel habe ich von Britta damals nicht erfahren können, das

stimmt«, antwortete Stahlhut. »Auf wen sie sich da eingelassen hatte, ist mir erst so richtig klar geworden, als ich vor ein paar Monaten von dieser Sache aus Bayern hörte. Ihr erinnert euch sicherlich an diesen Guru und die Frauen, die mit Pfeilschüssen aus einer Armbrust gestorben sind. Dabei handelte es sich laut Ermittlungen um einen gemeinschaftlichen Suizid. Es gab noch weitere Tote, die sich zur selben Zeit in einer Wohnung in Niedersachsen das Leben genommen haben. Bei diesen Leuten hat es sich ebenfalls um sogenannte Welterneuerer oder Welterschaffer gehandelt. Sie haben den Suizid gewählt, um ihr Leben hier auf der Erde zu beenden und an einem besseren Ort in einer anderen Galaxie wiedergeboren zu werden.«

»Die Todesursache bei deiner Schwester lässt aber nicht den Schluss zu, als wäre sie freiwillig gestorben«, sagte Cengiz. »Ich meine, gibt es wirklich irgendetwas, das darauf schließen lässt, dass wir es mit einer vergleichbaren Angelegenheit zu tun haben?«

»Ob die aus Bayern etwas mit unseren Opfern vom Velmerstot zu tun haben, weiß ich natürlich nicht, aber offenbar haben wir es in beiden Fällen mit Welterneuerern zu tun. Aus meiner Sicht gibt es jede Menge Parallelen.«

»Das mag ja sein, nur haben wir bislang noch nichts vorliegen, was wirklich darauf schließen lässt«, sagte Jan. »Oder glaubst du, Brok und die Frauen wollten sich auf dem Velmerstot das Leben nehmen?«

Stahlhut zuckte mit den Schultern.

»Was haben die drei überhaupt an diesem Abend auf dem Velmerstot gemacht?«

»Die Sommersonnenwende als spirituelles Ritual ist für diese Menschen wie gesagt von immenser Bedeutung. Sie glauben, daraus Kraft zu gewinnen, andererseits stehen Tod und Wiedergeburt im Zentrum des Ereignisses. Die Externsteine sind bekannt dafür, an diesem Tag von Anhängern solcher Überzeugungen bevölkert zu werden. Ich vermute, dass der Gipfel des Velmerstot ebenfalls eine große Anziehungskraft ausübt.«

»In Ordnung, ich denke, wir haben verstanden, dass du dich

intensiv mit dem Thema auseinandergesetzt hast«, sagte Kregel. Er stand auf und ließ seinen Blick über die Gesichter im Raum kreisen.

»Wir sollten uns auf vier wesentliche Dinge konzentrieren. Erstens gilt es, Diana Spies zu schützen. Wir können auf keinen Fall ausschließen, dass der Täter sie nicht auch im Visier hat. Zweitens müssen wir in Erfahrung bringen, wer die unbekannte Frau auf dem Foto ist. Sobald das Phantombild vorliegt, werden wir es an die Öffentlichkeit geben. Drittens müssen wir so schnell wie möglich herausfinden, ob Brok und die Frauen tatsächlich Teil einer solchen Sekte gewesen sind, wie Kai sie beschrieben hat. In diesem Zusammenhang sollten wir auch dahingehend ermitteln, ob es möglicherweise noch weitere Frauen gibt, die dieser Gruppierung angehört haben und jetzt in Gefahr sind. Überhaupt wissen wir nach wie vor noch viel zu wenig über Brok. Der vierte und letzte Punkt ist natürlich der wichtigste: Wir müssen so schnell wie möglich den Täter finden. Wenn wir davon ausgehen, dass wir es wohl mit einem Mann zu tun haben, sollten wir bei unseren Ermittlungen im Umkreis dieser Gruppierung genau darauf den Schwerpunkt legen.« Kregel hielt inne.

»Jan, kümmere dich bitte darum, dass die Aufgaben unter euch verteilt werden«, fuhr er schließlich fort. »Für heute machen wir aber Schluss. Das Wochenende war anstrengend genug. Normalerweise Grund genug für einige Tage Sonderurlaub. Es bringt einfach nichts, wenn wir uns aufreiben und keine Kraft mehr für die nächsten Tage haben.«

Kregel nickte noch einmal in die Runde, dann verließ er den Raum mit einem Stapel Papier unter dem Arm.

Der Rest des Teams blieb noch einige Minuten sitzen. Manche von ihnen hatten noch Gesprächsbedarf, während Jan seine Notizen vervollständigte und die anderen beobachtete. Die Stimmung war erheblich besser als noch vor einigen Monaten, als er gerade von seinem Sabbatjahr zurückgekehrt war. Misstrauen war damals allgegenwärtig gewesen.

Inzwischen hatte er das Gefühl, dass es wieder kollegialer

zuging. Lara und Stahlhut hatten die Dynamik im Team noch einmal erheblich verändert. Und immerhin war Cengiz noch da. Sie arbeiteten so eng wie eh und je zusammen.

Gerade eben hatte der Kollege allerdings ein merkwürdiges Verhalten an den Tag gelegt und eine gewisse Linie überschritten, als er Stahlhut angegangen hatte. Weshalb, war Jan nicht ganz klar. Doch es war jetzt kein guter Zeitpunkt, ihn darauf anzusprechen.

Nach und nach verließen sie das Besprechungszimmer. Als Jan auf den Gang trat, sah er, dass Cengiz am Kaffeeautomaten stehen geblieben war und auf den Tasten herumdrückte. Jan nutzte die Gelegenheit nun doch und ging auf ihn zu.

»Verrätst du mir dein Problem?«, fragte er ohne Umschweife.

»Ich habe kein Problem«, antwortete Cengiz ruhig. »Ich glaube nur nicht daran, dass Stahlhut wirklich keinen einzigen Namen kennt, der uns weiterhelfen könnte, obwohl er offenbar über die Hintergründe dieser Sekte ziemlich gut Bescheid weiß.«

»Warum sollte er etwas verschweigen, das den Mord an seiner Schwester aufklären könnte?«

»Gute Frage«, antwortete Cengiz. »Vielleicht einer der Punkte, die Kregel vorhin in seiner Auflistung vergessen hat.«

»Apropos Kregel«, sagte Jan. »Warum musstest du ihn so bloßstellen, als es um die Bewachung von Diana Spies ging?«

»Das ging nicht persönlich gegen ihn, aber ich habe keine Lust darauf, selbst für etwas verantwortlich gemacht zu werden, wofür ich nichts kann. Kregel ist der Leiter des KK 11, er soll sich gefälligst darum kümmern, dass solche Sachen veranlasst werden.«

»Du knabberst wohl immer noch daran, wie Vera letztes Jahr mit dir umgegangen ist, oder?«

»Es hat mich zumindest vorsichtiger werden lassen«, antwortete Cengiz achselzuckend. »Ich mache hier meinen Job, so gut ich kann. Das erwarte ich aber auch von meinen Vorgesetzten.«

»Ich glaube nicht, dass Kregel uns eben ans Bein pinkeln

wollte. Er hat eine einfache Frage gestellt, die ihm in den Sinn kam und auf die du ein wenig überreagiert hast. Aber lassen wir das. Die letzten beiden Tage waren anstrengend. Wir sollten jetzt nach Hause fahren und den Rest des Wochenendes einfach ...« Jan hielt inne. Aus dem Augenwinkel sah er, dass sich die Fahrstuhltür öffnete. Er erkannte Julian Becker, den Kollegen vom KK 32, mit dem er vor einigen Stunden telefoniert hatte.

»Kommst du gerade erst aus Lage?«, fragte Jan, als Becker an ihm vorbeiging.

»Wir haben dort jede Menge zu tun, wie du dir vorstellen kannst«, antwortete Becker. »Das wird uns wohl noch lange beschäftigen.«

»Vermutlich.« Jan war plötzlich nicht mehr bei der Sache. Ihn beschäftigte ein Gedanke, der sich aufgetan hatte, als sich die Fahrstuhltür geöffnet hatte. Er bekam ihn jedoch nicht zu fassen.

»Hast du diesen Hilker erreicht?«

»Wen?«, fragte Jan irritiert.

»Den Mitarbeiter aus dem ›Ritual Worlds‹. Deshalb hatte ich doch heute Mittag angerufen.«

»Shit!«, entfuhr es Jan. Er schlug sich mit der flachen Hand vor die Stirn. Das war es, was sich eben versucht hatte, in sein Bewusstsein zu schleichen.

Roland Hilker. Vor ein paar Stunden hatte er sich den Namen notiert, damit sie so bald wie möglich mit ihm sprachen, um mehr über Christoph Brok und Diana Spies zu erfahren. Doch die Explosion und das plötzliche Auftauchen von Diana Spies hatten ihn nicht mehr an Hilker denken lassen. Aber in diesem Moment wurde ihm bewusst, was es mit Julian Beckers Information womöglich auf sich haben konnte.

Hatte Roland Hilker den Laden durchwühlt? Und auch die Explosion verursacht? Und war er vielleicht sogar der Mörder von Christoph Brok, Anna Laukötter, Michelle Möller und Britta Lücking? Die Person, die aus irgendeinem Grund, den sie noch nicht kannten, offenbar jedes einzelne Mitglied dieser Sekte umbringen wollte. Womöglich war Hilker selbst ein wichtiger Teil der Gruppierung.

»Warte, Julian«, sagte Jan schließlich. »Ich befürchte, unser Feierabend verschiebt sich noch ein wenig.«

Die Höhenkammer

Er hatte gewartet, bis die letzten Besucher auf dem Weg in Richtung Parkplatz verschwunden waren. Der Mann an der Kasse hatte seine Sachen zusammengepackt und entfernte sich ebenfalls langsam.

So hatten sie es immer gemacht. Sich lange genug still und unauffällig verhalten, bis die Luft rein war. Ab dem Moment hatten sie diesen Ort ganz für sich allein. Diesen Ort mit den Millionen Jahre alten Sandsteinfelsen, von denen er jeden einzelnen wie seine Westentasche kannte. Diesen magischen Ort, um den sich so viele Sagen und Mythen rankten. Der ihnen immer wieder Kraft in schwierigen Zeiten gegeben hatte.

Er schlich sich aus dem Schatten des Grottenfels und vergewisserte sich noch einmal, dass er auch wirklich allein war. Als er sich endgültig sicher war, stieg er langsam die Treppe hinauf. Wie schon unzählige Male zuvor. Langsam, voller Respekt und Demut vor diesem Ort.

Nachdem er die mit Holzbohlen belegte eiserne Brücke überquert und die Höhenkammer erreicht hatte, ließ er sich nieder und atmete die warme Sommerluft ein.

Ihr Kraftort, so oft waren sie hier gewesen. Sie alle gemeinsam. Meistens heimlich und unentdeckt. Aber oft auch an Tagen, wenn viele andere Suchende die Externsteine für ihre Zwecke nutzten.

Die mystische Aura war einfach besonders. Ob Hexen in der Walpurgisnacht oder die große Masse, die sich von diesem Ort in der Mittsommernacht angezogen fühlte. Schon seit Jahrhunderten fanden hier kultische Rituale statt. Unzählige Geschichten von Menschen, die im Innern der Felsen dieses Kribbeln verspürt hatten, das ihre Körper mit Energie auflud, rankten sich um diesen Kraftort. Wasseradern, die sich hier kreuzten, verliehen ihm diese Kraft, vermutete man.

Einige leere Zelte aus der Mittsommernacht standen noch

am Fuße der Felssteine. Früher waren sie in dieser besonderen Nacht selbst oft hier gewesen. Hier hatten sie ihre Körper nicht nur mit Energie aufgetankt, sie hatten vor allem auch ihre Sehnsucht nach dem Tod befriedigt, indem sie Rituale wie die Opferung und Verbrennung von Mardern oder Frettchen abgehalten und sich auf den Moment, der eines Tages kommen sollte, vorbereitet hatten. Während sie um das Feuer herumstanden und sich an den Händen fassten, hatten sie gemeinsam ihre Ziele beschworen und sich ein ums andere Mal in Ekstase versetzt. Den Tod und das neue Leben vor Augen als Erlösung.

Sieben Jahre waren vergangen, seitdem alles angefangen hatte. Dort unten hatten sie gesessen. Er erinnerte sich genau an diesen Moment, als er sich darüber klar geworden war, was es bedeutete, ihre Gruppierung zu einer verschworenen Gemeinschaft zu formen.

Es war ein steiniger Weg gewesen. In der Anfangszeit war es schwierig, alle bei der Stange zu halten. Er musste sich um jede Einzelne kümmern. Aber es war notwendig gewesen, damit sie ihm folgten. Damit sie gemeinsam ihrem Ziel, ein Leben nach ihrem jetzigen auf einer neuen und besseren Welt zu führen, näher kamen.

Er hatte alles unternommen, um sie auf Linie zu bringen. Das hatte ihn manchmal so viel Kraft gekostet, dass ihn Zweifel überkamen, ob es ihm tatsächlich gelingen würde, sie einerseits gefügig zu machen und andererseits ständig dafür zu sorgen, dass nach außen möglichst niemand von ihrer Existenz erfuhr. Zwischenzeitlich hatten sie ihr Ziel sogar aus den Augen verloren. Sie alle waren nur noch mit sich selbst beschäftigt gewesen. Aber als mit Britta vor einigen Jahren jemand zu ihnen gestoßen war, die er bereits flüchtig aus einer früheren Gemeinschaft kannte, hatte sich noch einmal eine neue Dynamik ergeben.

Vor sieben Jahren und ein paar Tagen hatten sie da unten gesessen, als der Unbekannte neben ihm sich plötzlich geräuspert hatte. Sofort war klar gewesen, dass auch dieser so besonnene Mann ihn bei seinem Plan unterstützen würde.

Sie hatten sich sogar angefreundet, waren ein eingespieltes Team gewesen. Ohne darüber zu sprechen, war immer klar gewesen, welche Linie er nicht überschreiten durfte. Und es hatte funktioniert.

Dass sie sich in einem schleichenden Prozess voneinander entfernten, hatte er viel zu spät gemerkt. Das allein wäre vielleicht vertretbar gewesen. Es war schließlich nicht zwingend notwendig, dass sie miteinander befreundet waren. Vielleicht hatte die Freundschaft sie sogar von ihrem eigentlichen Ziel abgebracht. Doch unabdingbar war das gegenseitige Vertrauen gewesen. Und genau das hatte Christoph missbraucht, als er die anderen auf seine Seite gezogen hatte. Als er nach und nach seine Autorität untergraben hatte. Ihm seine Führungsrolle letztlich eiskalt entrissen hatte.

Seine Gedanken schweiften ab. In den vergangenen achtundvierzig Stunden war so viel geschehen, dass ihm zwischendurch immer wieder schwindelig geworden war. Was er getan hatte, war ihm nicht leichtgefallen. Aber Christoph hatte es nicht anders gewollt.

Bei Britta hatte er es nicht einmal darauf angelegt. Er hatte gehofft, sie würde ehrlich zu ihm sein. Ihm glaubhaft vermitteln, dass sie tatsächlich keine Ahnung davon hatte, was die drei in der Mittsommernacht auf dem Velmerstot vorhatten. Aber dann hatte sie ganz offen zugegeben, dass sie ahnte, was er getan hatte.

Ganz genau erinnern, was in den Sekunden danach passiert war, konnte er sich nicht mehr. Es war, als wären bei ihm die Sicherungen komplett durchgebrannt. Wie im Wahn hatte er immer und immer wieder gegen die Tür gedrückt. Die Bilder der Erinnerung verschwammen vor seinen Augen.

Dagegen hätte er die Gedanken an Wanda am liebsten verdrängt. Was heute Nachmittag geschehen war, hatte nichts mit den Gefühlen zu tun, die er immer noch für sie hatte. Aber ihm war keine andere Wahl geblieben, als auf Nummer sicher zu gehen. Er war vorsichtig vorgegangen, darauf bedacht, ihr nicht wehzutun. Aber sie war so dumm gewesen und hatte sich gewehrt, als er sie gebeten hatte, mit ihm mitzukommen.

Jetzt hatte sie erst mal genug Zeit, um über alles nachzudenken. Sich zu entscheiden, auf welcher Seite sie stehen wollte. Ob sie alles dafür tun wollte, dass er ihr wieder vertraute. Für Wanda war die Kraft der Externsteine immer ganz besonders bedeutsam gewesen. Sie war die Esoterikerin unter ihnen und für die anderen wie eine große Schwester. Sie war bei ihnen, weil sie den anderen helfen wollte. Eine wahre Mutter Teresa. Oder eben einfach nur wie eine Mutter. Und auch für ihn selbst war sie jahrelang der wichtigste Mensch gewesen. Vor allem aber war sie eines, nämlich diejenige, die am wenigsten eine Todessehnsucht verspürte.

Er wusste alles von ihr. Kannte jedes Gefühl, das sie empfand. Jedes Leid, das ihr Leben geprägt hatte. Und jede Schwäche, mit der sie zu kämpfen hatte. Obwohl sie es selten nach außen gezeigt hatte, war sie psychisch vielleicht sogar die Labilste in der Gruppe. Und selbst sie, die ihm so nahestand, war drauf und dran gewesen umzufallen, als Christoph versucht hatte, sie auf seine Seite zu ziehen. Sie war klug genug gewesen, sich Christoph nicht anzuschließen, und zweifelte dennoch, ob sein Weg der richtige war. Denn sie wollte nicht sterben, um neu geboren zu werden. Wahrscheinlich glaubte sie nicht einmal daran.

Wie oft sie in den letzten Monaten bereits darüber gesprochen hatten, wusste er nicht mehr, aber gefühlt hatte sie ihn schon ein Dutzend Mal abblitzen lassen. Zumindest hatte sie sich immer wieder herausgeredet, dass sie mehr Zeit benötige, um sich darüber klar zu werden, was sie überhaupt für die Zukunft wolle.

Während er den Blick über die Landschaft unter ihm schweifen ließ, ging er in Gedanken die nächsten Stunden durch.

Heute Morgen hatte er kurz mit Diana telefoniert. Sie hatten sich abgestimmt und die notwendigen Schritte besprochen. Von der Explosion des Hauses in Lage hatte er dann vorhin in den Radionachrichten gehört. Es schien offenbar alles nach Plan verlaufen zu sein. In spätestens einer halben Stunde sollte sie hier sein.

Die Sonne senkte sich allmählich, stand jedoch noch immer hoch am Himmel. Die Sandsteinfelsen glühten jetzt regelrecht in dem gleißenden Licht.

Er wartete nun schon eine ganze Weile auf sie. Mit jeder Minute, die verging, malte er sich schlimmere Dinge aus, weshalb sie nicht erschien. Dass vielleicht doch etwas schiefgelaufen war. Dass er womöglich sogar in der Falle saß, weil ihm die Polizei weshalb auch immer auf die Schliche gekommen war.

Nein, das konnte unmöglich sein.

Er würde einfach warten, bis Diana endlich kam.

Immer wieder spielte er alles durch. Was in den vergangenen zwei Tagen geschehen war. Und das, was noch bevorstand.

Plötzlich waren Schritte zu hören. Jemand, der die steinerne Treppe des Turmfelsens hinaufkam. Endlich war sie hier.

Er lächelte. Zumindest innerlich. Dann zählte er die Sekunden herunter. In Erwartung, Dianas Gesicht zu sehen.

Als er im nächsten Augenblick verstand, wer sich ihm da tatsächlich über die schmale Brücke näherte, schüttelte er fassungslos den Kopf. Denn das bedeutete, dass endgültig alles aus dem Ruder gelaufen war.

Neue Welt

Als Jan am nächsten Morgen wach wurde, war er gedanklich sofort wieder bei dem Mann, der ihn schon den ganzen gestrigen Abend und die halbe Nacht beschäftigt hatte. Roland Hilker. Sie wussten kaum etwas über ihn, aber als Mitarbeiter des »Ritual Worlds« war er momentan ihre heißeste Spur. Ein kurzer Blick auf sein Handy. Kein Anruf. Keine Nachrichten. Offenbar war der Mann den Kollegen von der Einsatzpolizei bisher nicht ins Netz gegangen.

Julian Becker hatte noch gestern Abend dem Polizeizeichner eine Beschreibung aufgegeben, um ein möglichst präzises Phantombild zu erstellen. Ein aktuelles Foto des Mannes lag ihnen nämlich bislang nicht vor. Mehrere Einsatzwagen waren sofort zu seiner Wohnung in Detmold gefahren. Aber Hilker hatte die Tür nicht geöffnet, und auch sonst schien nichts darauf hinzudeuten, dass er zu Hause war.

Gleichzeitig hatte Jan versucht, so viel wie möglich über Hilker zu recherchieren. Aber besonders ergiebig war seine Suche nicht gewesen. Er hatte herausgefunden, dass Hilker einundfünfzig Jahre alt war und lange Zeit für die bekannteste lippische Tageszeitung gearbeitet hatte. Weshalb er diesen Job aufgegeben hatte und stattdessen als Aushilfsverkäufer in einem Laden für Fantasy- und Manga-Artikel gelandet war, ließ sich bislang aber genauso wenig erklären wie die Tatsache, dass Hilker seit gestern offenbar komplett unter ihrem Radar hindurchgetaucht war.

Die wichtigste Information hatte Julian Becker in einem Nebensatz fallen lassen. Etwas, das ihm erst im Nachhinein als ungewöhnlich und bedeutsam erschienen war. Denn offenbar hatte Hilker etwas bei sich getragen, das wie eine Art Waffenkoffer ausgesehen hatte. Außergewöhnlich lang und schmal, als transportiere er Stichwaffen. Zumindest hatte Becker genau das rückblickend gedacht.

Dass es im »Ritual Worlds« nicht nur Attrappen, sondern auch echte Waffen gegeben hatte, hatte Jan bei ihrem Besuch mit eigenen Augen gesehen. Die Tatsache, dass ein Mitarbeiter diese nun entwendet hatte, löste bei ihm nicht gerade ein Gefühl der Beruhigung aus.

Jan hatte Ben Kregel noch einmal angerufen und ihn gebeten, zurück ins Präsidium zu kommen. Gemeinsam waren sie noch einmal alles durchgegangen und schließlich zu dem Schluss gekommen, die Staatsanwaltschaft einzuschalten und einen Haftbefehl für Roland Hilker zu erwirken. Vielleicht waren ihre Verdachtsmomente noch längst nicht stichhaltig genug, aber die Tatsache, dass er offenbar flüchtig war und eine akute Bedrohungslage herrschte, spielte ihnen immerhin etwas in die Karten.

Um kurz vor neun waren schließlich immerhin die landesweiten Fahndungsaufrufe nach Roland Hilker und der noch unbekannten Frau, die Lara und Bettina kurz vor der Explosion auf dem Foto im Laden gesehen hatten, an alle Einheiten und an die Öffentlichkeit rausgegangen. Anschließend hatte dann auch Jan endlich Feierabend gemacht.

Kurz hinter Stedefreund hatte er beschlossen, nicht auf dem elterlichen Hof vorbeizufahren und seinen Kulturbeutel und ein paar frische Klamotten zu holen. Stattdessen war er gleich weiter nach Herford gefahren, um in seiner Wohnung am Neuen Markt zu übernachten. Einen kurzen Abstecher an die Tankstelle an der Bielefelder Straße hatte er eigentlich dafür nutzen wollen, Zahnbürste und Zahnpasta zu besorgen. Da er jedoch nicht fündig geworden war, hatte er sich nur ein paar Dosen Bier gekauft.

Zu Hause hatte er versucht, seine Gedanken ein wenig zu ordnen. In Bezug auf ihre Ermittlungen, aber genauso hinsichtlich seiner Familie. Die Nähe zu ihnen tat ihm einfach nicht gut. Das hatte er längst eingesehen. Weder seine Mutter noch sein Bruder zeigten ernsthaftes Interesse, und mit Isabel musste er erst einmal langsam wieder das alte Vertrauen aufbauen. Nach wie vor sah er seine Schwester in der Pflicht, auf ihn zuzukommen, ohne dass immer wieder dieselben gegenseitigen Vorwürfe auf den Tisch kamen.

Er war es tatsächlich leid, in seiner Familie immerzu klein beigeben zu müssen. Es war, als gäbe es eine unausgesprochene Regel, die besagte, dass man über ihm die gesamte familiäre Schuld auskippen konnte. Doch damit musste endlich Schluss sein.

Wahrscheinlich war es besser, wenn er wie früher einfach nur ab und zu auf dem Hof vorbeifuhr, einige belanglose Gespräche mit seiner Mutter führte und seinem Bruder Cord konsequent aus dem Weg ging. So wie es die letzten Jahre zumindest einigermaßen vernünftig funktioniert hatte.

Jan quälte sich aus dem Bett und lief müde durch seine karg eingerichtete Wohnung. In der Küche ließ er sich auf dem Panton-Stuhl nieder, den Mareike, seine ehemalige Untermieterin, zurückgelassen hatte, als sie ausgezogen war.

Es war Montagmorgen.

Die Uhr über der Küchenzeile zeigte zehn nach acht an. Eigentlich hätte er längst auf dem Weg ins Polizeipräsidium sein müssen, aber nach diesem Wochenende schien es fast so, als weigere sich sein Körper, direkt wieder Vollgas zu geben. Es war weniger eine physische Erschöpfung, die ihn ausbremste, sondern vor allem die mentale Belastung nach den vergangenen zwei Tagen.

Jan spürte plötzlich wieder diese Leere in sich, die ihn während der letzten Wochen seines Sabbatjahrs begleitet hatte. Wohin sollte sein Weg führen?

Mühsam schüttelte er die vom Bier des Vorabends durchmischten Gedanken wieder ab und versuchte, sich auf die kommenden Stunden zu konzentrieren.

Über Christoph Brok, das einzige männliche Opfer bislang, wussten sie noch immer viel zu wenig. Er hatte Lara spätabends noch eine SMS geschickt und sie gebeten, heute Morgen noch einmal zu versuchen, alles über Brok herauszufinden, was das Internet oder sonstige frei zugängliche Quellen hergaben.

Ihren ersten Erkenntnissen nach hatte Brok keinerlei Verwandte mehr. Überhaupt lag sein Privatleben noch völlig im Dunkeln. Vielleicht, weil das »Ritual Worlds« und diese Gruppierung, der er möglicherweise angehört hatte, Job und Privatleben zugleich gewesen waren. Die Frauen, die der Täter getötet hatte, waren vielleicht der bestimmende Teil von Broks Leben gewesen. Genauso wie Diana Spies, die ihm offenbar am nächsten gestanden hatte.

Sie mussten irgendeinen Hinweis darauf finden, ob Brok und Hilker ein Problem miteinander gehabt hatten. Ein so großes Problem, dass Hilker ihn und die Frauen umgebracht hatte.

Jan versuchte sich vorzustellen, was dazu führen könnte, mit einer derartigen Gewalt vorzugehen, scheiterte jedoch sofort. In seiner Welt gab es nichts, was so etwas auch nur ansatzweise erklären konnte.

Kregel und er hatten gestern Abend versucht, von der Staatsanwaltschaft einen Durchsuchungsbeschluss zu bekommen. Die Legitimation dafür, in Hilkers Wohnung einzudringen. Doch der leitende Staatsanwalt war hart geblieben. Er weigerte sich aufgrund mangelnder Beweise, Hilker als Hauptverdächtigen in diesem Fall einzustufen. Was Jan am meisten ärgerte: Der Staatsanwalt hatte im Grunde recht, denn außer der Tatsache, dass Julian Becker ihn mit einer Tasche beobachtet hatte, in der er möglicherweise Stichwaffen aus dem Laden mitgehen ließ, gab es nichts Konkretes, das ihn belastete. Das war zu wenig für einen Beschluss. Oder gar eine Anklage. Maximal hatten sie einen Anfangsverdacht gegen ihn.

Ihnen blieb also nichts anderes übrig, als darauf zu warten, dass eine Streife Hilker aufgriff oder aber dass er irgendwann nach Hause kam. Dann würden sie ihn in die Mangel nehmen und dafür sorgen, dass er alles erzählte, was er wusste.

Jan stand auf und ging ins Badezimmer. Eine kurze Dusche, dann würde er los und sich noch einmal in Britta Lückings Wohnung umsehen. Diesmal würde er zu Fuß gehen, schließlich waren es nur wenige hundert Meter vom Neuen Markt bis zu dem Mehrfamilienhaus in der Bergertorstraße. Vielleicht fanden die Kollegen der Kriminaltechnik doch noch etwas Wichtiges dort. Auch auf das Leben von Britta Lücking wollte er noch mal einen genaueren Blick werfen. Insgeheim hatte er genau wie Cengiz doch leichte Zweifel daran, dass Stahlhut tatsächlich keine konkreten Namen dieser Sekte kannte. Aber weshalb hätte Stahlhut sein Wissen verbergen sollen, wenn zum Beispiel Christoph Brok eine dieser Personen gewesen sein sollte? Warum sollte er ihn schützen? Noch dazu jetzt, wo Brok tot war.

Andererseits hatten sie noch keinen konkreten Beweis dafür, dass der Mord an Britta Lücking unmittelbar mit der Sache auf dem Velmerstot und der Explosion in Lage zusammenhing. Konnte es vielleicht sein, dass Britta Lücking in eine gänzlich andere Sache verstrickt gewesen war?

Nachdem er geduscht und sich angezogen hatte, ging Jan zurück in die Küche und holte die kleine Kaffeedose aus dem Schrank. Zum Frühstücken hatte er nichts in seiner Wohnung, aber ein Espresso aus seiner kleinen Mokkakanne war einfach Pflicht, bevor er sich wieder in die Arbeit stürzen würde.

＊＊＊

Eine halbe Stunde später stand Jan erneut in dem Flur der kleinen Wohnung in der Bergertorstraße. Er hatte sich Überzieher über seine Schuhe gezogen und war vorsichtshalber auch in ein Paar Einweghandschuhe geschlüpft.

Die Spuren der Tat waren noch immer deutlich zu sehen. Vor allem der große Blutfleck auf dem Laminatboden und die dunkelrot besprenkelte Wand stachen ihm ins Auge. Die Tatortreinigung war noch nicht hier gewesen, was allerdings nicht verwunderlich war, da im Rest der Wohnung noch immer zwei Kollegen aus Noltes Team Spuren sicherten.

Jan sah sich eine Weile in der kleinen Küche um, ohne dass irgendetwas seine Aufmerksamkeit auf sich zog. Die wenigen Lebensmittel und Küchenutensilien deuteten darauf hin, dass Britta Lücking wohl nur selten hier gekocht hatte. Im Kühlschrank standen lediglich eine angebrochene Flasche Apfelsaft und ein Glas Erdbeermarmelade.

Er ging zurück in den Flur und bog in das Wohn- und Esszimmer ab, in dem einer der beiden Techniker damit beschäftigt war, Fingerabdrücke an einer Schrankwand zu nehmen.

Jan hatte gestern Mittag nur einen kurzen Blick in diesen Raum geworfen. Erst jetzt fiel ihm die ungewöhnliche Einrichtung auf. Sämtliche Möbel waren schwarz, genauso wie die Vorhänge und sogar die Farbe der Wand rechts von ihm. Einige wenige silberne und weiße Farbtupfer bildeten die vielen Kerzen und Bilderrahmen. Und die hellen Kissen auf der schwarzen Couch. Er wunderte sich über den tief hängenden Kronleuchter, der in diese Wohnung mit der normal hohen Decke so gar nicht passen wollte.

Er bewegte sich langsam durch das Zimmer. Versuchte dabei, jedes Detail aufzuschnappen, aber so richtig bekam er Britta Lücking noch nicht zu fassen. Sie hatte anders ausgesehen als Diana Spies, Michelle Möller und Anna Laukötter. Zwar hatte auch sie ganz offenbar einen Hang zur Farbe Schwarz, aber in seiner Erinnerung, als er sie hier in dieser Wohnung auf brutalste Weise ermordet gesehen hatte, und auch auf den Fotos, die auf seinem Schreibtisch im Präsidium lagen, machte sie einen vergleichsweise biederen Eindruck.

Dunkelbraune, halblange Haare. Eine Brille mit dickem schwarzem Rand und eine blasse Gesichtsfarbe. Sowie ein Ausdruck in ihren Augen, den Jan bestenfalls als melancholisch beschrieb. Jedenfalls war er sich sicher, dass von Piercings und Tattoos bei ihr gestern nichts zu sehen gewesen war.

Im Gegensatz zur Küche wirkte das Wohnzimmer, als habe sich hier jemand durchaus des Öfteren aufgehalten und sich auf gewisse Weise Mühe bei der Einrichtung gegeben, doch strahlte auch dieser Raum eine merkwürdige Leere aus.

In den Bilderrahmen hingen keine Fotos von Britta Lücking und ihren Verwandten oder besten Freundinnen, sondern Kalendersprüche und Lebensweisheiten. Unpersönlich und nicht sonderlich tiefgründig, wie er fand.

Jan ließ seinen Blick weiter kreisen.

Kein einziger Gegenstand, der sich lohnte, näher betrachtet zu werden. Keine Bücher oder Zeitschriften. Keine liegen gebliebene Post oder irgendwelche Notizen. Keine Spur von einem Handy oder einem Computer, auf dem sie persönliche Nachrichten finden konnten.

Er hatte auf dem Weg hierher kurz mit Nolte telefoniert, der ihn bereits vorgewarnt hatte, dass sie bislang in der Wohnung nichts für die Ermittlungen Verwertbares gefunden hatten. Als hätte dort im Grunde niemand dauerhaft gewohnt, hatte Nolte gesagt. Oder aber jemand hatte gründlich aufgeräumt.

Genau so war es wohl. Diese Wohnung war nicht Britta Lückings eigentlicher Lebensmittelpunkt gewesen, war sich Jan sicher. Vielleicht hatte sie hier gelegentlich noch übernachtet, aber es musste noch einen weiteren Ort geben, an dem sie gewohnt hatte. Ein Ort, wo sich ihre persönlichen Habseligkeiten befanden.

In diesem Punkt lag auf jeden Fall eine Parallele zu Michelle Möller vor. Auch sie hatte laut ihrer Mutter zuletzt an einem ihr unbekannten Ort gelebt. Ob dies auch für Anna Laukötter zutraf, konnten sie noch nicht sagen. Das gestrige Gespräch mit ihrem Vater ließ ihn immer noch ratlos zurück. Diese Abneigung gegenüber der Polizei, die so weit ging, dass er es ablehnte, ihnen bei der Aufklärung des Mordes an seiner Tochter zu helfen, wollte ihm nicht in den Kopf. Gunther Laukötter weigerte sich, überhaupt mit ihnen zu sprechen. Er hatte nur anklingen lassen, dass sein Verhältnis zu seiner Tochter ziemlich gestört gewesen war. Wollte er nicht zugeben müssen, dass er nichts über ihr Leben wusste?

»Hier in dem Schrank gibt's auch nichts Besonderes«, sagte der junge Techniker plötzlich. »Vielleicht solltest du es mal im Schlafzimmer versuchen, da haben wir ein paar Anzeichen gefunden, dass sich hier überhaupt mal jemand aufgehalten hat.«

»Wie meinst du das?«, fragte Jan.

»In der untersten Schublade des Nachtschränkchens haben wir vorhin einen zusammengefalteten Zettel gefunden. Da steht ziemlich wirres Zeug drauf. Aber ich glaube, es muss eine gewisse Bedeutung haben. Er war akkurat unter den Boden der darüberliegenden Schublade geklebt. Ein guter Versuch, aber uns entgeht so etwas natürlich nicht.«

»Gute Arbeit«, sagte Jan nüchtern. »Einfach genauso weitermachen.« Er wusste, dass viele Kriminaltechniker grundsätzlich schräge Vögel waren, aber dass ein Kollege mit wahrscheinlich gerade mal Mitte zwanzig so von sich und seiner Arbeit überzeugt war, hatte er auch noch nicht erlebt.

Er wandte sich ab und trat wieder auf den Flur, um von dort ins Schlafzimmer zu gehen. Ein Raum, der viel kleiner war als erwartet. Er wirkte wie eine Abstellkammer. Kein Fenster. Und das Bett, das maximal einen Meter breit war, füllte ihn nahezu vollständig aus.

Rechts neben dem Bett stand das Nachtschränkchen, von dem der Techniker gesprochen hatte. Davor hockte eine junge Frau, die Jan noch nie gesehen hatte. Mit ihrem blonden Haar, dem zierlichen Körper und dem unschuldigen Lächeln auf den Lippen wirkte sie in der düsteren Atmosphäre, die die Wohnung ausstrahlte, fehl am Platz.

»Ich will gar nicht lange stören«, sagte Jan. »Dürfte ich den Zettel sehen, den ihr in der Schublade gefunden habt?«

»Jan Oldinghaus?«, fragte die Frau. »Ich bin Pia. Noch relativ neu im Team. Das hier ist mein erster größerer Fall. Auf den Velmerstot wurde ich noch nicht mitgenommen, aber dafür darf ich hier –«

»Ich hätte dich wahrscheinlich auch vor dieser Sache verschont«, unterbrach Jan sie. »Ich hoffe, du warst gestern noch nicht hier.«

»Doch, natürlich«, antwortete sie beinahe euphorisch. »Nicht dass du mich falsch verstehst, dieser Anblick von der Frau war wirklich nicht schön, aber ich muss mit eigenen Augen sehen, womit ich es zu tun habe.«

»Aus meiner Erfahrung kann ich dir sagen, dass es dich nicht immer weiterbringt, wenn du dir alle Details zumutest«, entgegnete Jan. »Kannst du mir jetzt diesen Zettel zeigen?«

»Natürlich«, sagte sie und zog einen zusammengefalteten Zettel in einer kleinen transparenten Tüte aus dem Dekolleté unter ihrem Schutzanzug. »Wir haben ihn uns angesehen. Das klingt alles ziemlich seltsam. Aber wahrscheinlich kannst du viel besser deuten, was damit gemeint ist.«

»Mal sehen«, sagte Jan und nahm die Tüte entgegen. »Hast du ihn gefaltet, oder war er bereits so?«

»Ich würde niemals so mit einem möglichen Beweismittel umgehen«, antwortete sie empört.

»Du hast die Tüte gerade aus deinem Dekolleté gezogen«, entgegnete Jan irritiert. »Aber lassen wir das.«

Er wandte sich von der Kriminaltechnikerin ab und ging in den Flur. Dann holte er den Zettel aus der Tüte, faltete ihn auseinander und begann zu lesen.

Eine neue Welt

Es gibt viele Dinge, die du befolgen musst, aber die wichtigsten sollst du tagtäglich aus voller Überzeugung leben. Du sollst dir in jeder Situation bewusst sein, woran du glaubst. Woran wir alle glauben. Darum verinnerliche das, was hier im Folgenden geschrieben steht. Mehr musst du für die Zukunft nicht wissen:
Du lebst dein Leben nicht nur einmal.
Die Welt, auf der wir leben, ist längst nicht mehr lebenswert.
Unserem Leben hier auf der Erde werden wir früher oder später ein Ende setzen müssen.
Nur ein neues Leben an einem anderen Ort und in einer neuen Zeit wird unsere Rettung sein.
Wir sehnen uns nach diesem Ort und wissen, dass es dort besser werden wird.
Denn da draußen wartet etwas Großartiges auf uns, ein Leben, wie wir es uns wünschen.
Wir werden ein System und eine Welt nur nach unseren Vorstellungen erschaffen.

Nachdem er fertig war, starrte Jan noch eine Weile auf das handbeschriebene Stück Papier. Las die wenigen Sätze noch ein zweites Mal. Und ein drittes Mal. Nicht, weil er sie nicht verstand – sie waren unmissverständlich. Vielmehr versuchte er herauszulesen, ob es irgendeinen Hinweis auf den Verfasser des Briefs gab. Aber das Einzige, was ihm auffiel, war die Handschrift. Ohne sich allzu weit aus dem Fenster lehnen zu wollen, war er sich sicher, dass diese Zeilen von einem Mann geschrieben worden waren. Die Buchstaben sahen kantig aus.

Stahlhut war es gewesen, der die Welterneuerer zuerst erwähnt hatte. Alles, was er über diese Sekte berichtet hatte, wurde in diesem kurzen Brief bestätigt. Seine Halbschwester war also tatsächlich Teil einer Gruppierung gewesen, die sich ein Leben nach dem Tod in einer besseren Welt fernab der Erde wünschte.

Und es war klar herauszulesen, dass sie vorgehabt hatten, diese Welt aus freien Stücken zu verlassen.

Jan faltete den Zettel wieder zusammen, steckte ihn in die Tüte zurück und ließ ihn in seiner Hosentasche verschwinden. Sie mussten so schnell wie möglich die Schrift auswerten und die Worte noch einmal genau analysieren. Aber vor allem mussten sie herausfinden, ob Britta Lücking, Christoph Brok und die anderen Frauen derselben Sekte angehört hatten.

Plötzlich kam Jan ein neuer Gedanke. Wenn es sich bei dem Motiv für die Morde möglicherweise um Rache oder Vergeltung handelte, kam dann vielleicht sogar jemand aus dem Kreise der Angehörigen in Frage? Was war mit Gunther Laukötter? Er war jemand mit einer auffälligen Vita. Kein Schwerverbrecher, aber durchaus jemand, der schon so einiges auf dem Kerbholz hatte. Er hatte mit Waffen zu tun gehabt. Und offenbar hatte er nichts dazugelernt, wie Cengiz und er bei ihrem Besuch hatten feststellen müssen.

Unschlüssig stand er im Wohnungsflur, als sein Handy vibrierte. Es war seine Schwester.

War das der passende Moment für ein Telefonat mit ihr? Um sich wahrscheinlich wieder einmal Vorwürfe anhören zu müssen, weil die Familie nicht funktionierte. Und sie wahrscheinlich mal wieder ihn dafür verantwortlich machten.

Ihm war klar, dass zumindest Isabel nicht so tickte. Jan nahm ab und meldete sich.

»Verdammt, wo bist du denn?« Isabel sprach so laut, dass Jan sein Handy ein Stück vom Ohr weghielt.

»Ich bin in Herford, wir haben hier gerade –«

»Es ist Viertel nach neun«, unterbrach sie ihn barsch. »Du kannst froh sein, dass sich der Beginn verzögert. Oder willst du etwa ernsthaft nicht dabei sein?«

Jan verstand sofort, was sie meinte. Er fluchte innerlich. Den Termin beim Nachlassgericht hatte er völlig vergessen. Heute war der Tag der Testamentseröffnung, auf den vor allem der Rest der Familie schon seit Wochen hinfieberte. Für ihn ein unbedeutender Termin. Er erwartete nichts von seinem Vater. Es war wie ein ungeschriebenes Gesetz, dass Cord dessen Nachfolge antreten würde und deshalb auch den Großteil des Hofs vererbt bekäme. Trotzdem hatte er sich fest vorgenommen, bei der Testamentseröffnung dabei zu sein. Und sei es nur, um den anderen zu zeigen, dass er den letzten Willen des alten Herrn respektierte.

»Bist du noch dran?«

»Ja, natürlich.«

»Dann beweg deinen Hintern so schnell wie möglich hierher. Der Rechtspfleger wird in ein paar Minuten mit der Verlesung des Testaments –«

»Ich bin in fünf Minuten da.« Diesmal war es Jan, der seiner Schwester ins Wort fiel. »Bis gleich.«

Er legte auf und suchte augenblicklich nach einem Halt. Den fand er an der Wand des Flurs, gegen die er sich lehnte. Er atmete einige Male tief durch. Die Testamentsverlesung war emotional wohl doch nicht weniger herausfordernd für ihn als die Ermittlungen.

Aber sein Besuch hier in der Wohnung hatte sich immerhin gelohnt. Der handbeschriebene Zettel war der erste richtige Beweis dafür, dass es diese Sekte, von der Stahlhut gesprochen hatte, tatsächlich gab. Und ob Christoph Brok auch dazugehört hatte und womöglich der Verfasser dieser Zeilen gewesen war oder aber ebendieser Verfasser ihn und die Frauen getötet hatte, würden sie hoffentlich so schnell wie möglich herausfinden.

Bitte lächeln

Es war ja nicht so, dass alles immer nur schlecht in ihrer Beziehung gelaufen war. Die Routine, die sie in jungen Jahren immer gestört hatte, gefiel Sabine mittlerweile durchaus. Auch die Tatsache, dass Rolf von ihr im Grunde nichts mehr wollte, außer dass sie gelegentlich seine Hemden bügelte, war etwas, das sie zu schätzen wusste.

Keine Verpflichtungen, keine Bedürfnisse, die sie befriedigen musste, nicht einmal mehr seine anstrengenden Freunde traf sie – eigentlich war ihr Leben echt in Ordnung.

Wenn da nicht diese eine Sache gewesen wäre, wegen der sie immer wieder in Streit gerieten. Im Grunde hatten sie schon immer unterschiedliche Urlaubsziele gehabt. Während sie eine Mischung aus Strandurlaub und Kultur vornehmlich im Mittelmeerraum bevorzugte, wollte Rolf immer nur raus in die Natur. Wanderurlaube in der Sächsischen Schweiz oder im Allgäu. Im besten Fall auch mal nach Skandinavien oder in die Karpaten.

In diesem Jahr hatte er unbedingt in den Teutoburger Wald gewollt. Auf den Spuren von Arminius, dem Cherusker, die legendäre Varusschlacht erleben. So in etwa hatte er versucht, es ihr schmackhaft zu machen. Da sie von alldem zuvor noch nicht wirklich viel gehört hatte, war sie unvoreingenommen gewesen. Sie hatte sich auf den Kurzurlaub eingelassen und war froh über das ansprechende Hotel, das oberhalb Bielefelds an einem Hang lag. Ein vernünftiges Zimmer, gutes Essen und eine gut ausgestattete Bar, an der sie schon zwei beschwingte Abende verbracht hatte.

Gestern hatten sie das Denkmal von diesem Arminius besucht. Sicher, es war eindrucksvoll groß, und sie verstand jetzt auch, weshalb die Menschen hier mit einem gewissen Stolz davon redeten, dass vor über tausend Jahren im Teutoburger Wald gewissermaßen das Ende des Römischen Reichs eingeläutet worden war. Aber war es dafür wirklich notwendig, stundenlang auf dem Hermannsweg und sonst welchen Pfaden zu wandern? Mit Steigungen, bei denen sie keine Luft mehr bekam. Ihr Körper war noch nie für Derartiges ausgelegt gewesen, erst recht nicht jetzt, wo sie die sechzig bereits überschritten hatte. Heute würde sie aber womöglich Glück haben. Die Wanderung ins Eggegebirge auf den Gipfel eines Berges, dessen Namen sie schon wieder vergessen hatte, musste ausfallen. Sie hatten im Radio davon gehört, dass etwas Schreckliches dort passiert war. Es waren mehrere enthauptete Leichen gefunden worden. In diesen Wäldern Ostwestfalens schienen sie sich offenbar noch immer gegenseitig die Kehlen durchzuschneiden, hatte Rolf gewitzelt. Aber ein bisschen mulmig war ihr nach der Meldung dann doch gewesen.

Rolf hatte sofort umdisponiert. Statt ins Eggegebirge waren sie zu den nur wenige Kilometer davon entfernt befindlichen Externsteinen gefahren. Mehrere markante Sandsteinfelsen, die man bei einem Urlaub im Teutoburger Wald gesehen haben müsse, hatte er geschwärmt. Sie hatte nicht widersprochen.

Obwohl der Weg vom Parkplatz bis zu den Felssteinen nur wenige hundert Meter weit führte, zog er sich in die Länge. Zumindest empfand sie das in diesem Moment so. Vielleicht lag es auch daran, dass sie an diesem sehr warmen Junimorgen ganz allein hier unterwegs waren. War dieses angebliche touristische Highlight etwa gar keines?

Jetzt kannte Sabine den Grund. Und genau der ließ ihre Laune von Minute zu Minute noch schlechter werden. Die Besteigung der Felsen war erst ab zehn Uhr möglich. Also in mehr als einer halben Stunde.

Sie waren viel zu früh, und nur weil Rolf mal wieder unruhig geschlafen hatte. Weil er um Viertel vor sieben im Frühstücksraum des Hotels gesessen hatte. Um nicht zu spät für die frischen Brötchen dran zu sein. Und für das Rührei. Und den gebratenen Speck.

Es war manchmal wirklich schlimm mit ihm. Statt den Urlaub einfach zu genießen, sich zu entspannen und auszuschlafen, war er immerzu auf dem Sprung, irgendetwas zu unternehmen. Am liebsten wandern. Auf jeden Fall bloß nichts verpassen. Und so war es dann auch kein Wunder, dass sie ihren Mercedes bereits um kurz nach neun auf dem großen Parkplatz, der bis auf eine Handvoll anderer Fahrzeuge leer war, abgestellt hatten.

»Da sind sie«, sagte Rolf plötzlich.

Sie hatten das kurze Stück im Wald hinter sich gelassen, und vor ihnen breiteten sich eine Felsformation und ein kleiner See aus.

Die Externsteine.

Sie waren tatsächlich beeindruckender, als sie aus Rolfs Erzählungen geschlossen hatte. Irgendwie sah es beinahe so aus, als wären sie gar nicht echt. Sie ragten urplötzlich wie aus dem Nichts aus dem Erdboden heraus. Wie in diesen Pop-up-Büchern, die sie in ihrer Kindheit so geliebt hatte.

Je näher sie den Felsen kamen, desto euphorischer wurde Rolf. Er redete nicht, gab stattdessen aber fortlaufend Laute der Begeisterung von sich. Als Nächstes würde er bestimmt seine Spiegelreflexkamera hervorholen, auf die er so stolz war, und für die nächste halbe Stunde nicht ansprechbar sein. Die Felsen in der Gesamtheit, jeder Felsen einzeln, und natürlich besondere Details. Nichts würde seinem Auge entgehen. Und als Krönung durfte sie dann posieren. Mit diesem typisch gequälten Lächeln, das auf jedem zweiten Bild in ihrem Fotoalbum zu sehen war.

Rolf war rundum zufrieden. Auch wenn das Häuschen, an dem die Eintrittskarten für die Besteigung der Felsen verkauft wurden, noch längst nicht besetzt war. Der Anblick der Externsteine in der gleißenden Morgensonne schien ihn vollends zu befriedigen.

»Wartest du hier?«, fragte er. »Ich will noch ein paar Fotos von der anderen Seite machen.«

Sabine nickte. Natürlich wartete sie. Sie wartete immer. Seit über dreißig Jahren ertrug sie seine penetranten Macken, wenn sie gemeinsam in den Urlaub fuhren.

Zu Hause würden sie sich wieder aus dem Weg gehen. Sie würde ab und zu seine Hemden bügeln. Mehr nicht. Nicht einmal mehr kochen musste sie. Seitdem sie sich größtenteils vegetarisch ernährte, hatte er damit angefangen, sein Fleisch auf dem Gasgrill, den er sich letztes Jahr gekauft hatte, allein für sich zuzubereiten. An manchen Abenden war er damit stundenlang beschäftigt. Dann stand sie im Wohnzimmer mit einem Weißweinglas in der Hand vor der verschlossenen Terrassentür und sah seinem Treiben verständnislos zu. Mit einem innerlichen Kopfschütteln und einem aufgesetzten Lächeln.

Es gab jedoch auch Situationen wie diese hier. Wo kein Lächeln mehr über ihre Lippen kommen wollte. Wo sie einfach nur noch schwer genervt war. Sie nahm auf einer Bank Platz und stellte sich vor, was die nächsten Tage für sie wohl bereithielten.

Vier Tage Ostwestfalen lagen noch vor ihnen. Rolf hatte mit Sicherheit schon weitere Wanderungen durch den Teutoburger Wald geplant. Vielleicht war es an der Zeit, endlich auch im Urlaub einfach mal Nein zu sagen und ihre eigenen Vorstellungen durchzusetzen. Durch Bielefelds Altstadt zu schlendern. In einem netten Café einen Latte Macchiato zu trinken, in teuren Boutiquen zu shoppen und vor allem die Ruhe zu genießen.

Die Ruhe vor ihm. Rolf. Ihrem Mann.

Aus dem Augenwinkel sah sie, dass er zurückkam. Schneller, als sie erwartet hatte. Sabine vermied es, ihn anzusehen. Er sollte bloß nicht denken, dass sie auf ihn gewartet hatte. Alles, was sie vermitteln wollte, war Gleichgültigkeit. Aber der Blick aus dem Augenwinkel genügte, um zu erkennen, dass irgendetwas nicht stimmte.

Als er nur noch wenige Meter entfernt war, drehte sie sich schließlich doch zu ihm um.

Rolf war kreidebleich.

So hatte sie ihn zuletzt 1982 gesehen – vor dem Traualtar. Damals hätte das vielleicht schon Zeichen genug sein müssen, worauf sie sich da einließ, aber mit ihrem jungen Gemüt hatte sie sich seine Nervosität noch schöngeredet. Sie hatte es sogar niedlich gefunden. Obwohl sie sich tief im Innern schon damals geschämt hatte.

Dass es in diesem Augenblick allerdings etwas viel Ernsteres als eine Heirat sein musste, was Rolf zu schaffen machte, verstand sie spätestens, als er ihr in die Arme fiel und sie fest an sich drückte.

Das hatte er nicht einmal bei ihrer Hochzeit getan.

Rigoletto

Das Herforder Amtsgericht, in dem auch die Nachlassangelegenheiten geregelt wurden, befand sich in dem großen spätklassizistischen Gebäude Auf der Freiheit. Jan erinnerte sich daran, vor einigen Jahren schon einmal hier gewesen zu sein. Damals hatte er sich dafür interessiert, als Schöffe in Strafprozessen eingesetzt zu werden. Während der Beratung war ihm jedoch klar geworden, dass diese Aufgabe mit seinem Beruf kaum vereinbar war. Da es zudem genau deshalb unwahrscheinlich war, dass seine Bewerbung überhaupt erfolgreich sein würde, hatte er den Plan nicht weiter verfolgt.

Von einer Mitarbeiterin des Amtsgerichts, die Jan im Treppenhaus angesprochen hatte, wurde er in ein Zimmer geführt, dessen holzvertäfelte Decke beeindruckend und gleichzeitig bedrückend wirkte. Mehrere stützende Holzbalken ließen den Raum kleiner erscheinen, als er in Wirklichkeit war. Denn der lang gezogene moderne Glastisch, der in der Mitte stand, war für mindestens fünfzehn Personen ausgelegt.

Da saßen sie also ganz am Ende und blickten ihn mit teils vorwurfsvoller, teils mitleidiger Miene an.

Seine Mutter. Ihr gegenüber Cord. Daneben Isabel.

Und am Kopfende der Rechtspfleger. Ein Beamter von etwa Mitte fünfzig mit nur noch wenigen Haaren auf dem Kopf, dafür aber einem grauen Vollbart. Er musterte Jan über seine kleinen Brillengläser hinweg besonders kritisch.

»Kommen Sie rein und setzen Sie sich«, sagte er streng. »Ich nehme an, Sie sind Jan-Hinrich Meyer zu Oldinghaus?«

»Korrekt«, antwortete Jan. Er verzichtete darauf, sich für seine Verspätung zu entschuldigen, und setzte sich neben seine Mutter, ohne sie eines Blickes zu würdigen. Aus dem Augenwinkel erkannte er allerdings, dass auch sie sich ihm nicht zuwandte.

Neun Monate waren seit dem Tod seines Vaters vergangen, bis heute nun endlich das Testament geöffnet und verlesen würde. Da spielten zwanzig Minuten doch wohl keine Rolle. Zumal es ausschließlich an seiner Mutter gelegen hatte, dass sie dieses Kapitel nicht längst hinter sich gebracht hatten. Sie war es gewesen, die sich mental noch nicht in der Lage gefühlt hatte, den letzten Willen ihres Mannes zu erfahren. Jan hatte sich schon mehrfach gefragt, ob sie wohl irgendetwas Schlimmes erwartete, wovon sein Vater Heinrich ihr nie erzählt hatte.

»Wenn wir nun auch wirklich vollzählig sind, starte ich noch einmal von vorn.« Der Rechtspfleger ließ seinen Blick kurz kreisen. Dann begann er vorzulesen.

Ich, Heinrich August Meyer zu Oldinghaus, geboren am 14. November 1941 in Herford, setze zu unbeschränkten Erben mit im Weiteren zu erläuternden Erbanteilen ein:
Meine Frau Sylvia Meyer zu Oldinghaus, geboren am 20. Mai 1947 in Bünde,
Meinen Sohn Cord Heinrich Wilhelm Meyer zu Oldinghaus, geboren am 4. August 1976 in Bünde und
Meinen Sohn Jan-Hinrich Meyer zu Oldinghaus, geboren am 12. Oktober 1979 in Herford.

Jan wartete darauf, dass der Rechtspfleger weitersprach. Alle am Tisch warteten darauf. Aber der Mann schwieg. Er nannte ihren Namen nicht. Den seiner Schwester Isabel.

»Moment«, brach es aus Jan heraus. »Im Ernst? Sind Sie sich sicher, dass Sie alle rechtmäßigen Erben genannt haben?«

»Meine Erfahrung hat mich gelehrt, in diesen Situationen nicht unbedingt zu scherzen. Sie können sich also sicher sein, dass das, was ich Ihnen vorlese, exakt dem entspricht, was Ihr Vater notariell hat beglaubigen lassen. Darf ich also fortfahren?«

Jan versuchte, Blickkontakt zu seiner Schwester aufzunehmen. Aber sie ließ sich nichts von der Enttäuschung, die sie verspüren musste, anmerken. Regungslos saß sie da und sah den Mann am Kopfende an.

Meiner geliebten Frau vererbe ich unseren Mercedes 280 Coupé, unseren liebsten Hengst Rigoletto sowie zweihundertfünfzigtausend Euro in bar. Zudem lege ich fest, dass sie lebenslanges Wohnrecht auf unserem Hof erhält. Im Fall einer Insolvenz des Betriebs oder eines Verkaufs geht meine Wohnung in Herford in der Clarenstraße in ihren Besitz über. Außerdem werden weitere einhundertfünfzigtausend Euro für diesen Fall auf meinem Konto eingefroren.

Der Rechtspfleger räusperte sich leise und blickte Jans Mutter einige Sekunden lang an, als wünsche er sich eine Reaktion. Bestenfalls eine positive. Sie sagte jedoch nichts, sodass der Mann fortfuhr.

Den Betrieb des Hofes mit sämtlichen materiellen Werten aus der Ackerwirtschaft überlasse ich meinem ältesten Sohn Cord Heinrich Wilhelm zu gleichen Teilen wie meinem zweitältesten Sohn Jan-Hinrich. Dasselbe gilt für den Betrieb und die materiellen Güter des Gestüts inklusive aller Pferde mit Ausnahme des Hengstes Rigoletto. Meine Tochter Isabel erhält den ihr gesetzlich zustehenden Pflichtteil. Sollte einer dieser genannten Erben vor mir verstorben sein, werden anstelle dessen die Abkömmlinge des verstorbenen Erben entsprechend der gesetzlichen Erbfolge meine Rechtsnachfolger. Sollte der verstorbene Erbe ...

Jan hörte nicht mehr richtig zu. Stattdessen spürte er, wie das Adrenalin mit einem Mal durch seine Adern strömte. Sein Herz pulsierte, er zitterte am ganzen Körper.

Nein, er hatte sich nicht verhört. Die Worte des Mannes waren klar und deutlich gewesen. Der gesamte Besitz seines Vaters würde zu gleichen Teilen zwischen Cord und ihm aufgeteilt werden, während Isabel nur ihren Pflichtanteil erhielt.

Jeden Augenblick erwartete Jan, dass sein Bruder aufspringen und mit der Faust auf den Tisch hauen würde. Jahrelang hatte er darauf hingearbeitet, der alleinige Erbe des Hofes zu werden. Der neue Patriarch Meyer zu Oldinghaus. Er führte schon längst die Geschäfte, und nun setzte ihm sein Vater, der nie einen Zweifel daran gelassen hatte, wer sein Nachfolger werden sollte, ausgerechnet ihn, seinen verhassten Bruder, an die Seite.

Ein seltsames Gefühl. Eine Mischung aus Schadenfreude und Mitleid tobte in Jan. Zum ersten Mal in seinem Leben musste sich Cord so fühlen, wie er es all die Jahre getan hatte, wenn er von seinem eigenen Vater zutiefst enttäuscht worden war.

Es war jetzt mucksmäuschenstill im Raum. Die Testamentsverlesung war offenbar beendet. Doch niemand am Tisch wollte der Erste sein, der etwas sagte. Im nächsten Augenblick erkannte Jan auf dem Display seines Handys, das er vor sich auf den Tisch gelegt hatte, einen eingehenden Anruf. Es war Kregel.

Obwohl Jan es in diesem Moment eigentlich für unangebracht hielt, entschied er sich dazu, das Gespräch anzunehmen. Vielleicht auch nur, weil er der unangenehmen Situation im Raum so auf schnellste Weise entkommen konnte.

Er entschuldigte sich knapp und entfernte sich vom Tisch. Dann erst nahm er das Gespräch an und meldete sich leise. »Hallo, Ben, eigentlich ist es gerade ziemlich ungünstig –«

»Wir haben schon wieder einen Todesfall«, unterbrach Kregel ihn harsch. »Mir ist egal, wo du gerade steckst, aber setz dich sofort in dein Auto und fahr zu den Externsteinen. Die anderen sind bereits auf dem Weg.«

»Hängt es mit unserem Fall zusammen?«

»Davon ist auszugehen«, antwortete Kregel kurz angebunden.

»Etwa die unbekannte Frau von dem Foto, das Lara und Bettina im ›Ritual Worlds‹ gesehen haben?«

»Nein, das Opfer ist männlich. Es ist Roland Hilker.«

Kindheitserinnerungen

Jan hatte nur noch ein kurzes »Tut mir leid, ich muss weg« in den Raum geworfen, dann war er aus dem Amtsgericht gestürmt und die wenigen hundert Meter bis zu seinem Mini, der an der Berliner Straße geparkt war, gerannt. Er hatte die Tränen auf den Wangen seiner Mutter kullern sehen. Und die schockstarren Blicke von Cord und Isabel, als sie sich ihm kurz zugewandt hatten. Was sein Vater mit seinem Testament angerichtet hatte, war schlimmer, als er es sich hatte vorstellen können. Wenn die Enttäuschung einfach nur ihn getroffen hätte, wäre es für niemanden am Tisch eine Überraschung gewesen. Auch für ihn selbst nicht. Aber so, wie es nun gelaufen war, hatte sein Vater posthum dafür gesorgt, dass die gesamte Familie endgültig vor einem Scherbenhaufen stand. Fortan trug jeder von ihnen sein Päckchen mit sich herum. Eine Mischung aus Wut und Unverständnis. Ein Gefühl, den eigenen Vater nicht verstehen zu können. Ihn nie verstanden zu haben.

Er war einfach ein Mistkerl gewesen, durchfuhr es Jan. Er hatte es immer gewusst. Und nun hatte es hoffentlich auch der Rest der Familie kapiert.

Eine Resthoffnung hatte er deswegen: Vielleicht ergab sich aus dieser Katastrophe ja die Chance, dass die Familie enger zusammenrückte. Dass auch Cord endlich verstand, weshalb ihr Verhältnis so schlecht gewesen war. Aber das bedeutete, dass sie sich aussprechen mussten. Oder überhaupt erst mal miteinander reden. Nach allem, was zwischen ihnen in den letzten Jahren vorgefallen war.

Nur mühsam gelang es ihm, die Gedanken an das gerade Erlebte beiseitezuschieben. Erst als er die Absperrung kurz vor dem Infozentrum passierte, gelang es ihm wieder, sich auf den Fall zu konzentrieren. Er steuerte seinen Mini auf einem Weg, der links und rechts von Bäumen gesäumt war, in Richtung der Externsteine. Im nächsten Moment ragten die Sandsteinfelsen vor ihm auf, und bei dem Anblick kamen sofort Kindheitserinnerungen hoch.

Auch die Externsteine waren ein beliebter Familienausflug gewesen. Es gab etliche Fotos, auf denen er mit seinen Eltern und Geschwistern vor den imposanten Felsen zu sehen war. Sie mussten sich in einem der Alben befinden, die er damals bei seinem Auszug von zu Hause mitgenommen hatte.

Jan war bestimmt seit dreißig Jahren nicht mehr hier gewesen. Aber die Magie, die er schon als Kind empfunden hatte, war sofort wieder da. Der Ort wurde von vielen Menschen als besondere Kultstätte verehrt, und das konnte er auf eine gewisse Weise sogar nachvollziehen.

Dass die Externsteine und ihre Mystik als Kraftort wahrscheinlich auch ein Anziehungspunkt für Sekten, Esoteriker und wen auch immer waren, dass die Welterneuerer sich womöglich an einem Ort wie diesem aufgehalten hatten, war alles andere als verwunderlich.

Seltsamerweise hatte Jan die ganze Zeit kaum daran denken müssen, was Kregel ihm am Telefon gesagt hatte. Aber je näher er den Externsteinen kam, desto intensiver grübelte er jetzt darüber nach, was es zu bedeuten hatte, dass Roland Hilker tot war.

Christoph Broks Mitarbeiter.

Erst gestern Abend waren Kregel und er zu dem Schluss gekommen, öffentlich nach Hilker zu fahnden und einen Haftbefehl oder wenigstens einen Durchsuchungsbeschluss zu beantragen. Ihnen fehlten zwar die stichhaltigen Beweise, aber er hatte sich offenbar der Befragung entzogen, und möglicherweise war ein weiteres Menschenleben in Gefahr gewesen.

Jetzt war er tot.

Dass sein Tod mit den anderen Morden zu tun hatte, stand für Jan außer Frage. Dass eine weitere Person aus Broks Umfeld zu Tode gekommen war, konnte kein Zufall sein.

Jan stellte seinen Wagen am Rand des Wegs ab und ging in Richtung der Kollegen, die in der Nähe des Kassenhäuschens unterhalb der Sandsteinfelsen standen.

Als Lara ihn sah, kam sie direkt auf ihn zu. »Wo hast du denn so lange gesteckt? Wir sind schon eine Dreiviertelstunde hier. Kregel ist verdammt nervös, er befürchtet, dass uns alles um die Ohren fliegt, weil wir nicht Herr der Lage werden.«

»Familiengeschichten«, antwortete Jan ausweichend. »Willst du gar nicht wissen. Erzähl mir lieber, was hier passiert ist. Wie ist Hilker ums Leben gekommen?«

»Willst du ihn dir nicht ansehen?«

»Bringt es mich weiter?«

»In diesem Fall wahrscheinlich wohl eher nicht«, antwortete Lara. »Hilker ist von einem der Felsen gestürzt. Und in seiner Brust steckte ein Messer mit einer mindestens zwanzig Zentimeter langen Klinge.«

»Suizid?«

»Nicht auszuschließen«, erklärte Lara. »Noltes Leute haben dort oben zumindest auf den ersten Blick keine Spuren gefunden, die darauf hindeuten, dass es sich um ein Tötungsdelikt handelt.«

»Ein solches Messer lässt sich mit Sicherheit einfacher in den eigenen Körper rammen als ein Schwert. Aber welchen Sinn ergäbe es, dass sich Roland Hilker so spektakulär in den Tod stürzt. Außer wenn …« Jan hielt inne.

»Ich weiß, was du sagen willst«, sagte Lara. »Und ich halte es ebenfalls nicht für ausgeschlossen, dass Hilker tatsächlich der Mörder von Brok und den Frauen ist. Dass er die Gasleitung im ›Ritual Worlds‹ manipuliert hat, um mögliche Spuren zu verwischen. Oder aber, um auf diese Weise Diana Spies umzubringen.«

»Aber weshalb sollte er sich jetzt das Leben nehmen, nachdem er diesen Aufwand betrieben hat?«

»Vielleicht, weil er fertig war«, antwortete Lara. »Wir kennen das Motiv noch nicht, aber es könnte so gewesen sein, dass er es genau auf diese fünf Personen abgesehen hatte. Und dann wollte auch er sterben.«

»Es klingt noch nicht schlüssig«, entgegnete Jan nachdenklich. »Ob man so zu einem neuen Leben an einem besseren Ort kommt?« Er dachte an den Zettel, den sie in Britta Lückings

Wohnung gefunden hatten. Offenbar bereitete man sich schon lange auf den Tag vor, an dem man freiwillig aus dem Leben schied, und zwar gemeinsam. Die Sekte war vielleicht das verbindende Element, aber irgendwie schienen ihm bislang doch sehr irdische Motive hinter den brutalen Morden zu stehen.

»Du hast recht, Lara«, sagte er schließlich. »Die schnelle Obduktion der Leiche scheint mir im Moment am wichtigsten zu sein.«

Jan fuhr herum, als Kregel plötzlich neben ihm erschien. Der Schweiß auf seiner Stirn und die roten Wangen waren untrügliche Zeichen dafür, dass er in Rage war.

»Wir können von Glück sagen, dass hier heute Morgen noch kein großer Andrang herrscht.« Er wischte sich mit dem Handrücken Schweißtropfen von der Stirn. »Hilkers Leiche wird in wenigen Minuten abtransportiert. Anschließend werden Noltes Leute hier jeden Zentimeter nach möglichen Spuren absuchen. Aber ich befürchte fast, dass sie keine finden werden.«

»Niemand wird uns vorwerfen können, dass wir nicht rechtzeitig in die richtige Richtung gedacht haben«, sagte Jan. »Vielleicht hätte das hier verhindert werden können, wenn die Staatsanwaltschaft gestern Abend auf uns gehört hätte.«

»Du glaubst doch nicht ernsthaft, dass uns das im Nachhinein noch jemand gutheißt. Falls Hilker der Täter war und Suizid begangen hat, wird man uns vorwerfen, dass wir nicht rechtzeitig ausreichend belastendes Material vorgelegt haben, um ihn lebend zu finden und ihn dem Haftrichter vorzuführen. Wenn er allerdings selbst Opfer geworden ist, wird man uns erst recht die Hölle heiß machen, weshalb wir diese Mordserie nicht stoppen können.«

»Von wem sprichst du?«, fragte Jan verwundert. Bislang hatte er nicht das Gefühl, dass sie intern oder vonseiten der Medien unter großem Druck standen.

»Es ist Vera«, sagte Kregel. »Sie sitzt mir im Nacken. Seit ich hier angefangen habe, beäugt sie jeden meiner Schritte. Bislang hatten wir in dieser Zeit zum Glück keine aufsehenerregenden Ermittlungen, aber das hat sich nun geändert. Ich weiß nicht genau, was ihr Problem ist, aber ich habe das Gefühl, als stehe sie selbst gehörig unter Druck. Gut möglich, dass sie das an mich weitergeben muss. Ich komme damit klar, in Lübeck habe ich ganz andere Sachen ertragen. Aber es wäre gut, wenn wir uns zukünftig noch besser abstimmen. Ich habe keine Lust darauf, zum Spielball irgendwelcher Machtkämpfe zu werden. Das KK 11 soll eine Einheit werden, die zusammensteht.«

»Ich kann gerne mit Vera sprechen«, sagte Jan. »Du weißt ja, dass wir zumindest früher einmal eng befreundet waren. In den vergangenen zwei Jahren ist etwas bei ihr passiert, was ich bis heute nicht verstanden habe. Für sie zählt offenbar nur noch die Karriere.«

»Schon gut, ich würde dich bitten, vorerst die Füße still zu halten. Es bringt nichts, dass wir uns aufreiben und unnötig Energie vergeuden. Wir machen einfach unseren Job, und dann sehen wir weiter.«

»Wie du meinst.« Jan sah sich um. Einen Leichenwagen für den Abtransport von Hilker in die Rechtsmedizin konnte er noch nicht erkennen. »Für uns wäre es besser, wenn er sich das Leben genommen hat«, sagte er nachdenklich. »Aber ich glaube nicht daran. Es gibt einen Täter, der versucht, einen nach dem anderen aus dieser Sekte auszuschalten.«

»Um am Ende mit ihnen sein neues Leben in einer neuen Galaxie zu beginnen?« Kregel konnte seinen Sarkasmus nicht verbergen. »Mir erscheint mittlerweile alles möglich«, schob er frustriert nach.

»Wie lange wird es dauern, bis wir eine Einschätzung aus der Rechtsmedizin haben?«, fragte Jan.

»Hast du nicht den besten Draht dorthin?«

»Die Zeiten sind vorbei, befürchte ich.«

»Ich habe mit Katharina telefoniert«, sagte Kregel. »Zum Glück war sie noch immer in Bielefeld. Sie müsste gleich hier sein, und sie weiß um die Dringlichkeit. Wahrscheinlich wird sie die Erstbegutachtung der Leiche im Klinikum in Detmold vornehmen. Für eine Überführung ins rechtsmedizinische Institut nach Münster haben wir keine Zeit.«

»In Ordnung, dann fahre ich schon mal ins Präsidium«, sagte Jan. »Ich war heute Morgen noch einmal in der Wohnung von Britta Lücking. Die Techniker haben einen Zettel gefunden, auf dem die wichtigsten Ziele und Gebote dieser Sekte, der sie vermutlich angehörte, geschrieben stehen. Ein Beweis dafür, dass wir es im Rahmen unserer Ermittlungen tatsächlich mit einer solchen Gruppierung zu tun haben. Wir müssen nun endlich herausfinden, wer dahintersteckt.«

»Mach das«, sagte Kregel. Er schien gar nicht mehr richtig hingehört zu haben. Aus dem Augenwinkel erkannte Jan nämlich, dass Katharina von Allwörden gerade ankam. Sie parkte ihren 1er BMW direkt hinter seinem Mini.

Kregel ging sofort auf die Rechtsmedizinerin zu. Dafür trat Lara, die ein Stück abseits telefoniert hatte, erneut zu Jan.

»Du willst schon wieder los?«, fragte sie.

Jan nickte.

»Kann ich bei dir mitfahren?«

»Klar.«

»Vielleicht sollten wir noch mal über alles reden.«

»Auf jeden Fall«, sagte Jan.

»Ich meine nicht die Ermittlungen.«

»Ich auch nicht.«

Für einen kurzen Moment zögerte Lara. Offenbar unsicher, ob sie ihn richtig verstanden hatte. Dann huschte ein Lächeln über ihre Lippen.

Hellblond

Jan hatte gerade erst hinter seinem Schreibtisch Platz genommen und wartete noch darauf, dass sein Rechner hochfuhr, als Bettina in der Tür erschien und ihn fragend ansah. »Was ist denn?«, reagierte er genervter, als er eigentlich wollte. »Wir haben Besuch«, antwortete sie. »Jemand, der sich mit dir unterhalten möchte.«

»Mit mir?«, fragte er überrascht.

»Ja, erstaunlicherweise.« Ihr Zwinkern erfolgte so unauffällig, dass Jan für einen Moment ihren Sarkasmus nicht richtig einordnen konnte.

»Dann bin ich mal gespannt«, sagte er schließlich und sah sie erwartungsvoll an.

»Tut mir leid, wenn ich dich enttäusche, es ist Gunther Laukötter«, sagte Bettina. »Die Vorladung wurde ihm persönlich überreicht, woraufhin er im ersten Augenblick laut Aussage der beiden Streifenpolizisten vollkommen ausgerastet ist. Schließlich hat er sich aber kleinkriegen lassen und ist direkt mitgekommen.«

»So wie ich ihn kennengelernt habe, wird er uns absolut gar nichts sagen, was uns in der Sache mit seiner Tochter weiterhelfen wird.«

»Das hat er auch genau so gesagt.«

»Ein widerlicher Typ«, seufzte Jan. »Dabei könnte er uns sicherlich das eine oder andere erklären. Wenn er sich denn kooperativ zeigen würde.«

»Nimmst du ihn dir trotzdem vor?«

»Selbstverständlich.«

»Er wartet im kleinen Vernehmungsraum. Für alle Fälle haben wir bereits Fingerabdrücke und Speichel genommen. Er war alles andere als amüsiert und hat uns pausenlos beschimpft.«

»Sehr gut«, sagte Jan. »Ich möchte, dass du dabei bist. Ist Cengiz schon zurück von den Externsteinen?«

»Ja.«

»Dann ruf ihn auch dazu. Ich komme in ein paar Minuten.«
Jan verharrte noch eine Weile. Er versuchte, sich auf die anstehende Befragung zu konzentrieren. Aber die Ereignisse der letzten Stunden ließen ihn nicht los. Was, wenn Roland Hilker der Mörder von Brok und den drei Frauen gewesen war? War der Fall mit seinem Tod dann nun aufgeklärt?

Jan konnte keinen klaren Gedanken fassen, denn ihm ging auch noch das Gespräch mit Lara durch den Kopf. Es hatte eine Weile gedauert, bis es in Gang gekommen war. Doch nachdem er vorhin bei Schloss Neuhaus auf die A33 gefahren war, hatten sie bis in die Tiefgarage des Präsidiums nur noch über ihren verkorksten Abend im Irish Pub gesprochen.

Lara hatte sich für ihren emotionalen Ausnahmezustand entschuldigt. Jan hatte die Entschuldigung angenommen und darauf verzichtet, ihr ihre mangelnde Sensibilität nachzutragen. Mit einigen subtilen Fragen hatte er versucht herauszufinden, ob sich an ihrem Beziehungsstatus seit Samstag etwas verändert hatte. Aber so richtig hatte sich Lara nicht in die Karten schauen lassen. Ihm war klar geworden, dass sie Hamburg und ihren langjährigen Freund noch längst nicht losgelassen hatte.

Jan schüttelte die Gedanken ab und stand auf. Er wusste nicht genau, was ihm mit Gunther Laukötter in den nächsten Minuten bevorstand. Wenig motiviert verließ er sein Büro und ging in Richtung des kleinen Raums ganz am anderen Ende des Flurs.

Als er die Tür öffnete, war ihm sofort klar, dass es keine gute Idee gewesen war, Cengiz dazurufen zu lassen. Sein Kollege und Gunther Laukötter standen neben dem kleinen Tisch, der mitten im Raum platziert war. Ihre Gesichter trennten nur wenige Zentimeter.

»Na endlich.« Bettina, die neben der Tür an der Wand lehnte, sah ihn erwartungsvoll an. »Wenn wir wollten, hätten wir übrigens schon genügend vorliegen, um diesen Menschen wegen Beleidigung anzuzeigen.«

»Anzeigen werden wir ihn später«, sagte Jan trocken. »Mich interessiert im Moment einzig und allein, was er über seine Tochter sagen kann.«

»Danach habe ich ihn schon gefragt«, erklärte Cengiz ruhig. »Da ist er sofort ausgeflippt.«

»Setzen Sie sich«, sagte Jan. »Fünf Menschen sind gestorben. Wir reden jetzt über Anna, und Sie werden uns alles sagen, was uns dabei helfen kann, den Mörder zu finden.«

»Einen Scheißdreck werde ich«, erwiderte Laukötter. »Das sagte ich ja bereits.«

Jan nickte Cengiz kurz zu. Im nächsten Moment packte sein Kollege den groß gewachsenen Mann am Arm und zwang ihn mit einem gezielten Griff dazu, Platz zu nehmen. Laukötters Miene verfinsterte sich nun noch mehr.

»Und jetzt reden wir Klartext, verstanden?« Jan setzte sich ebenfalls und versuchte, Blickkontakt zu seinem Gegenüber aufzubauen. Vergeblich. Laukötter schien regelrecht durch ihn hindurchzusehen. Als pralle alles, was um ihn herum geschah, komplett an ihm ab.

»Seit wann war Anna eine Welterneurerin?«, fragte Jan so unvermittelt, dass Laukötter für einen kurzen Augenblick die Gesichtszüge entglitten.

»Wie bitte?«

»Sie wissen, was ich meine«, sagte Jan. »War die Zugehörigkeit zu dieser Gruppierung der Grund für Ihr schlechtes Verhältnis?«

»Vollkommen lächerlich«, platzte Laukötter heraus. »Wovon reden Sie da überhaupt?«

»Wir glauben, dass Sie wissen, wer Christian Brok gewesen ist. Und dass Sie ebenfalls wissen, woran er und auch Ihre Tochter geglaubt haben. Annas Schulfreundin Michelle war vermutlich auch Teil dieser Gruppierung. Sie brauchen uns nicht länger vorzumachen, Sie hätten keine Ahnung, wo Ihre Tochter da reingeraten ist.«

»Ich kann Ihnen sagen, es interessiert mich nicht im Geringsten, mit wem sie sich umgeben hat. Meine Tochter war erwachsen, sie konnte machen, was sie wollte. Sie hätte ohnehin nicht auf mich oder meine Frau gehört.«

»Gut, dass Sie sie erwähnen. Ich erinnere mich daran, dass

Sie bei unserem letzten Gespräch mehrfach betont haben, wie schrecklich der Tod Ihrer Tochter vor allem für Ihre Frau ist. Dann kann es Ihnen doch nicht egal sein, wer sie umgebracht hat.«

»Würde es denn etwas ändern, wenn ich wüsste, wer es gewesen ist?«

»Beantworten Sie mir doch diese Frage.«

Laukötter zögerte mit seiner Antwort. Offenbar kämpfte er mit sich. Natürlich würde er wissen wollen, was mit Anna geschehen war, aber seine Abneigung der Polizei gegenüber war offenbar ein mindestens genauso starkes Gefühl.

»Sie machen das nicht für uns«, sagte Jan. »Denken Sie daran, dass Sie es Ihrer Tochter schuldig sind. Ihre Frau und Sie werden mit Annas Tod besser zurechtkommen, wenn wir den Täter gefasst haben.«

»Sie wissen gar nichts«, reagierte Laukötter plötzlich wieder deutlich feindseliger. »Nicht über Anna und schon gar nicht über unsere Familie. Und dabei wird es auch bleiben.«

»Uns interessiert nicht, was in Ihrer Familie vorgefallen ist oder auch nicht«, sagte Jan eindringlich. »Es geht uns ausschließlich darum herauszufinden, was es mit dieser sektenartigen Gruppierung auf sich hat und ob sie der Grund für Annas Tod ist. In diesem Zusammenhang interessiert mich, was Sie uns über Roland Hilker sagen können.«

»Nie gehört, den Namen.«

»Und Diana Spies?«

»Auch nicht.«

»Britta Lücking?«

»Ich habe wirklich keine Ahnung, wer diese Personen sein sollen. Verstehen Sie nicht, dass das hier pure Zeitverschwendung ist?«

»Dann erzählen Sie uns wenigstens über Michelle Möller, die werden Sie ja wohl gekannt haben.«

»Natürlich«, antwortete Laukötter. »Die trägt schließlich die Schuld daran, dass Anna überhaupt in diese Kreise geraten ist.«

»Wie meinen Sie das?«, fragte Jan. Zum ersten Mal hatte Laukötter etwas gesagt, das womöglich von Interesse für sie sein konnte. Und Annas Zugehörigkeit zu der Gruppierung zugegeben.

»Keine Ahnung, was damals genau passiert ist. Aber ich bin mir ziemlich sicher, dass es etwas mit Michelle zu tun hat.«

»Geht es etwas genauer?«

»Meine Frau und ich haben Anna immer gesagt, dass der Umgang mit Michelle und ihrer Familie nicht gut für sie ist. Aber sie hat ja nicht auf uns gehört.« Er zuckte mit den Schultern.

»Mit Michelles Familie?«, hakte Jan nach. »Was genau meinen Sie denn damit?«

»Keine Ahnung, ist nur eine Vermutung.«

»Worauf spielen Sie an?«

»Da waren bestimmt noch andere in der Familie, die an diesen Mist mit der Wiedergeburt und dem besseren Leben auf einem anderen Planeten geglaubt haben.«

»Meinen Sie Michelles Zwillingsschwester?«, fragte Jan.

»Die waren schon immer ziemlich seltsam. Wer da nun aber genau mit dringesteckt hat …« Laukötter brach ab und hob entschuldigend die Hände.

Jan wollte gerade noch einmal nachfassen, als sich plötzlich die Tür des Vernehmungsraums öffnete und Lara hereintrat.

»Ich muss kurz stören«, kam sie sofort zur Sache und beugte sich zu Jan herunter.

»Was soll denn das?«, fragte er. »Ich hatte ihn gerade so weit …«

»Der Bericht aus der Rechtsmedizin liegt vor«, flüsterte sie ruhig, aber mit einem Unterton in der Stimme, der deutlich machte, dass es offenbar wichtig war. »Ben will, dass wir uns zusammensetzen. Das ganze Team, sofort.«

»Soll ich das hier etwa abbrechen?«

»Ben klang ziemlich eindeutig.«

»Ich habe Ihnen sowieso bereits viel zu viel erzählt«, warf Laukötter in dem Moment ein. »Machen Sie schon, was Ihre niedliche Kollegin Ihnen sagt.«

»Ich weiß nicht, ob Sie das wirklich wollen«, sagte Jan und gab Lara mit einer Handbewegung zu verstehen, dass sie ruhig bleiben sollte. »Es sei denn, Sie möchten hier noch ein paar Stunden verbringen. Gegebenenfalls bleiben Sie sogar über Nacht hier.«

»Mit welcher Begründung denn, Sie Witzbold?«

»Sehe ich so aus, als wäre ich zu Scherzen aufgelegt?« Jan verzichtete darauf, auf Laukötters Beleidigung näher einzugehen. »Die Staatsanwaltschaft wird noch im Laufe des Tages einen Durchsuchungsbeschluss erlassen, damit wir uns in Ihrem Haus umsehen können. Wenn Sie uns die Information verweigern, dann werden wir hoffentlich auf diese Weise in Erfahrung bringen, was für ein Mensch Ihre Tochter gewesen ist. Mit wem außer Michelle Möller und Christoph Brok sie noch Kontakt gehabt hat, zum Beispiel. Einfacher für alle Seiten wäre es, wenn Sie mit uns kooperieren würden.«

Jan stand auf und gab den anderen ein Zeichen, dass das Gespräch mit Laukötter beendet war.

»Bettina, gibst du bitte jemandem Bescheid, der sich um Herrn Laukötter kümmert? Wir führen das Gespräch mit ihm später weiter. Und danach kommst du bitte sofort in den Besprechungsraum.«

»Scheint ja dringend zu sein«, sagte Laukötter und blickte Jan provozierend hinterher. »Sobald Sie wissen, welches Schwein meine Tochter auf dem Gewissen hat, sagen Sie es mir so schnell wie möglich. Ich würde mich auch bereit erklären, zu helfen. Falls Sie verstehen, was ich meine.«

Langsam drehte sich Jan noch einmal zu Laukötter um. Er konnte die Wut auf den Mann, dessen Tochter so brutal ermordet worden war, kaum noch unterdrücken. Als er sich über ihn beugen wollte, packte Cengiz ihn jedoch am Arm und zog ihn weg. Gerade noch rechtzeitig, bevor er eine große Dummheit begangen hätte.

***

Auf dem Weg in den Besprechungsraum hatten sie kein einziges Wort miteinander gewechselt. Die Stimmung war angespannt. Das wenig zufriedenstellende Gespräch mit Laukötter, aber vor allem der Tod von Roland Hilker und die völlig unklaren Schlussfolgerungen, die daraus zu ziehen waren, lasteten auf allen im Team.

Dass jetzt bereits der Bericht der Rechtsmedizin vorlag und Kregel umgehend eine dringliche Besprechung einberief, konnte aus Jans Sicht nur eines bedeuten: Hilker hatte sich offenbar nicht selbst das Leben genommen.

Fünf Minuten später hatten sie Gewissheit. Katharina von Allwörden hatte in ihrem Kurzbericht, den sie nach einer ersten oberflächlichen Begutachtung des Leichnams verfasst hatte, eindeutig feststellen können, dass Hilker durch Gewaltanwendung einer noch unbekannten Person zu Tode gekommen war. Frische Hämatome am Hals und Kratzer am linken Arm waren aus ihrer Sicht deutliche Anzeichen für eine körperliche Auseinandersetzung zwischen Täter und Opfer, ehe Hilker das Messer in den Brustkorb gerammt und er vom Turmfelsen der Externsteine in die Tiefe gestoßen worden war.

»Jedem hier ist hoffentlich klar, was das bedeutet«, sagte Kregel, als er zum Ende seiner kurzen Erläuterung kam. »Die Person, die wir suchen, unser Täter, läuft noch immer frei herum. Doch damit nicht genug: Er oder sie hat einen weiteren Menschen auf dem Gewissen.«

»Das muss nicht zwangsläufig der Fall sein«, sagte Lara. »Was, wenn doch Hilker die Morde auf dem Velmerstot und an Britta Lücking begangen hat? Und es jetzt bei den Externsteinen zu einer Situation gekommen ist, in der sich das Opfer gewehrt und Hilker schließlich mit dessen eigener Waffe umgebracht hat? Das wäre zumindest auch vorstellbar.«

»Du denkst an die Frau auf dem Foto?«, fragte Jan.

»Ja, das sollten wir im Hinterkopf behalten.«

»Wie groß ist Hilker gewesen? Steht das in dem Bericht?«

Kregel sah ihn irritiert an, dann senkte er den Blick und blätterte in seinen Unterlagen. »Ein Meter achtundsiebzig«, sagte er nach einigen Sekunden. »Bei siebenundsiebzig Kilogramm.«

»Fast meine Werte«, entgegnete Jan trocken. »Ich bin mir nicht sicher, ob eine Frau einen Mann mit dieser Statur, der möglicherweise bereits mehrere Menschen brutal ermordet hat, tatsächlich auf diese Weise ausschalten kann.« Er blickte Lara nachdenklich an. »Kannst du dich noch erinnern, wie groß diese Frau auf dem Foto im Vergleich zu Anna Laukötter und Michelle Möller war?«

»Normal groß, würde ich sagen, aber ich weiß es nicht genau.«

»Unser eigentliches Problem ist doch etwas ganz anderes«, sagte Jan und stand jetzt auf. Langsam begann er vor der Fensterreihe auf und ab zu gehen. Die gespannten Blicke der anderen ignorierte er.

»Uns fehlt einfach ein Motiv, aus dem wir irgendetwas ableiten können, das uns bei der Tätersuche weiterhilft«, fuhr er nachdenklich fort. »Wir wissen von einer Gruppierung, einer Art Sekte, die daran glaubt, wiedergeboren zu werden. Vier Menschen, vermutlich aus dieser Gruppe, sind tot, dem einzigen Mann gehörte dieser Laden, das ›Ritual Worlds‹. Ein Mitarbeiter aus diesem Geschäft lebt nun ebenfalls nicht mehr, ohne dass wir jedoch wissen, ob auch er Teil dieser Welterneuerer gewesen ist. Und dann haben wir noch die Freundin des Ladenbesitzers, die mittlerweile im Krankenhaus liegt, nachdem das Haus, in dem sich das ›Ritual Worlds‹ und die Wohnung befanden, durch eine Gasexplosion in die Luft geflogen ist. Auch bei ihr wissen wir nicht mit Gewissheit, ob sie Teil der Gruppierung gewesen ist, obwohl zumindest ihr Äußeres darauf schließen lässt. Gleiches gilt für die unbekannte Frau auf dem Foto, das wahrscheinlich in den Trümmern des Hauses verloren gegangen ist.«

Er hielt inne und ging zurück an den Tisch. Mit verschränkten Armen blieb er stehen. »Was kann also das Motiv des Täters sein?«, fragte er eindringlich.

»Auf mich macht diese Mordserie den Eindruck, als wolle sich jemand rächen«, antwortete Cengiz als Erster. »Einer nach dem anderen wird ausgeschaltet. Der Täter könnte jemand sein, der ebenfalls Teil der Gruppe ist. Genauso gut wäre es aber auch möglich, dass eine Person von außen einen Rachefeldzug gegen diese Welterneuerer gestartet hat.«

»Haben wir uns eigentlich schon mal gefragt, ob der Tod dieser Menschen vielleicht Folge ihres Glaubens gewesen ist?«, warf Bettina ein. »Ich meine, sie wollten sterben, um wiedergeboren zu werden. Vielleicht war es ihr Plan, auf diese Weise aus dem Leben zu treten. Und dort draußen gibt es jemanden, der den Job übernommen hat, sie in eine bessere Welt zu schicken.«

»Der Tod meiner Schwester passt nicht in dieses Muster«, sagte Stahlhut, der sich bislang zurückgehalten hatte. »Kein mystischer Ort, kein Einsatz einer Stichwaffe. Stattdessen ein brutaler Mord in ihrer eigenen Wohnung, als hätte der Täter wie im Wahn gehandelt.«

»Das stimmt allerdings«, pflichtete Kregel ihm bei. »Ihr Tod weicht von den anderen ab. Es fällt mir aber nicht nur deshalb schwer zu glauben, dass der Täter den Opfern auf diese Weise einen Gefallen getan hat. In einer Sekte streben die Mitglieder dem gemeinsamen Suizid entgegen, um ihre Ziele zu erreichen. Es ergibt daher keinen Sinn, dass die Morde zeitversetzt über mehrere Tage verteilt geschehen. Dazu die Explosion des Hauses in Lage, mit der vielleicht auch Spuren verwischt werden sollten. Ich denke, wir sollten uns darauf konzentrieren, einen Mörder zu finden und nicht jemanden, der als Sterbehelfer fungiert.«

Er machte eine kurze Pause, dann fuhr er fort. »Ich stimme auch Jan zu. Nach wie vor wissen wir zu wenig darüber, aus wie vielen Mitgliedern diese Gruppe besteht und wie sie zueinander gestanden haben. War Brok ihr Anführer? Waren die Frauen seine Gefolgschaft, die er mit diesem sonderbaren Glauben an eine bessere Welt in einem anderen Leben an sich gebunden hat?«

»Wir kommen so nicht weiter«, sagte Jan. »Der Schlüssel liegt meiner Meinung nach bei Diana Spies. Sie ist die Einzige, die uns unsere Fragen beantworten könnte. Wir müssen sie so schnell wie möglich vernehmen, sobald das irgendwie zu verantworten ist. Am besten jemand von uns fährt direkt nach unserer Besprechung ins Klinikum und erkundigt sich nach ihrem aktuellen Zustand.«

»Bei unserem ersten Aufeinandertreffen hat sie sich alles andere als gesprächig gegeben«, warf Cengiz ein.

»Schon klar«, sagte Jan. »Aber gerade deshalb bin ich mir sicher, dass sie diejenige ist, die uns helfen kann. Sie ist momentan die einzige Person, von der wir wissen, dass sie den Opfern nahestand.«

»Und die noch am Leben ist«, ergänzte Cengiz.

»Was sie um ein Haar aber nicht mehr wäre«, warf Lara ein. »Wir sollten meiner Meinung nach die Theorie, dass die Explosion ein Anschlag auf sie gewesen ist, nicht unter den Tisch fallen lassen. Wenn es stimmt und sie mit Brok zusammen war, ist es alles andere als unwahrscheinlich, dass der Täter es auch auf sie abgesehen haben könnte.«

»Gibt es mittlerweile eigentlich schon erste Ergebnisse zur Explosionsursache?«, fragte Cengiz. »Neben dem Verdacht, dass die Gasleitung mutwillig manipuliert worden ist?«

»Nolte und sein Team arbeiten mit Hochdruck«, antwortete Kregel. »Soweit ich weiß, gibt es an dem Verdacht der Manipulation kaum einen Zweifel. Was wir aber bei der ganzen Sache beachten sollten: Die Explosion fand erst gestern statt. Wir alle haben mit eigenen Augen das Ausmaß der Zerstörung gesehen. Es wird Wochen dauern, bis die Ursache eindeutig feststeht. Und vor allem, bis wir in den Trümmern irgendetwas gefunden und identifiziert haben, das uns als Beweismittel dienen kann.«

Für einige Sekunden, die Jan wie eine gefühlte Ewigkeit vorkamen, sagte niemand im Raum etwas. Es war, als müssten die Informationen der letzten Stunden bei allen erst einmal sacken. Das Schweigen als Ausdruck der Erschöpfung. Und vielleicht auch der Ratlosigkeit.

Dann war es Bettina, die mit einem Räuspern die Stille unterbrach.

»Mal ein anderes Thema«, sagte sie. »In unserem Gespräch vorhin erwähnte Gunther Laukötter gegen Ende, dass er glaubt,

Michelle wäre nicht die Einzige in ihrer Familie gewesen, die an Wiedergeburt und diese Dinge glaubt. Wen hat er damit denn gemeint?«

»Wir wissen ja, dass sowohl ihr Vater als auch ihre Zwillingsschwester Suizid begangen haben. Leider kam ich aber nicht mehr dazu, bei Laukötter noch einmal nachzuhaken, weil wir dann gestört wurden«, entgegnete Jan. Aus dem Augenwinkel sah er, dass sich die Tür zum Besprechungsraum zögerlich öffnete. »Im Prinzip so wie jetzt gerade«, schob er müde lächelnd hinterher.

Es war Julian Becker, der Kriminaltechniker aus Noltes Team. Er entschuldigte sich kurz für die Störung und überreichte Kregel dann einen Umschlag.

»Da drin ist das Phantombild der Frau, die ihr auf dem Foto gesehen habt.« Er blickte abwechselnd Lara und Bettina an. »Der Zeichner vom LKA hat etwas länger gebraucht. Zwischendurch musste er ja noch mit meiner Beschreibung das Bild von Roland Hilker anfertigen.«

»Gut, danke.« Kregel legte den Umschlag auf den Tisch und wollte offenbar das Thema wieder auf Laukötter und die Familie Möller lenken, als Jan den rechten Zeigefinger hob, als Zeichen, einen Blick auf das Bild werfen zu wollen.

Kregel schob ihm den Umschlag über den Tisch. Jan griff danach und öffnete ihn gespannt. Sie hatten schon ein ums andere Mal gute Erfahrungen mit gezeichneten oder am Computer erstellten Phantombildern gemacht. Meistens sahen sie den gesuchten oder verdächtigten Personen durchaus ähnlich, wenn den Gesichtern auch das letzte Detail an Ausdruck fehlte.

Er hatte keine Vorstellung davon, wie die Frau auf dem Phantombild aussehen würde. Anders als Anna Laukötter und Michelle Möller. Normaler, hatte Bettina gesagt. Und deutlich älter.

Als er das Bild in seinen Händen hielt und fassungslos auf das Gesicht darauf starrte, ging ihm Bettinas weitere Beschreibung durch den Kopf: hellblond, wahrscheinlich gefärbt.

Und dann dachte Jan an die Worte von Gunther Laukötter:

Da waren bestimmt noch andere in der Familie, die an diesen Mist mit der Wiedergeburt und dem besseren Leben auf einem anderen Planeten geglaubt haben.

Ja, er hatte recht gehabt. Denn das Phantombild ließ keinen Zweifel zu. Die Frau, die Lara und Bettina auf dem Foto im »Ritual Worlds« gesehen hatten, war niemand Geringeres als Kathrin Möller.

Kopfschütteln

Er senkte den Kopf und bildete mit seinen Handinnenflächen eine schalenartige Form. Dann hielt er sie unter den Wasserstrahl, um sie sich im nächsten Moment ins Gesicht zu klatschen. Sofort spürte er, wie er herunterkühlte. Seine Gedanken klarten auf. Der Nebel aus Ungewissheit und der leichte Anflug von Panik, den er seit einigen Stunden verspürte, verzogen sich. Er stützte sich auf dem Waschbeckenrand ab und hob langsam wieder den Kopf. Bis er sein Gesicht schließlich in dem kleinen Spiegel erkennen konnte. Er sah erschöpft aus. Was kein Wunder war, hatte er immerhin seit Tagen kaum mehr als vier Stunden am Stück geschlafen. Vergangene Nacht hatte er gar kein Auge zugemacht. Was gestern Abend passiert war, hatte ihn getroffen. Es gab nicht mehr viele Menschen, denen er vertrauen konnte.

Roland und er hatten sich mehr als ihr halbes Leben lang gekannt und geschätzt. Auf eine gewisse Weise waren sie sogar Freunde gewesen, ohne dass sie jedoch an dieselbe Sache geglaubt hätten. Roland war keiner von ihnen gewesen. Er hatte auch nie versucht, ihn zu einem von ihnen zu machen. Ihn überhaupt auf das Thema anzusprechen. Und trotzdem war er einer seiner engsten Vertrauten gewesen. Immer loyal. Immer zuverlässig. Vielleicht hätte er schon skeptisch werden müssen, als Roland plötzlich angefangen hatte, in Christophs Laden zu arbeiten.

Eine Frage beschäftigte ihn aber vor allem: Woher zum Teufel hatte Roland gewusst, dass er Diana oben auf den Turmfelsen treffen wollte? Hatte es ihm jemand gesagt, oder war er ihm heimlich gefolgt?

Roland war gestern Abend nicht zu den Externsteinen gekommen, um mit ihm in Ruhe zu reden. Oder ihn davon zu überzeugen, dass er Diana und Wanda vertrauen konnte. Oder ihm als Freund ein paar Ratschläge zu geben, die ihm in dieser

Situation halfen. Er war gekommen, um ihn daran zu hindern, dass er weitermachte. Und zwar mit allen Mitteln.

Es war nur ein kurzes Wortgefecht gewesen. Sie hatten sich gegenseitig vorgeworfen, wie enttäuscht sie voneinander waren. Dass es niemals so weit hätte kommen dürfen. Roland hatte erklärt, dass er keine Wahl habe und es doch wohl schließlich in seinem Sinne sei zu sterben, anstatt an die Polizei verpfiffen zu werden. Dann hatte Roland ein langes Messer, das an seinem Gürtel befestigt war, hervorgezogen und war auf ihn losgegangen.

Sofort war er hellwach gewesen. Innerhalb weniger Augenblicke hatte er sich wieder in denselben Zustand versetzt, in dem er auch die anderen getötet hatte. Fast wie in Trance. In diesem Moment vergaß er alles um sich herum. Alles, was die beiden früher einmal miteinander verbunden hatte.

Er hatte Roland an der linken Hand gepackt, zu sich herangezogen und blitzschnell den Arm um den Hals gelegt, bis das Messer in seiner rechten Hand sich langsam löste. Bevor es jedoch auf den Boden gefallen war, hatte er nach ihm gegriffen.

Er kannte das Messer. Es hatte Christoph gehört. Er erinnerte sich, dass der es manchmal dabeigehabt hatte, wenn sie sich getroffen hatten. Es war eine Replik eines Messers aus dem Mittelalter. So scharf, dass jede falsche Bewegung ein tödliches Risiko barg.

Er hatte die Lage kontrollieren können und Roland in einen vernünftigen Griff genommen. Er war für so viele Situationen gewappnet gewesen. Hatte sich seit Tagen genau überlegt, wie und wann er handeln oder reagieren würde. Aber das, was gestern geschehen war, hatte er nicht planen können. Erst die Sache mit Britta und dann auch noch Roland. Niemals wäre er auf die Idee gekommen, dass *er* anstelle von Diana auf dem Turmfelsen erscheinen würde. Bewaffnet. Fest entschlossen, ihn aus dem Weg zu räumen, weil er offenbar begriffen hatte, was vor sich ging, und nicht auf seiner Seite stand.

Es war eine Entscheidung innerhalb weniger Augenblicke gewesen. Er hatte alle Alternativen durchgespielt, ohne dass er zu einer anderen Lösung gekommen war. Es hatte nur diese eine gegeben.

Das Messer war so scharf gewesen, dass er nicht einmal gespürt hatte, wie es durch Rolands Haut stach und in dessen Brustkorb drang. Ein kurzer Moment der totalen Stille, dann hatte ein ohrenbetäubender Schrei die Externsteine und ihre Umgebung erfüllt. Ihre Blicke trafen sich ein letztes Mal, dann hatte er sich zur Seite abgewandt, ausgeholt und Roland einen kräftigen Tritt in den Unterleib verpasst. Sofort hatte der sein Gleichgewicht verloren und war über das niedrige Geländer in die Tiefe gestürzt. Mehr als dreißig Meter freier Fall. Wenn ihn der Stich in die Brust nicht bereits getötet hatte, dann mit Sicherheit der Sturz.

Noch immer beobachtete er sich im Spiegel. Sein Gesicht sah nicht nur erschöpft aus. Der graue Bart, die Falten um Augen und Mund waren eindeutige Zeichen.

Er war alt geworden.

Sie hatten es ihm nie direkt vorgeworfen, aber er wusste, dass sie hinter vorgehaltener Hand darüber gesprochen hatten.

Er klatschte sich erneut eiskaltes Wasser ins Gesicht. Er brauchte einen klaren Kopf für das, was ihm bevorstand. Die Sorge, womöglich nicht alle Spuren verwischen zu können, machte ihm zusehends zu schaffen. Genau wie die Frage, ob sich das Vertrauen, das er in Diana gesetzt hatte, auszahlte. Oder würde sie ihn hintergehen, wie es die anderen getan hatten?

Für den Moment hatte er eine Entscheidung getroffen: Er musste sie hier herausholen. Er hatte keine andere Wahl.

Noch immer wusste er nicht, was überhaupt schiefgelaufen war. So, wie sie es besprochen hatten, hätte Diana das Haus in Lage längst verlassen haben müssen, bevor es zu der Explosion gekommen war. Vor allem weil es ihre Idee gewesen war, alles in die Luft zu sprengen. Zu viele Beweise und persönliche Dinge, die niemand finden sollte, hatte sie gesagt.

Vielleicht war das Gas zu schnell ausgetreten, sodass sie es nicht mehr rechtzeitig geschafft hatte. Oder aber ... Plötzlich kam ihm ein Gedanke. Ein irrsinniger und doch vorstellbarer

Gedanke. Was, wenn sie das Haus gar nicht hatte verlassen wollen? Wenn ihre Todessehnsucht in diesem Moment größer gewesen war als eine Zukunft an seiner Seite? Es gab längst nichts mehr, was er ausschließen konnte. Nicht nach all dem, was passiert war.

Er stellte das Wasser aus und trocknete sein Gesicht mit einigen Papierhandtüchern. Ein letztes Mal atmete er tief durch, dann öffnete er die Tür und trat wieder auf den Flur des Krankenhauses. Vorsichtig schlich er weiter, bevor er nach rechts auf einen weiteren Gang abbog. Vor zwanzig Minuten war er schon einmal hier gewesen. Hatte sich alles genau angesehen, seinen Plan geschmiedet und mögliche Unwägbarkeiten berücksichtigt.

Die Befürchtung, dass es schwierig werden würde, in das Zimmer einzudringen, in dem sie lag, bestätigte sich noch einmal, als er die beiden Polizisten auf dem Flur direkt vor der Tür stehen sah. Vorhin waren sie einige Meter entfernt in ein Gespräch mit ein paar Krankenschwestern verwickelt gewesen.

Aber jetzt bewachten sie den Raum noch intensiver. Entweder weil sie befürchteten, dass Diana flüchten würde. Oder aber weil sie glaubten, sie befände sich in Gefahr.

Und tatsächlich stimmte irgendwie sogar beides. Weil er im Grunde selbst noch nicht wusste, wie es am Ende ausgehen würde.

Er musste jetzt also improvisieren. Etwas, das er hatte vermeiden wollen. Denn die Chance, dass es funktionierte, war nicht besonders groß. Und doch musste er es irgendwie schaffen, die beiden Polizisten vor dem Zimmer wegzulocken.

Langsam bewegte er sich auf dem Flur weiter in ihre Richtung. Die beiden Männer standen mit dem Rücken zu ihm gewandt und redeten leise miteinander. Noch trennten sie bestimmt fünfzehn Meter. Aber dazwischen lag eine Tür zu einem kleinen Aufenthaltsraum, das wusste er. Er musste nicht nur schnell sein – er würde auch darauf hoffen müssen, dass die Männer noch eine Weile in dieser Position stehen blieben und sich nicht schon vorher zu ihm umdrehten.

Jetzt waren es nur noch ein paar Meter. Rechts von ihm befand sich der Aufenthaltsraum. Die Tür stand offen. Daneben an der Wand der Feuermelder. Keine zwei Meter mehr entfernt. Auf Zehenspitzen schlich er an dem Raum vorbei. Dann holte er mit der rechten Hand aus, durchschlug die Scheibe und drückte auf den schwarzen Knopf.

Sofort tönte ein durchdringendes Alarmgeräusch über den Flur der Station und, wie er vermutete, wahrscheinlich durch das gesamte Klinikum. Mit zwei großen, hastigen Schritten verschwand er im Aufenthaltsraum. In der Hoffnung, dass sie sich nicht zu schnell umdrehten und ihn noch sahen.

Er presste sich links gegen die Wand und zog die Tür fest zu sich heran. Dann schloss er die Augen und versuchte, seine Atmung zu verlangsamen. Und zu lauschen, was auf dem Gang geschah. Denn selbst wenn sie ihn nicht gesehen hatten, würden sie auch hier nach ihm suchen.

Er hörte nichts.

Keine Schritte, keine Stimmen. Nur den aufheulenden Alarm, der lauter war, als er gedacht hatte.

Vorsichtig öffnete er die Augen wieder. Sein Blick glitt zur Seite. In den Raum. Direkt in das trübe Augenpaar, das ihn plötzlich anstarrte. Der Aufenthaltsraum war gar nicht leer gewesen.

Im nächsten Augenblick nahm er eine tiefe Stimme wahr, die versuchte, sich gegen den Alarmton durchzusetzen. So laut, dass er sich sicher war, dass sich die Polizisten direkt auf der anderen Seite der Tür, hinter der er sich versteckte, befanden.

»Haben Sie vielleicht jemanden gesehen, der den Brandmelder ausgelöst hat?«

Er beobachtete den alten Mann, der nur wenige Meter von ihm entfernt in einem Rollstuhl neben einer großen Topfpflanze saß. Aus seiner Nase führte ein Schlauch zu einer Sauerstoffflasche, die neben ihm stand. Er bildete sich ein, dass der Mann zitterte. Mit Sicherheit hatte er Angst vor der Situation, aber das Wichtigste war, dass er Angst vor ihm hatte.

Vorsichtig hob er die rechte Hand und legte seinen Zeigefinger auf die Lippen, als Zeichen, dass der alte Mann ihn nicht verraten sollte. Dann senkte er die Hand wieder ein Stück und formte sie zu einer Waagerechten, um eine Kopf-ab-Bewegung anzudeuten. Der Alte schüttelte den Kopf. Als Antwort auf die Frage des Polizisten, wie er hoffte.

»Sind Sie sich absolut sicher?«

Wieder ein Kopfschütteln.

Verdammt, fluchte er innerlich. Wieso tat der Alte das? Die Situation würde eskalieren, wenn nicht … Er kam nicht mehr dazu, weiterzudenken. Im nächsten Moment wurde die Tür, hinter der er stand, nach vorn gerissen. Einer der Polizisten richtete seine Waffe direkt auf ihn.

Es durfte noch nicht vorbei sein! Nicht jetzt. Und schon gar nicht hier.

Sekunden vergingen.

Nicht viele.

Der Polizist forderte ihn auf, die Hände zu heben. Dann rief er nach seinem Kollegen.

Er ignorierte die Aufforderung des uniformierten Mannes. Stattdessen starrte er ihn einfach nur an. Aufzugeben war keine Option. Er hatte nur noch eine Chance, aus dieser Situation herauszukommen. Anders als geplant, aber natürlich war ihm von Anfang an klar gewesen, dass er notfalls auch zum Äußersten greifen musste. Und dieser Moment war jetzt gekommen.

Langsam und unauffällig hob er sein rechtes Bein und stützte sich damit an der Wand ab, vor der er noch immer stand. Dann fuhr er mit seiner rechten Hand in den Schaft seines Stiefels und zog rasch das Messer hervor, das er für eine solche Situation eingesteckt hatte.

Es war eine fließende Bewegung, mit der er die Klinge in den Unterleib seines Gegenübers rammte. Der Polizist schrie vor Schmerz. Es löste sich ein Schuss aus seiner Waffe, der irgendwo in der Decke einschlug.

Der Schuss war hoffentlich das Zeichen für sie. Diana musste flüchten. Er dagegen musste auch noch den zweiten Polizeibeamten ausschalten, der in diesem Augenblick auf ihn zustürmte.

Er zögerte keine Sekunde. Mit aller Energie, die er aufwenden konnte, rannte er dem Mann entgegen und stieß auch ihm das Messer in den Bauch. Sofort sank der Polizist unter ihm zusammen.

Er stolperte über ihn auf den Flur, ehe er sich noch ein letztes Mal umsah. Die beiden verletzten Männer lagen am Boden und krümmten sich. Und der alte Mann im Rollstuhl sah ihm mit einer verstörenden Miene aus Angst und Verachtung nach.

Im vollen Bewusstsein, dass sie jetzt sein Gesicht kannten, und in der Hoffnung, dass auch Diana davongekommen war, rannte er los. Er musste weg von hier. Und zwar so schnell wie möglich.

Wanda

Nach der Erkenntnis, dass Kathrin Möller die Frau auf dem Foto war, hatte Kregel innerhalb weniger Minuten in Abstimmung mit Vera Jesse ein Großaufgebot an Einsatzkräften nach Leopoldshöhe zum Haus der Familie Möller geschickt. Gunther Laukötter hatten sie dagegen vorerst gehen lassen.

Auch Jan und Cengiz fuhren in diesem Moment in Begleitung mehrerer Streifenwagen und der anderen Kollegen der Mordkommission vor dem Haus vor. Ein SEK war für den Fall der Fälle bereits alarmiert worden. Wenn es der Täter tatsächlich auch auf Kathrin Möller abgesehen hatte, mussten sie auf alles vorbereitet sein. Zunächst einmal hofften sie allerdings darauf, dass Kathrin Möller zu Hause war.

Auf der Fahrt hierher hatte Jan angestrengt darüber nachgedacht, was es zu bedeuten hatte, dass die Frau, mit der er im Rahmen der Ermittlungen das wohl offenste Gespräch geführt hatte, anscheinend ebenfalls Teil dieser merkwürdigen sektenartigen Gruppierung war: die Mutter von Michelle Möller, die vor wenigen Tagen auf dem Velmerstot brutal ermordet worden war. Sie hatte kaum etwas dazu gesagt, als Cengiz und er sie mit der Frage nach der Sekte konfrontiert hatten. Von Christoph Brok oder Britta Lücking hatte sie angeblich noch nie etwas gehört.

All das war gelogen gewesen.

Nicht einmal der Tod ihrer zweiten Tochter hatte sie dazu bewegen können, ihnen die Wahrheit über die Sekte und womöglich sogar den Täter zu erzählen. Sie hatte so getan, als hätte sie noch nie etwas von diesen Welterneuerern gehört, obwohl sie offenbar selbst dazugehörte. War sie womöglich sogar ihre Anführerin gewesen?

Wieder einmal war ihm ein schräger Gedanke durch den Kopf gefahren. Konnte es sein, dass sie die Täterin war? Den Mord an Hilker hatte vermutlich ein Mann begangen, aber sicher belegt war diese Theorie noch nicht.

War sie Opfer oder Täterin? Eine Frage, die sie genauso bezüglich Diana Spies stellen mussten. Aber hätte Kathrin Möller ihre eigene Tochter getötet? Um sie von dieser Welt zu erlösen, damit sie an einem besseren Ort wiedergeboren werden konnte? Eigentlich unvorstellbar, aber was konnten sie in diesem Fall überhaupt noch ausschließen?

Jan hatte an die Fotos in Kathrin Möllers Wohnung denken müssen. An Michelles Zwillingsschwester, die sich vor acht Jahren das Leben genommen hatte. An Kathrin Möllers Aussage, dass sich Michelle irgendwann verändert habe. Optisch, aber auch von ihrer Art her.

Was war passiert, dass ihre Tochter plötzlich in die Fänge dieser Sekte geraten war? Und vor allem, wieso war auch Kathrin da hineingerutscht? Jan dachte an Kai Stahlhut, der sich, um seine Halbschwester zu retten, selbst an die Sekte angenähert hatte. Oder war es andersherum gewesen? Hatte die Mutter das eigene Kind zu einer Welterneurerin gemacht? Vielleicht, um mit der Trauer über die Verluste ihres Mannes und ihrer Tochter Denise irgendwie zurechtzukommen.

Michelle hatte diesen Glauben an ein besseres Leben – in Gedanken wieder an der Seite ihrer Zwillingsschwester – womöglich dankend angenommen. Sie und ihre Mutter waren damals wahrscheinlich schwach gewesen. Genau wie Britta Lücking. Und Diana Spies. Und vielleicht auch Anna Laukötter, die ihren tyrannischen Vater ertragen musste. Das war es wohl, was die Frauen miteinander verband. Sie waren willige Opfer gewesen. Anfällig für jemanden, der ihr Schicksal für seine eigene wirre Weltanschauung ausnutzte. Es war im Grunde die klassische Weise, in der eine Sekte funktionierte.

Vielleicht war doch Christoph Brok derjenige gewesen, dem die Frauen gefolgt waren. Ihr Anführer. Die Person, die hinter der Idee stand, ein wiedergeborenes Leben in einer besseren Welt führen zu wollen.

Einige Bemerkungen von Kathrin Möller kamen ihm im Nachhinein dennoch seltsam vor. Wieso hatte sie so vehement bestritten, dass Michelle und Anna miteinander befreundet gewesen waren? Es gab nichts, was diese Aussage bestätigte, ganz im Gegenteil. Die beiden hatten einen Großteil ihres Lebens Seite an Seite verbracht. Und schließlich waren beide gemeinsam auf tragische Weise ums Leben gekommen.

Jan wischte die Gedanken beiseite und stieg aus. Nachdenklich ging er rüber zu Kregel und Lara, die gemeinsam hergefahren waren. »Ich befürchte, sie ist nicht zu Hause«, sagte er.

»Woran willst du denn das erkennen?«, fragte Lara skeptisch.

»Dort vorne steht ein Toyota mit Lipper Kennzeichen und den Buchstaben KM. Der dürfte wohl Kathrin Möller gehören.«

»Kann sein, aber jedenfalls fehlt ihr Fahrrad, das beim letzten Mal noch vor der Haustür stand. Und außerdem steckt die Wochenzeitung im Briefschlitz.«

»Das beweist doch nichts.«

»Ich stimme dir zu, Lara«, sagte Kregel. »Wir müssen zumindest sichergehen, dass sie wirklich nicht zu Hause ist.«

»Ich schlage vor, dass Cengiz und ich erst mal vorgehen und klingeln«, sagte Jan. »Falls sie doch zu Hause ist, sprechen wir mit ihr. Sie kennt uns schließlich. Wenn aber niemand öffnet, wovon ich ausgehe, sollten wir keine Zeit verlieren und die Tür aufbrechen. Ich hoffe nur, dass wir nicht zu spät kommen und uns dasselbe erwartet wie …« Jan brach ab, als er plötzlich aus dem Augenwinkel eine ältere Frau aus dem Nachbarhaus kommen sah.

»Wartet«, sagte er zu den anderen. »Ich frage sie mal, ob sie etwas beobachtet hat. Frauen in diesem Alter wissen doch eigentlich über alles in ihrer Nachbarschaft Bescheid.«

Jan betrat das Grundstück des angrenzenden Reihenhauses und näherte sich der grauhaarigen Frau, die er auf über siebzig schätzte. Sie machte einen resoluten Eindruck

»Sie wundern sich bestimmt, was hier los ist«, sagte er, als er ihr gegenüberstand und die Hand reichte. »Mein Name ist Jan Oldinghaus, Kriminalpolizei Bielefeld. Wir suchen Ihre Nachbarin Kathrin Möller.«

»Wanda, was ist mit ihr?«

»Wanda?«, fragte Jan überrascht.

»So wird sie von allen hier genannt. Keine Ahnung, warum.«
Jan versuchte sich zu erinnern, ob er den Namen im Rahmen
der Ermittlungen schon einmal gehört hatte.

»Was ist denn nun mit ihr?«, fragte die Frau erneut. »Weshalb
suchen Sie sie?«

»Dazu darf ich nichts sagen«, redete er sich heraus. »Aber
können Sie mir sagen, wann Sie Kathrin Möller zuletzt gesehen
haben?«

»Sie denken wohl, ich wäre so eine Alte, die den ganzen Tag
am Fenster steht und beobachtet, wer bei den Nachbarn ein
und aus geht.«

»Sind Sie nicht?«

»Selbst wenn ich es wäre, würde ich Ihnen das doch nicht auf
die Nase binden«, sagte die Frau jetzt streng. »Aber Sie haben
Glück, ich habe sie tatsächlich gestern am späten Nachmittag
gesehen. Sie fuhr mit ihrem Fahrrad los.«

»Haben Sie auch beobachtet, dass sie zurückgekommen ist?«

»Steht Ihr Fahrrad vor dem Haus?«

»Nein, deswegen frage –«

»Sehen Sie«, fuhr die Frau dazwischen. »Also ist sie wohl
noch nicht zurück. Vielleicht ist sie zu ihrem Freund gefahren.«

»Zu ihrem Freund?«, fragte Jan. Hatte Kathrin Möller auch
in der Beziehung gelogen?

»Er war am Nachmittag hier. Etwa zu der Zeit, als Sie auch
hier gewesen sind.«

»Wie bitte? Sie haben uns auch beobachtet?«

»Na, hören Sie mal, ich muss doch wissen, was hier los ist,
wenn zwei fremde Männer bei meiner Nachbarin vor der Tür
stehen.«

»Natürlich«, sagte Jan und schüttelte irritiert den Kopf.
»Aber noch mal zurück zu diesem Freund von Kathrin Möller.
Wissen Sie, wer er ist?«

»Ich weiß natürlich nicht, ob er wirklich ihr richtiger Freund
ist«, antwortete die Frau. Sie verschränkte ihre Arme und trat
einen Schritt zurück. »Geht mich ja auch gar nichts an. Mir ist
nur aufgefallen, dass er gestern für mehrere Stunden bei ihr war.«

»Während mein Kollege und ich hier waren?«, vergewisserte Jan sich.

»Ja, im ersten Moment hatte ich schon befürchtet, dass Wanda sich gleich drei Männer auf einmal einlädt. Man weiß ja nie.«

Jans Gedanken fuhren Achterbahn. Wer auch immer dieser Mann gewesen war, er hatte sich im Haus von Kathrin Möller befunden, als sie sie befragt hatten. Und wahrscheinlich hatte er das ganze Gespräch mit angehört.

»Haben Sie den Mann zuvor schon einmal hier gesehen?«

»Ich weiß nicht«, entgegnete sie unsicher.

»Dann beschreiben Sie ihn doch bitte.«

»Das fällt mir schwer.« Jetzt zuckte die Frau mit den Schultern. »Ich habe sein Gesicht nicht gesehen. Und ich bin schließlich auch keine Spannerin.«

»Aber irgendetwas werden Sie doch sicherlich von ihm wahrgenommen haben?«, hakte er weiter nach. »Versuchen Sie bitte, sich zu erinnern.«

»Er war recht groß«, antwortete sie zögerlich. »Und hatte nur noch wenige Haare. Und einen Bart, glaube ich.«

»Graue Haare?«

»Ich denke schon.« Mit einem Mal klang die Frau verunsichert.

»Sonst noch irgendetwas, was Ihnen aufgefallen ist?«

»Nein.« Sie schüttelte den Kopf.

»In Ordnung, dann vielen Dank. Sie haben uns –«

»Moment, warten Sie«, unterbrach sie ihn. »Mir fällt gerade ein, dass dieser Mann mit so einem Ungetüm an Auto hier gewesen ist. Er parkte an der Straße, direkt vor unserem Haus auf der anderen Straßenseite.«

Jan dachte angestrengt nach. Nach einigen Sekunden fiel ihm wieder ein, dass Cengiz gestern hinter einem älteren Pick-up geparkt hatte.

»War das ein schwarzer Geländewagen mit einer Ladefläche?«

»Ja, genau.«

»Wann genau ist dieser Mann denn wieder weggefahren?«

»Etwa eine halbe Stunde nach Ihnen, schätze ich.«

»Gut, Sie haben mir wirklich sehr geholfen.« Jan bedankte sich und wollte sich gerade schon abwenden, als ihm noch eine letzte Frage einfiel.

»Weshalb hat Kathrin Möller eigentlich ihr Fahrrad benutzt und nicht das Auto?«

»Welches Auto denn?«

»Der Toyota da vorne.«

»Die alte Reisschüssel«, lachte die Frau. »Der gehört doch Klaus, meinem Mann. Wanda hat kein Auto. Sie benutzt für alle ihre Erledigungen das Fahrrad, bei jedem Wetter. Aber bevor wir hier jetzt Wurzeln schlagen, sollten Sie sich vielleicht mal um Ihre Kollegen kümmern. Die brechen nämlich gerade in mein Nachbarhaus ein. Ich kann mir ehrlich gesagt kaum vorstellen, dass das rechtens ist.«

Jan fuhr herum und sah sofort, dass Cengiz und Bettina sich bereits Zutritt zum Haus verschafft hatten. Er nickte der Frau noch einmal zu, dann ging er eiligen Schrittes in Richtung der aufgebrochenen Haustür von Kathrin Möller. Dabei rumorten die neuen Informationen, die er von der aufmerksamen Nachbarin erhalten hatte, gewaltig in ihm.

»Wolltet ihr nicht abwarten, bis ihr euch sicher seid, dass sie nicht zu Hause ist?«, fragte Jan, als er in den Flur des Hauses trat.

»Du hattest recht«, sagte Cengiz. »Ein paar hundert Meter von hier entfernt hat eine Streife eben gerade ein Fahrrad im Straßengraben gefunden. Wir sind wohl tatsächlich zu spät gekommen.« Er bückte sich und blätterte die Post durch, die auf dem Boden unterhalb des Briefschlitzes lag. »Wenn ich mir das hier ansehe, müssen wir wohl davon ausgehen, dass sie bereits seit gestern verschwunden ist.«

»Ja, das bestätigt auch die Nachbarin«, sagte Jan. »Und sie hat noch so einiges mehr erzählt.«

»Wovon sprichst du?«

»Ich glaube, wir sind dem Täter jetzt ziemlich nah«, antwortete Jan vielsagend. »Wir waren gestern nicht alleine mit Kathrin Möller im Haus. Jemand war bei ihr, und ich gehe davon aus, dass derjenige genau mitbekommen hat, worüber wir uns unterhalten haben.«

»Und wer soll das bitte schön gewesen sein?« Cengiz verzog sein Gesicht zu einer ungläubigen Miene.

»Kannst du dich vielleicht noch an die Fahrzeuge vor Laukötters Haus erinnern? Da standen doch ein Kleinwagen und so ein Monstrum von Auto. War das ein Pick-up?«

»Willst du damit etwa sagen, dass Laukötter …?«

»Beantworte bitte meine Frage. Ich weiß es nämlich nicht mehr genau.«

»Nein, das war kein Pick-up, sondern ein SUV«, sagte Cengiz voller Überzeugung. »Aber ein ziemlich großer, irgendeine ausländische Marke.«

»Bist du dir absolut sicher?«

»Ja, zumindest dass es kein Pick-up war.«

»Mist«, fluchte Jan leise.

»Kannst du jetzt mal erklären, was diese Fragerei eigentlich soll?«

»Die Beschreibung der Nachbarin passt ziemlich genau auf Laukötter. Nur leider fährt dieser Mann, den sie gesehen hat, einen Pick-up. Er stand nämlich auf der anderen Straßenseite, als wir hier gewesen sind.«

Cengiz nickte. Auch er schien sich wieder an den Wagen zu erinnern.

»Hattest du denn ernsthaft geglaubt, Laukötter bringt seine eigene Tochter um, indem er ihr den Kopf abschlägt?«, fragte er nachdenklich.

Jan blickte seinen Kollegen irritiert an. Doch bevor er etwas entgegnen konnte, wurden sie von Lara unterbrochen, die plötzlich im Hauseingang erschien und mit ernster Miene vor ihnen stehen blieb.

»Wir müssen das hier sofort abbrechen«, sagte sie mit belegter Stimme. »Diana Spies ist aus dem Klinikum verschwunden.«

Der letzte Schritt

»Woran denkst du?«, fragte er, nachdem er sie fast zehn Minuten lang wortlos angesehen hatte.
»Meistens daran, wie alles angefangen hat«, antwortete Diana. »Wir waren am Ende und trotzdem glücklicher als heute.«
»Vielleicht«, sagte er enttäuscht. »Aber es hätte niemals so weit kommen dürfen. Wir hatten ein gemeinsames Ziel. Und wir waren auf einem guten Weg. Aber einige von uns sind in die falsche Richtung abgebogen.«
»Vielleicht hat das Navigationsgerät nicht mehr richtig funktioniert«, sagte sie und versuchte es mit einem gequälten Lächeln.
»Oder der Autopilot war falsch programmiert«, entgegnete er nachdenklich. »Ich habe mich in den letzten Monaten oft gefragt, welche Fehler ich gemacht habe. Ob ich es vielleicht versäumt habe, auch mich selbst zu ändern. Oder Korrekturen an unseren Zielen vorzunehmen. Aber bei diesen Überlegungen bin ich immer wieder an diesen einen Punkt gekommen, der mir sagt, dass es nicht mein Fehler war.« Er trat einen Schritt näher an sie heran und versuchte, sie zu fixieren.
Ohne Erfolg. Diana wandte sich ab. Aber jetzt erkannte er, dass ihre Augen tränenunterlaufen waren. Was war los mit ihr? Er hatte darauf vertraut, dass sie sich nicht von Christoph hatte vereinnahmen lassen. Aber ganz sicher war er sich nie gewesen. Und jetzt hatte er alles riskiert, um ihr die Flucht aus dem Krankenhaus zu ermöglichen.
»Erinnerst du dich daran, dass wir alle uns damals diesem einen Ziel unterworfen haben?«, fuhr er eindringlich fort. »Wir wollten gemeinsam auf den Tag hinarbeiten, an dem wir diese Welt verlassen. Wir haben diesen Glauben verinnerlicht. Und wir haben geschworen, dass es niemals etwas geben wird, das unser Ziel und unsere Zukunft gefährden darf. Oder sehe ich das etwa falsch?«
»Nein, das haben wir uns geschworen«, stimmte Diana nach einigen Sekunden des Zögerns zu.

»Also liegt der Fehler nicht bei mir«, sagte er. »Es war Christoph, der alles zerstört hat. Schon bald nachdem ich ihn damals am Abend der Sommersonnenwende getroffen habe, hatte ich das merkwürdige Gefühl, dass er eines Tages zum Problem werden könnte. Wenn ich mir also einen Vorwurf gefallen lassen muss, dann den, dass ich viel zu spät gemerkt habe, was um mich herum geschieht. Ich habe es wohl nicht für möglich gehalten, dass Christoph mich derart hintergeht und mir Menschen, für die ich alles getan habe, um ihnen zu helfen, ohne mit der Wimper zu zucken in den Rücken fallen. Christoph hat euch eingeredet, dass ihr nicht sterben müsst, um euer Glück wiederzufinden. Jemand, der vorher dasselbe Ziel verfolgt hat wie wir. Und von demselben Gedanken, der uns zusammengeführt hat, überzeugt war.«

»Es war ein schleichender Prozess«, sagte Diana leise. »Ich glaube nicht, dass Christoph es von Anfang an darauf angelegt hat.«

»Du hast schon immer ein gutes Wort für ihn eingelegt.« Er lächelte milde. Als gestehe er ihr zu, dass sie Christoph verteidigte.

»Wie wird es jetzt weitergehen?«, fragte sie nach einigen Sekunden der Stille, in denen nur das monotone Geräusch der Wassertropfen zu hören war, die aus einem Deckenrohr in den eigens dafür hingestellten Eimer fielen.

Sie hatte Angst.

Er hatte gehofft, dass sie anders wäre. Nicht wie Britta und Wanda, denen er die Panik ebenfalls angesehen hatte.

Sie wollten gar nicht sterben, das war die bittere Erkenntnis der vergangenen Monate. Dabei hatten sie es sich doch geschworen. Diese unerträgliche Welt, in der sie lebten, auf eigenen Wunsch zu verlassen und an einem besseren Ort wiedergeboren zu werden. Neu zu beginnen.

Aber sie waren allesamt nicht bereit gewesen. Weil sie ihr Glück nun wiederfinden wollten, ohne zu sterben. Das war es, was Christoph ihnen in Aussicht gestellt hatte. Ein Leben im Hier und Jetzt im Einklang mit der Natur. Ein Leben der Selbstzufriedenheit. Und der sexuellen Befriedigung. So hatte sich Christoph ausgedrückt. Er hatte am Ende keinen Hehl mehr daraus gemacht, dass er seinen Glauben und die gemeinsamen Ziele über Bord geworfen und sich dazu entschieden hatte, ein irdisches Leben gemeinsam mit den Frauen zu führen, die er selbst vor sieben Jahren für dieses Ziel auserkoren hatte.

Was für ein fataler Irrglaube. Hier auf der Erde, in dieser Zeit, würde niemand von ihnen jemals wieder glücklich werden. Sie alle hatten viel zu viel erlebt, als dass sich der Rucksack der Erinnerungen einfach abstreifen ließ. Es gab nur *einen* richtigen Weg für einen Neuanfang.

»Ich denke, die Zeit ist gekommen, um den letzten Schritt zu gehen«, sagte er. »In den letzten Stunden habe ich viel darüber nachgedacht, was uns bevorsteht, wenn die Polizei irgendwann hinter die Wahrheit kommt. Womöglich wird es nicht lange dauern, bis sie wissen, dass wir hier sind. Das möchte ich uns ersparen.«

»Du hast immer gesagt, dass du auf das entscheidende Zeichen warten würdest«, sagte Diana mit tränenerstickter Stimme. »Dass wir nicht gehen, bevor wir aus unserer neuen Welt gerufen werden. Und dass dieser Tag etwas ganz Besonderes sein würde. Ein Tag, den wir zelebrieren.«

»Wir haben keine Wahl«, antwortete er. »Ich habe diese Entscheidung erst eben getroffen. Als ich im Krankenhaus den Feuermelder gedrückt habe, bin ich noch davon ausgegangen, dass wir eine Chance haben. Aber es geht nicht mehr. Sie kennen jetzt mein Gesicht. Vielleicht ist das nun genau der Moment, auf den wir immer gewartet haben. Das Zeichen. Der Ruf der neuen Welt.«

»Aber es war doch nie die Rede davon, hier in einem feuchten Keller auf der Flucht vor der Polizei zu sterben.« Ihre Stimme klang verzweifelt.

»Wir sterben, um neu geboren zu werden«, entgegnete er scharf. »Hast du nichts verstanden?«

»Doch, natürlich. Tut mir leid.«

»Ich verstehe, dass du nervös bist«, sagte er. »Aber ich verlange von dir, dass du mir jetzt bedingungslos folgst.«

»Nichts anderes tue ich seit Tagen«, brach es aus ihr hervor. »Ich wäre fast dabei draufgegangen, als ich dir geholfen habe, unsere Spuren zu verwischen. Stellst du jetzt wirklich in Frage, dass ich dir folge?«

»Nein, nur weil ich dir vertraue, sind wir beide jetzt hier.«

»Und was ist mit Wanda?«, fragte sie plötzlich. »Lebt sie noch?«

»Glaubst du etwa, ich würde ohne sie ein neues Leben beginnen?« Er blickte sie argwöhnisch an. »Wir werden zu dritt sein. Alles wird gut, vertrau mir.«

»Wo ist Wanda denn?«

»Ganz in der Nähe«, antwortete er. »Sie wartet bereits auf uns. Während du geschlafen hast, habe ich alles vorbereitet.«

»Wovon sprichst du?«

»Ich zeige es dir.« Er trat noch einen Schritt näher an Diana heran. Dann streckte er ihr die Hand hin und forderte sie auf, mit ihm mitzukommen.

Ihr Gesicht war jetzt aschfahl. Sie wirkte wie in Schockstarre. Nicht einmal mehr die Tränen flossen. Auf einmal fühlte er sogar Mitleid mit ihr. Diana hatte viel geleistet in den letzten Stunden. Hatte ihm geholfen, alles getan, was er von ihr verlangte. Und dabei ihr Leben riskiert. Ihr Körper war noch immer gezeichnet von der Explosion.

Dass der Moment, auf den sie sich seit Jahren vorbereiteten, jetzt so plötzlich bevorstand, schien sie allerdings vollkommen aus der Bahn zu werfen. Ihre Hand war kalt. Diana zitterte.

Er kontrollierte seine Atmung. Versuchte, ruhig zu bleiben.

»Bist du bereit?«, fragte er leise.

Sie nickte, obwohl sie wohl lieber den Kopf geschüttelt hätte.

»Dann komm jetzt mit mir. Es ist so weit.«

Arm in Arm

»Ich muss jetzt augenblicklich mit einem der beiden sprechen.«
Jan rang mit sich. Er musste seine Stimme mäßigen, aber es
fiel ihm zunehmend schwer. Denn wenn der zuständige Arzt
nicht endlich über seinen Schatten sprang, würde er bei seiner
Wortwahl für nichts mehr garantieren können.
»Eine Minute, länger brauche ich nicht«, schob er nach.
»Habe ich mich nicht klar und deutlich ausgedrückt?«, entgegnete der Arzt, dessen Namen Jan schon wieder vergessen
hatte. »Die beiden Opfer haben komplizierte Stichverletzungen
im Unterleib. Sie benötigen vor allem Ruhe.«
»Hören Sie, da draußen läuft jemand herum, der bereits fünf
Menschen umgebracht und zwei weitere in seiner Gewalt hat«,
rief Jan jetzt aufgebracht in sein Handy. »Die beiden Polizisten
sind die einzigen Zeugen in diesem Fall. Wenn Sie also trotz
ihrer Verletzungen ansprechbar sind, dann reichen Sie jetzt verdammt noch mal das Telefon weiter.«
»Das entspricht aber nicht –«
»Dreißig Sekunden, mehr nicht«, fuhr Jan dazwischen.
»Das ist nicht meine Entscheidung, damit das ganz klar ist«,
sagte der Arzt. »Halten Sie sich aber bitte an die dreißig Sekun-
den. Und regen Sie den Patienten nicht auf.«
»Natürlich.« Jan spürte, dass er sich nur langsam wieder be-
ruhigte. Ungeduldig wartete er darauf, dass sich einer der beiden
Kollegen von der Polizeiwache in Detmold, die das Kranken-
hauszimmer von Diana Spies bewacht hatten, endlich meldete.
Er tauschte einen raschen Blick mit den Kollegen, die über
Lautsprecher mithörten. Es dauerte noch eine halbe Minute, bis
Jan schließlich eine schwache männliche Stimme am anderen
Ende der Leitung hörte.
»Es tut mir sehr leid, was passiert ist«, sagte Jan, ohne sich
vorzustellen. »Aber Sie müssen mir jetzt gut zuhören.«
»Es ging alles so verdammt schnell.«

»Das glaube ich Ihnen. Aber versuchen Sie sich trotzdem daran zu erinnern, wie der Mann ausgesehen hat. War er groß? Wie alt war er in etwa? Irgendein Bild von ihm werden Sie bestimmt vor Augen haben.«

»Er war einigermaßen groß und schon ein bisschen älter«, antwortete der Polizist.

»Wie alt?«

»Mitte vierzig bis fünfzig, schätze ich.«

»Gab es irgendetwas Markantes, das Ihnen an ihm aufgefallen ist?«

»Wenn ich mich richtig erinnere, hatte er nur noch ziemlich wenige Haare. Dafür aber einen gräulichen Kinnbart.«

»Sonst noch etwas?«

»Mehr fällt mir nicht mehr ein, tut mir leid. Aber vielleicht fragen Sie mal diesen Patienten, der das alles beobachtet hat?«

»Wen?«, fragte Jan überrascht.

»In dem Aufenthaltsraum, wo es passiert ist, saß ein älterer Mann«, antwortete der Polizist. »Er war zwar an den Rollstuhl gefesselt und hatte einen Schlauch in der Nase, aber seine Augen haben sicher noch bestens funktioniert. Denn dank ihm wusste ich überhaupt, wo sich dieser Verrückte versteckt hält. Na ja, wie man's nimmt – andererseits wäre mir dieser Mist hier wohl erspart geblieben.« Der Polizist lachte schwach.

»Okay, vielen Dank«, sagte Jan. »Dann geben Sie mir bitte noch einmal den Arzt.«

Es dauerte einige Sekunden, bis die monotone Stimme von Dr. Nettingsmeyer, dessen Name Jan mittlerweile eingefallen war, wieder zu hören war. »Das waren deutlich mehr als dreißig Sekunden. Wenn Sie sich nicht daran halten, was ich Ihnen –«

»Schon gut, kommt nicht wieder vor«, unterbrach Jan ihn. »Sagen Sie mir doch, ob Sie wissen, wo sich dieser Zeuge befindet.«

»Wer?«

»Ein älterer Mann im Rollstuhl mit einem Schlauch in der Nase«, antwortete Jan ungeduldig. »Er saß in dem Aufenthaltsraum, in dem der Täter auf den Kollegen eingestochen hat.«

»Ich befürchte, wir haben eine ganze Menge Patienten, die im Rollstuhl sitzen und –«

»Hören Sie mal ...« Jan musste an sich halten. Bevor er sich tatsächlich im Ton vergriff, reichte er sein Handy kurzerhand an Lara weiter, die ihm gegenübersaß.

Überrascht, aber souverän nahm sie das Telefon entgegen und stellte sich kurz vor. Dann schilderte sie dem Arzt noch einmal mit ihrer ruhigen Art, mit wem sie sprechen wollten. Offenbar schien sie Erfolg zu haben. Dr. Nettingsmeyer versprach, unverzüglich mit den Polizeibeamten aus Detmold zu sprechen, die mit einem Großaufgebot im Krankenhaus erschienen waren, und zurückzurufen, sobald sie den Mann ausfindig gemacht hatten.

»Die Beschreibung entspricht dem, was die Nachbarin gesagt hat«, sagte Jan, nachdem Lara ihm sein Handy wieder zurückgegeben hatte. »In meinem Kopf habe ich noch immer Gunther Laukötter vor mir.«

Er stand auf und begann, in dem kombinierten Ess- und Wohnzimmer von Kathrin Möller auf und ab zu laufen. Sie hatten ihre Wohnung kurzerhand als Lagezentrum umfunktioniert und an dem Holztisch, an dem Cengiz und er bereits gestern gesessen hatten, eine kurze Besprechung abgehalten, ehe sie sich telefonisch im Klinikum Detmold gemeldet hatten. Fürs Erste verzichteten sie darauf, selbst ins Krankenhaus zu fahren. Kregel hatte entschieden, nicht zu viel Zeit bei der Suche nach Kathrin Möller zu verlieren und deshalb Leopoldshöhe nicht zu verlassen, bis sie einen Hinweis auf ihren Verbleib hatten.

Niemand im Raum sagte etwas. Während sie angespannt auf den Rückruf aus dem Klinikum warteten, fiel Jans Blick auf einen hohen, aber schmalen Schrank in einer Ecke des Esszimmers. Er trat näher heran und öffnete ihn. Der Schrank war leer.

War er das Versteck gewesen, in dem sich Kathrin Möllers Besuch aufgehalten hatte, als sie hier gewesen waren? Jan kam nicht mehr dazu, den Gedanken weiterzuspinnen, weil sein Handy, das er auf den Tisch gelegt hatte, klingelte.

»Geh du ran«, sagte er zu Lara. »Vielleicht triffst du wieder den richtigen Ton.«

Sie nahm das Gespräch an und schaltete den Lautsprecher ein. Es meldete sich Polizeikommissarin Claudia Menke von der Wache in Detmold. Sie klang ruhig und erfahren.

»Dr. Nettingsmeyer bat mich, Sie anzurufen«, kam sie sofort zur Sache. »Neben mir sitzt Herr Beckmann. Wir haben ihn bereits vernommen, gleich nachdem wir hier angekommen sind. Seine Aussage wurde zu Protokoll genommen. Soll ich sie Ihnen vorlesen?«

»Wir würden gerne selbst mit Herrn Beckmann sprechen.«

»Von Dr. Nettingsmeyer soll ich ausrichten, dass der Patient erst vor wenigen Tagen operiert wurde. Wenn eine erneute Befragung vermeidbar ist, dann –«

»Geben Sie uns doch bitte Herrn Beckmann«, warf Jan ein. »Es wird nicht lange dauern.«

»Ich warne Sie aber vor«, sagte Claudia Menke. »Herr Beckmann ist auf seine Art etwas speziell.«

Wenige Augenblicke später meldete sich eine zittrige alte Männerstimme, die trotzdem aufgebracht und wütend klang. Viel zu verstehen war von den Wortfetzen allerdings nicht.

»Wir möchten Sie gar nicht lange stören«, sagte Lara beschwichtigend. »Was Sie mit ansehen mussten, war bestimmt ganz furchtbar für Sie. Aber vielleicht können Sie uns –«

»Ich verstehe Sie nicht!«, rief der Mann plötzlich ins Telefon. »Sie klingen so weit weg. Was wollen Sie denn wissen?«

»Sagen Sie uns bitte, wie dieser Mann ausgesehen hat, der die beiden Polizisten niedergestochen hat?«

»Vor ein paar Jahren wäre ich noch hinter ihm hergelaufen und hätte ihn eigenhändig zur Strecke gebracht.« Herr Beckmann hustete schwer, dann redete er sich erneut in Rage. »Statt sich mit Fäusten zu wehren, sticht er einfach mit einem Messer zu. Dieses feige Schwein. Und mir hat er auch gedroht, die Kehle durchzuschneiden. Sehen Sie bloß zu, dass Sie ihn finden!«

»Das versuchen wir mit Hochdruck«, sagte Lara und klang

nun auch ungeduldig. »Sie können uns entscheidend dabei helfen.«

»Dann sagen Sie doch endlich, was Sie von mir wissen wollen.« Jan griff nach seinem Handy, doch im letzten Moment, bevor er den Mann lauthals angefahren hätte, entriss Lara es ihm wieder mit einer schnellen Bewegung.

»Hören Sie«, setzte sie noch einmal an. »Sie müssen uns einfach nur sagen, wie der Mann ausgesehen hat. Wir haben gehört, dass er kaum Haare und einen grauen Kinnbart hat. Aber gab es sonst noch irgendetwas Auffälliges an ihm?«

»Etwas Auffälliges?«, fragte Beckmann leise röchelnd. »Was meinen Sie denn damit? So etwas wie eine Hasenscharte?«

»Zum Beispiel«, antwortete Lara.

»Dann haben Sie jetzt noch eine Information mehr.«

»Moment«, sagte Jan. Er war plötzlich irritiert. Dass der Unbekannte angeblich eine Lippen-Kiefer-Gaumenspalte hatte, setzte bei ihm etwas in Gang. Die Gedanken in seinem Kopf schwirrten mit einem Mal unkontrolliert herum. Da war etwas, an das er sich erinnerte. Nur was?

Im nächsten Moment fiel es ihm wieder ein.

Sein Herz pulsierte. Das Adrenalin pumpte durch seinen Körper. Er wusste jetzt, wen sie suchten. Den fünffachen Mörder. Auch wenn er seinen Namen noch nicht kannte, hatte er keine Zweifel mehr.

Jan stürmte aus dem Esszimmer in den Flur und bog sofort wieder ab in die kleine Küche. Direkt neben der Tür stand ein hoher Kühlschrank. An dessen Tür hingen mit Magneten befestigt einige Fotos.

»Der Mann mit der Hasenscharte«, flüsterte er, als er ihn erkannte. Arm in Arm mit Kathrin Möller und ihrer Tochter Michelle. Jan hatte das Foto aus dem Augenwinkel gesehen, als sie zum ersten Mal hier gewesen waren.

Er war es also, der für all das verantwortlich war – Kathrin Möllers Ex-Freund, der sie angeblich vor einem halben Jahr verlassen hatte.

Mechanismus

Thorsten Kampmann. Dreiundfünfzig Jahre alt. Geboren in Gütersloh, aufgewachsen in Bielefeld. Seit knapp zwanzig Jahren wohnhaft auf einem Resthof in Bexterhagen, einem Ortsteil der Gemeinde Leopoldshöhe. Luftlinie keine zwei Kilometer von Kathrin Möllers Haus entfernt.

Die Informationen über den Mann, den sie seit rund sechzig Stunden suchten, der in dieser Zeit mutmaßlich fünf Menschen brutal ermordet hatte, trafen im Minutentakt bei ihnen ein. Jan las sie angespannt auf seinem Handy.

Kampmann war gelernter Diplom-Psychologe und hatte in seinen anfänglichen Berufsjahren als Wirtschaftspsychologe für zwei große ostwestfälische Unternehmen gearbeitet. Mit Mitte dreißig hatte er sich mit einer eigenen Praxis in Bielefeld selbstständig gemacht. Dabei hatte er sich offenbar vor allem auf die therapeutische Behandlung von Angststörungen, psychischen Traumata und Trauma-Folgeerkrankungen sowie Depressionen spezialisiert. Weshalb die Praxis schon nach wenigen Jahren von jemand anderem übernommen worden war, erschloss sich ihnen noch nicht.

Danach verlor sich Kampmanns Spur im Internet zusehends. Den Resthof in Bexterhagen hatte er etwa vor zwanzig Jahren gekauft. Irgendwann vor einiger Zeit musste er dann Kathrin Möller kennengelernt haben und wahrscheinlich in diesem Zeitraum auch die anderen.

Was Kampmann dazu getrieben hatte, diese Morde zu begehen, und in welchem Verhältnis er und Christoph Brok sowie die getöteten Frauen zueinander standen, war bislang unklar. Die Vermutung, dass es zwischen ihm und Brok zu einem Konflikt gekommen war, lag nahe. Vielleicht war es am Ende eine reine Machtfrage gewesen, wer das Sagen in dieser Sekte hatte.

Sämtliche Einsatzfahrzeuge und das SEK hatten Leopoldshöhe vor einer halben Stunde über die Schötmarsche Straße in Richtung Norden verlassen. Nach etwa einem Kilometer waren sie links in den Alten Postweg eingebogen und von dort durch den kleinen Ortskern von Bexterhagen weitergefahren, bis rechts schließlich der Dornenkamp abzweigte. Die gut ausgebaute Straße führte in Richtung Bexter Wald, einem kleinen Naturschutzgebiet. Jan erinnerte sich, vor Jahren für einen Einsatz in Bad Salzuflen diesen Weg entlang des Waldstücks und einer Handvoll Höfe schon einmal gefahren zu sein.

Gemeinsam mit Kregel und dem Einsatzleiter des SEK hatten sie entschieden, sich dem Resthof, der etwas abseits südlich der Straße lag, so unauffällig wie möglich zu nähern. Nach einer Lagebesprechung waren sie jedoch zu dem Schluss gekommen, sich erst einmal einen Überblick über das weitläufige Gelände des Hofs verschaffen zu müssen. Auf dem Satellitenbild seiner Karten-App hatte Jan erkannt, dass es neben dem Hauptgebäude noch eine Scheune gab, die von oben betrachtet aber ziemlich verfallen und einsturzgefährdet aussah.

Mit Hilfe einer Mini-Drohne, die der Bielefelder Polizei seit letztem Jahr zur Verfügung stand, hatten zwei Kollegen der Kriminaltechnik schließlich die Umgebung systematisch erkundet. Als Erstes war ihnen der schwarze Pick-up auf dem Hof aufgefallen. Der Wagen, der vor Kathrin Möllers Tür gestanden hatte, als sie gestern Nachmittag mit ihr gesprochen hatten. Bislang schien der Pick-up der einzige Hinweis darauf zu sein, dass Kampmann auch wirklich zu Hause war.

Die Drohne hatte den Eindruck der Satellitenbilder schnell bestätigt. Der Hof war verfallen und sah eigentlich unbewohnt aus. Lediglich der hintere Anbau des Hauptgebäudes schien renoviert worden zu sein. Die Drohnenkamera zeigte deutlich die im Gegensatz zum Rest des Hauses etwas neuer aussehenden Außenwände und das verlängerte Dach.

Was die Drohne ihnen jedoch nicht geliefert hatte, waren direkte Aufnahmen von Kampmann und Kathrin Möller. Allerdings war niemand im Team davon überrascht. Längst schien klar zu sein, dass sie sich im Innern des Hauptgebäudes oder der heruntergekommenen Scheune verbarrikadiert hatten.

Kregel und Jan hatten minutenlang mit dem Einsatzleiter des SEK gesprochen. Schließlich hatten sie auch noch Vera Jesse per Telefon dazugeschaltet. Als Leiterin der Kriminalinspektion trug sie immerhin die Verantwortung für den Einsatz. Nach einem hitzigen und intensiven Austausch kamen sie zu dem Schluss, anhand der vorliegenden Informationen nicht einschätzen zu können, was sie auf dem Hof erwartete, und deshalb auf keinen Fall riskieren zu dürfen, in einen Hinterhalt gelockt zu werden. Dass Kampmann gefährlich war und vor nichts zurückschreckte, hatte er in den vergangenen Tagen viel zu oft unter Beweis gestellt. Sie mussten alles dafür tun, Kathrin Möller zu befreien. Die Hoffnung, dass sie noch am Leben war, wollte jedenfalls niemand von ihnen aufgeben.

Aber was war mit Diana Spies? Diese Frage beschäftigte Jan und die anderen bereits seit dem Notruf aus dem Klinikum. Es gab keinerlei Hinweis darauf, dass Kampmann sie gewaltsam oder zumindest gegen ihren Willen entführt hatte. Vielmehr gab es Aussagen von zwei Krankenschwestern, die beobachtet hatten, dass sich Diana Spies aus freien Stücken aus ihrem Zimmer entfernt hatte, nachdem der Alarm losgegangen war und die beiden Polizisten die Bewachung der Tür aufgegeben hatten.

War Kampmann also deshalb im Krankenhaus gewesen? Um Diana Spies dort rauszuholen? Weil sie gemeinsam agierten? Vielleicht war sogar noch mehr zwischen den beiden. Oder war Diana vor Kampmann geflohen? Das würde dazu passen, dass Diana Spies und Christoph Brok angeblich ein Paar gewesen waren.

Sie hatten noch längst nicht alles verstanden, was in dieser sektenartigen Gruppierung vorgefallen war, aber für den Moment war das auch egal. Jetzt galt es nur noch zu verhindern, dass eine weitere Person sterben musste.

»Okay, wir machen es so, wie du vorhin vorgeschlagen hast.« Nachdem Kregel abseits noch eine Weile mit Vera telefoniert hatte, war er erneut auf Jan zugetreten. Er gab Cengiz ein Zeichen, ebenfalls dazuzukommen.

»Es war nicht einfach, aber ich habe sie davon überzeugt, dass es so am sinnvollsten ist«, sagte er, als sie wieder zu dritt beisammenstanden. »Ihr beiden geht vor. Euch werden sechs Leute aus dem Einsatzkommando in etwa zehn bis zwanzig Metern Abstand folgen. Wenn ihr am Hauptgebäude seid, werden sie die Türen für euch sichern, sodass ihr Stück für Stück ins Innere vordringen könnt. Versucht am besten, über den Eingang auf der Rückseite ins Haus zu gelangen. Wenn ihr drin seid, folgt auch der Rest des SEK in etwas größerem Abstand. Es werden sämtliche Eingänge und Fenster abgesichert. Das Gebäude ist verdammt groß, ihr müsst damit rechnen, dass es verwinkelt ist und einige Teile vielleicht schwer zugänglich sind. Der vordere Bereich ist möglicherweise seit Jahren nicht mehr bewohnt. Und denkt dran: Vermeidet jede Eskalation. Wenn Kampmann es darauf anlegen sollte, müsst ihr trotzdem ruhig bleiben. Nach allem, was wir bislang über ihn wissen, dürfte er unberechenbar werden, sobald die Situation aus dem Ruder läuft.«

»Wenn er merkt, dass wir hier sind, wird er ohnehin nervös werden«, warf Cengiz ein. »Ich halte nichts davon, dass wir uns bei unserem Vorgehen von seiner mentalen Verfassung beeinflussen lassen.«

»Wir werden uns nicht beeinflussen lassen«, sagte Jan. »Aber wir müssen natürlich jederzeit darauf achten, dass Kathrin Möller nichts zustößt. Und Diana Spies, sollte sie ebenfalls hier sein. Auch für den Fall, dass sie mit Kampmann gemeinsame Sache macht.«

»In Ordnung«, sagte Kregel. »Dann starten wir jetzt. Mit der Drohne können wir jeden eurer Schritte mitverfolgen.«

Die Einsatzwagen parkten im Schatten des Waldes an der Straße am Dornenkamp. Der Weg bis zu dem Hofgelände betrug etwa zweihundert Meter, schätzte Jan. Auf der rechten Seite war er mit Apfelbäumen gesäumt.

Ohne ein Wort miteinander zu wechseln, bewegten sich Jan und Cengiz langsam in Richtung der Gebäude. Die letzten Tage zehrten an ihren Kräften, hinzu kam die immer unerträglichere Hitze. Die Nachmittagssonne hatte für Temperaturen weit jenseits der dreißig Grad gesorgt. Obwohl bereits früher Abend war, wehte kein Lüftchen. Jans Hemd klebte am Körper, Schweiß rann ihm an den Schläfen hinunter.

Als sie das Hauptgebäude schließlich erreicht hatten, blieben sie kurz stehen und sahen sich um. Sie lauschten.

Nichts.

Kein Anzeichen, dass Kampmann zu Hause war. Lediglich der Pick-up, neben dem sie gerade standen.

Jan senkte seinen Blick. Die Spuren auf dem Schotter schienen noch nicht alt zu sein. Konnten sie auch nicht, schließlich lag der Vorfall im Klinikum Detmold erst knapp drei Stunden zurück. Und es schien außer Frage zu stehen, dass Kampmann für die Fahrt dorthin sein Auto benutzt hatte. Andere Fahrzeuge waren nicht auf seinen Namen angemeldet, wie sie auf dem Weg hierher hatten überprüfen lassen.

Sie gingen weiter. Direkt an dem zweistöckigen Haus entlang. Die wenigen Fenster, die sie passierten, waren mit schwarzer Folie abgeklebt oder von innen mit einfachen Holzbrettern verbarrikadiert. Das Mauerwerk war bereits an einigen Stellen beschädigt. Überall lagen Scherben heruntergefallener Dachpfannen. Tatsächlich war es schwer vorstellbar, dass in diesem Teil des Hauses noch jemand wohnte.

Als sie das hintere Ende des ursprünglichen Hauskomplexes erreicht hatten, erstreckte sich links von ihnen ein eingeschossiger, etwa zehn Meter langer Anbau. Obwohl wahrscheinlich noch keine zehn Jahre alt, befand auch er sich bereits in einem schlechten Zustand. Der Putz war an etlichen Stellen abgebröckelt, ein breiter Riss zeichnete sich fast auf der gesamten Länge ab.

Als sie das erste der beiden Fenster auf der Längsseite erreichten, blieb Jan wieder stehen. Vorsichtig reckte er seinen Kopf und warf einen Blick ins Innere. Viel konnte er durch die verdreckte Scheibe nicht erkennen. Es standen allerlei Möbel in dem Raum herum, der offenbar so etwas wie das Wohnzimmer war. Auch einige Kartons stapelten sich. Überhaupt schien es fast so, als diene der Raum doch eher als Abstellkammer. Aber dafür war er eindeutig zu groß. Außerdem deuteten die Couch und der Fernseher darauf hin, dass Kampmann sich in diesem Raum öfter aufhielt.

Jan gab Cengiz und den Männern vom SEK ein Zeichen, in gebückter Haltung weiterzugehen, um auf die Rückseite des Gebäudes zu gelangen. Leise liefen sie vor, bis sie das Ende des Anbaus erreicht hatten. Jan zückte seine Dienstwaffe, ehe er einen Blick um die Ecke wagte.

Nichts. Auch der rückwärtige Bereich wirkte verlassen.

Kregel hatte gesagt, dass sich auf dieser Seite des Hauses ein Eingang befand. Von der Position, wo er jetzt stand, konnte Jan jedoch keine Tür erkennen. Einen Augenblick lang überlegte er, sich per Funk bei Kregel zu melden, verwarf den Gedanken aber wieder. Jedes Geräusch konnte Kampmann jetzt aufschrecken.

Ihnen blieb keine Wahl, als einfach weiterzugehen. Vorbei an den großen, bis zum Boden reichenden Sprossenfenstern. In der Hoffnung, dass sich in dem Raum, der offenbar derselbe war, in den er durch die Seitenfenster hineingesehen hatte, auch wirklich niemand aufhielt.

Die Eingangstür, von der Kregel gesprochen hatte, befand sich mittig auf der Rückseite des Gebäudes. Jan erkannte sofort, dass sie einen Spalt offen stand. Er zögerte nicht und winkte die Einsatzkräfte des SEK zu sich. Wie üblich bei solchen Einsätzen sollten sie vorausgehen, um den Raum auszuleuchten und abzusichern.

Einer der Männer sprach leise in das Funkgerät, das an seiner Ausrüstung befestigt war. Dann nickte er seinen Kollegen zu. Im nächsten Moment rissen sie die Tür auf und gingen gleichzeitig in Deckung.

Sekunden vergingen, in denen nichts geschah. Alles war ruhig. Aus dem Innern war nicht das geringste Geräusch zu hören. Als sie sich offenbar sicher waren, dass in dem Raum niemand war, betraten sie ihn mit den Maschinenpistolen im Anschlag. Hektisch richteten sie die Waffen in alle Richtungen und leuchteten mit ihren Lampen jeden Winkel aus.

Jan und Cengiz folgten ihnen, blieben aber sofort stehen, als sich ihnen der freie Blick auf ein unvorstellbares Chaos öffnete. Es war noch viel schlimmer, als der Blick durch die Fenster hatte befürchten lassen. Denn neben den Möbeln und Dutzenden offenbar befüllter Umzugskartons, die kreuz und quer herumstanden, erkannte er auch zahlreiche Kostüme, Utensilien und Stichwaffen, wie sie sie im »Ritual Worlds« gesehen hatten. Hinzu kamen jede Menge Müll und Essensreste, die am Boden lagen. Jan bemerkte nun auch den beißenden Geruch, der in der Luft lag.

Während sie sich langsam einen Weg durch das Durcheinander bahnten, verstand er allmählich, dass der gesamte Anbau nur aus einem einzigen Raum bestand. Es gab keine weiteren Zimmer.

Augenblicklich begannen seine Gedanken zu rasen. Kampmann und die Frauen waren nicht hier. Was hatte das zu bedeuten? Versteckte er sich etwa in dem heruntergekommenen alten Teil des Gebäudes?

»Was machen wir jetzt?«, fragte Cengiz. »Hier sind sie nicht.«

»Sprich mit Ben und sag ihm, dass wir unseren Plan wohl ändern müssen. Ich sehe mich noch ein wenig um.«

Während Jan einen Blick in einige der Kartons warf und immer mehr das Gefühl bekam, dass Kampmann offenbar unter dem Messie-Syndrom litt, bemerkte er aus dem Augenwinkel, dass die SEK-Beamten mit einem Mal wieder in Stellung gingen. Einer der Männer gab ihm hektische Handzeichen. Er sollte zu ihnen in den hinteren Bereich kommen.

Jan rief Cengiz leise zu sich.

Zusammen näherten sie sich den SEK-Beamten. Als sie nur noch zwei Körperlängen entfernt waren, erkannte Jan die Stahltür, vor der sich die Männer aufgestellt hatten.

Ein Übergang zum alten Teil des Gebäudes? Hielt sich Kampmann hinter dieser Tür gemeinsam mit Kathrin Möller und Diana Spies auf?

Cengiz war noch immer über Funk mit Kregel verbunden. Jan konnte heraushören, dass sein Chef die Lage nicht einschätzen konnte und die Entscheidung, ob sie die Tür öffnen sollten, ihnen überließ. Immer unter der Prämisse, kein unnötiges Risiko einzugehen und eine Eskalation auf jeden Fall zu vermeiden.

Jan stöhnte innerlich auf. Jetzt lag es also an ihm. Er musste abwägen, ob sie riskieren sollten, noch weiter ins Innere dieses Gebäudes einzudringen. Ohne zu wissen, was sie erwartete.

Die SEK-Beamten sahen ihn an. Jan konnte nur ahnen, welche Gefühlsregungen sie unter ihren Helmen und Sturmhauben zeigten. Er schloss für einen kurzen Moment die Augen, bis er sich zu einer Entscheidung durchgerungen hatte. Ein Rückzug war keine Option. Sie mussten Kampmann finden, bevor er noch einmal tötete.

Jan nickte den Männern zu. Als Zeichen, die Tür zu öffnen.

Auch sie war nicht verschlossen. Einer der SEK-Beamten stieß sie vorsichtig auf. Wenn Kampmann nicht längst mitbekommen hatte, dass sie hier waren, dann hörte er es mit Sicherheit jetzt. Denn das Quietschen der Tür hallte laut durch den Raum.

Sie gingen in Deckung und warteten.

Nach einer Minute, in der nicht das leiseste Geräusch zu hören gewesen war, trat der SEK-Beamte, der die Tür geöffnet hatte, aus der Deckung und leuchtete mit seiner Taschenlampe ins Dunkle.

Vor ihnen in etwa zwei Metern Entfernung erschien eine gemauerte Wand. Davor war eine Holztreppe, die offenbar in einen Keller führte. »Gehen wir«, sagte Jan gerade laut genug, dass es die SEK-Beamten verstanden.

Jede einzelne Stufe knackte.

Je tiefer sie hinabstiegen, desto mulmiger wurde es Jan. Cengiz' Gesichtsausdruck verriet, dass es ihm ähnlich erging.

Die Taschenlampe leuchtete jetzt bis ganz nach unten. Aber außer dem schimmernden Estrich des Bodens konnte er nichts erkennen. Sie bewegten sich ganz langsam, Stufe für Stufe. Kein Geräusch drang zu ihnen hoch.

Noch fünf Stufen.

Die SEK-Beamten hatten bereits freien Blick und stürmten plötzlich den Kellerraum. Jan und Cengiz blieben abrupt stehen. Auch hier in diesem modrig riechenden Keller war niemand. Lediglich vier Stühle und ein alter Holztisch in der Mitte des Raums. Darauf eine Karaffe und zwei Gläser, halb gefüllt mit Wasser. Links hinten in der Ecke stand ein Blecheimer, in den Wasser von einem Deckenrohr tropfte.

»Sie waren hier«, sagte Jan leise. »Und so wie es aussieht, ist das noch nicht allzu lange her.«

»Zwei Gläser«, sagte Cengiz. »Dann sind sie wohl doch nicht zu dritt.«

»Vielleicht haben nur die beiden Frauen etwas getrunken.« Jan zuckte mit den Schultern. Ihn beschäftigte längst etwas anderes. Wenn sich niemand in diesem Gebäudekomplex befand, konnte es eigentlich nur eine andere Möglichkeit geben.

Sein Funkgerät knackte. Im nächsten Moment meldete sich Kregel. Er klang aufgewühlt. »Wo seid ihr gerade?«

»Im Keller«, antwortete Jan. »Wir haben eine Tür gefunden, die vom Anbau hinunter –«

»Die Wärmebildkamera der Drohne hat angeschlagen«, rief Kregel. »Ihr müsst sofort hochkommen. Sie sind in der Scheune.«

Jan hörte schon gar nicht mehr richtig zu. Er gab Cengiz und den SEK-Beamten ein Zeichen, ihm zu folgen. Dann rannte er die Treppe hoch und stürmte durch das Chaos in dem Anbau, bis er schließlich wieder draußen in der sengenden Hitze stand.

Die Scheune lag auf der anderen Seite des Wegs, der zu dem Hof führte. Etwa zwanzig Meter entfernt, schätzte er und versuchte, sich auf die Schnelle einen Überblick zu verschaffen. Im hinteren Bereich der Scheune fehlten bereits große Teile des Dachs. Unmöglich, dass sie noch irgendeinem Zweck diente. Die Gefahr, dass sie komplett einstürzen würde, war viel zu groß. Und ausgerechnet hier versteckte sich also Kampmann.

Jan und Cengiz liefen in Richtung des Scheunentors, das sich an der Stirnseite befand. Gefolgt von den SEK-Beamten, mit denen sie eben noch im Keller des Hauptgebäudes gewesen waren. Mindestens zwei Dutzend weitere Einsatzkräfte postierten sich rings um die Scheune. Aus dem Augenwinkel erkannte Jan, dass sich auch seine Kollegen aus der Mordkommission näherten.

Vorsichtig schob ein SEK-Beamter den Riegel des Tors beiseite und öffnete es einen Spalt. Offenbar tat er sich schwer damit.

Jan versuchte, etwas zu erkennen, aber der breitschultrige Mann stellte seinen Körper davor, als wollte er nicht, dass jemand außer ihm in die Scheune hineinsehen konnte. »Was ist denn?«, fragte Jan nervös. »Wir müssen da rein.«

»Ich befürchte, das geht nicht so einfach.« Der SEK-Mann schob seinen Helm ein Stück hoch. »Da wurde irgendein Mechanismus angebracht. Wir sollten das Tor auf keinen Fall noch weiter öffnen.«

»Was denn für ein Mechanismus?«

»Da ist ein Seil gespannt, das an dem Tor befestigt ist.«

Der Mann trat beiseite, sodass Jan sich selbst ein Bild machen konnte.

Durch den schmalen Spalt war kaum etwas zu sehen, aber der SEK-Beamte hatte recht. Direkt vor der Tür war ein Seil doppelt gespannt worden. Es verlief durch eine Art Öse oder Rolle, die in dem Holz des Tors befestigt war. Das Seil führte offenbar ins Innere der Scheune.

Jan versuchte, seinen Kopf in den Spalt zu pressen. Ohne Erfolg. Der Blick ins Innere blieb verwehrt. Als er sich gerade zu Cengiz umdrehen wollte, sah er, dass Kregel und Lara sich näherten. In aller Kürze berichtete er davon, was sich hinter der Tür befand. »Uns bleibt nichts anderes übrig, als das Tor noch weiter zu öffnen«, sagte er schließlich.

»Ich weiß nicht«, sagte Kregel. »Wir haben keine Ahnung, was das Ganze zu bedeuten hat, müssen aber nach allem, was wir über Kampmann wissen, vom Äußersten ausgehen.«

»Glaubst du, das ist eine selbst gebaute Sprengfalle oder so was?«

Im nächsten Moment fuhren alle herum, als der Techniker,

der die Drohne bediente, aufgeregt angerannt kam. »Seht mal«, sagte er und zeigte ihnen das Steuergerät mit dem integrierten Bildschirm. »Die Drohne hat durch das kaputte Dach ins Innere gefilmt.«

Jan versuchte, das Display mit der Hand gegen die Sonne abzuschirmen. Als endlich etwas zu sehen war, verschlug es ihm den Atem. Dann sog er tief Luft ein und reichte das Gerät weiter. Was er gesehen hatte, war noch schlimmer, als er sich je hätte ausmalen können.

Kampmann und die beiden Frauen befanden sich tatsächlich in dieser Holzscheune. Ziemlich genau in der Mitte des vielleicht vierzig Meter langen Gebäudes. Jeder von ihnen stand auf einem Stuhl, jeweils mit einer Körperlänge Abstand zueinander. Kampmann mittig, links von ihm Diana Spies, rechts Kathrin Möller. Das Seil, das zu dem Scheunentor führte, war dabei fest verbunden mit jeweils einem Bein der drei Stühle. Gleichzeitig führte es von den Stühlen aber offenbar auch noch weiter zu einem Mechanismus an der Decke der Scheune. Wie bei einer Art Flaschenzug.

Das Schockierendste an der gesamten Szenerie war jedoch, dass vom Dachbalken drei weitere Seile zurück nach unten führten. Die Schlaufen am Ende der Seile waren akkurat um jeden einzelnen Hals gelegt. Um Hilfe schreien konnten die Frauen nicht, denn Kampmann hatte sie mit Tüchern geknebelt.

Sie wollten sterben, um wiedergeboren zu werden. Oder vielmehr Kampmann wollte, dass sie alle starben. Er war es, der das hier gewollt hatte. Der alles für ihren gemeinsamen Freitod vorbereitet hatte. Mit einer Methode, die so perfide war, dass sie vor allem zeigte, was für ein Feigling er in Wirklichkeit war.

Offenbar wollte oder konnte er sein eigenes Leben nicht selbst beenden. Für den Tod, den er doch jahrelang herbeigesehnt hatte, sollten andere verantwortlich sein. Nur dafür hatte er diesen aufwendigen Mechanismus mit den Seilen gebaut. Öffneten sie das Scheunentor noch weiter, würden die Seile gestrafft und schließlich die Schlaufen immer enger gezogen werden. Kappten sie das Seil direkt hinter dem Tor, würde der Mechanismus wahrscheinlich dafür sorgen, dass das Seil, das nach oben verlief, anzog. Und somit die Stühle weggerissen werden würden.

Jan spürte Wut in sich aufsteigen. Was musste in diesem Menschen bloß vor sich gehen, dass er zwei Frauen mit in den Tod reißen wollte, die wahrscheinlich aus freien Stücken niemals auf diese absurde Idee gekommen wären!

»Jan, alles in Ordnung? Hörst du uns überhaupt zu?«

Er fuhr herum und blickte Kregel und die anderen an. An ihren Gesichtern erkannte er, dass auch sie begriffen hatten, wie kritisch die Lage war.

»Wir haben zwei Möglichkeiten«, sagte Kregel. »Entweder wir öffnen das Tor so weit, bis wir durch den Spalt passen. Oder aber wir versuchen, Kampmann in ein Gespräch zu verwickeln, und hoffen darauf, dass er aufgibt.«

»Das wird er nicht«, sagte Jan leise. »Beide Optionen sind suboptimal. Wir müssen eine andere Lösung finden.«

»Warum gehen wir nicht von oben rein?«, fragte Stahlhut plötzlich. Er hatte sich bislang im Hintergrund gehalten. »Das Dach auf der anderen Seite der Scheune liegt zum Teil frei. Die Männer vom SEK könnten hochklettern und sich dann abseilen.«

Kregel und der Einsatzleiter des SEK sahen sich an und tauschten ein paar kurze Worte. Dann nickten sie. Offenbar waren sie von Stahlhuts Vorschlag überzeugt.

Im nächsten Augenblick rannte mindestens ein Dutzend bewaffneter SEK-Beamter an der Scheune entlang zum hinteren Bereich.

Jan blickte ihnen skeptisch hinterher. Kampmann würde mit Sicherheit darauf vorbereitet sein, überlegte er. Entweder wusste er, dass das Dach unmöglich zu besteigen war, oder aber er hatte sich auch für diesen Fall einen Mechanismus ausgedacht, der ihnen den sicheren Tod brachte. Er hatte keinerlei Zweifel mehr daran, dass Kampmann dafür gesorgt hatte, heute hier in dieser Scheune zu sterben.

Und trotzdem musste es einen Weg geben, ihn davon abzuhalten, Diana Spies und Kathrin Möller mit in den Tod zu reißen.

Angestrengt dachte er nach. Plötzlich kam ihm eine Idee. Zugegeben, eine ziemlich irre Idee. Aber es gab tatsächlich noch eine andere Möglichkeit, ins Innere der Scheune zu gelangen.

»Komm mal mit«, sagte er leise zu Cengiz und drängte sich unauffällig an Kregel und den anderen vorbei.

»Was ist denn?«, fragte sein Kollege. »Was hast du vor?«

»Du hast doch alles drauf, was eigentlich nicht erlaubt ist, Cengiz, oder?«

»Worauf willst du hinaus?«

»Kannst du ein Auto kurzschließen?«

»Normalerweise schon, aber das kommt darauf an, wie alt –«

»Sehr gut«, unterbrach Jan ihn. »Dann folge mir jetzt unauffällig.«

Jan entfernte sich von der Scheune und ging den Weg zurück, den sie gekommen waren. Immer mehr SEK-Beamte kamen ihm entgegen. Nach etwa fünfzig Metern blieb er stehen und sah Cengiz, der ein Stück hinter ihm gelaufen war, erwartungsvoll an.

»Kampmanns Pick-up, ist das dein Ernst?«

»Ich glaube, wenn es einen schlechteren Moment für einen Scherz gibt, dann wohl diesen«, antwortete Jan trocken. »Knacken musst du den Wagen wohl auch noch. Aber das machst du ja mit links. Die Karre hat ja zum Glück schon einige Jahre auf dem Buckel.«

Cengiz schüttelte den Kopf und machte sich an die Arbeit. Unter seinem Gürtel zog er einen biegsamen Draht hervor, den er immer bei sich trug. »Ich glaube, ich will gar nicht wissen, was du vorhast«, sagte er, während er mit wenigen Bewegungen die Fahrertür des Pick-ups öffnete.

»Wir müssen Kampmann überraschen«, sagte Jan. »Wir haben keine Chance, durch das Tor in die Scheune reinzukommen. Dass wir es über das offene Dach versuchen, wird er sicherlich einkalkuliert und entsprechend vorgesorgt haben. Also machen wir es anders. Ich fahre mit dem Pick-up seitlich in die Holzscheune.«

Er beobachtete Cengiz, der bereits Teile des Armaturenbretts abmontiert hatte und nach den passenden Kabeln zum Kurzschließen suchte. Zu seinem Plan wollte er sich aber offenbar nicht äußern.

»Wenn du hier fertig bist, würde ich dich bitten, so schnell wie möglich zu Kregel zurückzulaufen und ihm zu sagen, was ich vorhabe. Es müssen so viele SEK-Beamte wie möglich postiert werden. Sobald ich die Seitenwand durchbrochen habe, müssen sie rein in die Scheune und die Frauen befreien, bevor Kampmann irgendeinen Mechanismus auslöst oder das ganze Gebäude einstürzt.«

»Und was, wenn Kregel dem Ganzen nicht zustimmt? Falls er das überhaupt entscheiden will?«

»Du wirst ihn schon überzeugen.« Jan verzog seinen Mund fast zu einem Lächeln.

Im nächsten Moment sprang der Pick-up an. Das Motorengeräusch war lauter, als Jan gedacht hatte. Cengiz stieg aus.

»Danke.«

»In solchen Momenten bist du mir immer etwas suspekt«, sagte Cengiz. »Aber du weißt sicherlich, was du tust.« Er zuckte kurz mit den Schultern und entfernte sich dann raschen Schrittes.

Wusste er das wirklich, dachte Jan, bevor er sich hinter das Steuer setzte und sich kurz mit dem Wichtigsten vertraut machte.

Von Weitem beobachtete er Cengiz, der mit Kregel und dem Einsatzleiter des SEK diskutierte. Kregel schüttelte den Kopf und gestikulierte in seine Richtung.

Jan trat aufs Gas, ohne dass er einen Gang eingelegt hatte, sodass der Motor aufheulte.

Als er sah, dass die SEK-Beamten im hinteren Bereich bereits dabei waren, das Dach der Scheune zu erklimmen, drückte er die Kupplung durch, schaltete in den ersten Gang und gab Gas.

Plötzlich stürmten von allen Seiten SEK-Beamte heran. Einige versuchten, ihn aufzuhalten, doch Kregel und der Einsatzleiter ruderten mit den Armen und gaben Anweisungen, dass sie Richtung Längsseite der Scheune laufen sollten.

Jan drehte ein und fuhr eine Neunzig-Grad-Kurve. Er befand sich jetzt bereits hinter dem Hauptgebäude, aber genau gegenüber der Scheune.

Die SEK-Beamten postierten sich links und rechts, ließen ihm eine Schneise, durch die er fahren konnte, um die Seitenwand zu durchbrechen.

Sein rechter Fuß tippte aufs Gaspedal. Er atmete tief durch und schloss für einen Moment die Augen. Dann fuhr er los.

Der Moment des Aufpralls war sanfter, als er befürchtet hatte. Das Holz der Seitenwand gab direkt nach, zerfetzte am Kühlergrill des Pick-ups und wurde in alle Richtungen geschleudert. Als Jan wieder freie Sicht hatte, fuhr er direkt auf Kampmann und die beiden Frauen zu und konnte kaum glauben, was er sah. Was zum Teufel tat Kathrin Möller da nur? Sie trat wie wild gegen den Stuhl, auf dem der von Jans Aktion offenbar völlig überraschte Kampmann stand.

Noch zehn Meter.

Kampmann kippte vom Stuhl. Die Schlaufe um seinen Hals zog sich fest. Während er an dem Strick baumelte, versuchte er seinerseits mit letzten Kräften, Kathrin Möllers Stuhl umzutreten.

Schließlich fiel auch der um.

Kampmann rang mit dem Tod, und Kathrin Möller bemühte sich verzweifelt, mit ihren Händen den Strick ein Stück vom Hals fernzuhalten.

Jan bremste hart und schlitterte auf dem rutschigen Heuboden, ehe er zum Stehen kam. Als er aus dem Auto stürzte, erkannte er aus dem Augenwinkel, dass die SEK-Beamten in die Halle stürmten. Gefolgt von Rettungskräften, die mittlerweile auch angerückt waren.

Kampmann bewegte sich nicht mehr. Er hing regungslos an dem Strick, an dem er sterben wollte. Wahrscheinlich war er bereits tot.

Ihnen blieben nur noch wenige Sekunden, um Kathrin Möller zu retten. Der Druck auf ihren Hals würde so schnell zunehmen, dass die Sauerstoffzufuhr binnen weniger Augenblicke stoppte.

Im letzten Moment, bevor sie gerettet und Kampmann fest-genommen worden wäre, hatte sie also ihren eigenen Guru, den Mörder ihrer Tochter, tatsächlich umgebracht, fuhr es Jan durch den Kopf, während er zusah, wie die Rettungskräfte und SEK-Beamten auf die drei zurannten. Sie hielten Kathrin Möller fest und hoben sie etwas hoch, sodass sie sich stabilisieren konnte. Dann befreite sie einer der Männer aus der Schlaufe und trug sie schnell davon, damit sich Ärzte und Sanitäter um sie kümmern konnten.

Es war vorbei.

Jan spürte plötzlich, wie der ganze Druck von ihm in diesem Moment abfiel. Obwohl um ihn herum ein heilloses Durchein-ander herrschte, nahm er kaum etwas davon wahr. Langsam entfernte er sich vom Geschehen. Vorbei an dem Pick-up. Den Rettungskräften und SEK-Beamten. Und den Kollegen aus der Mordkommission, die ebenfalls mit ihren Kräften am Ende waren.

Als er durch die zerstörte Wand wieder nach draußen trat, versuchte er, die schlimmen Bilder der vergangenen Tage ein-fach in dieser heruntergekommenen Scheune zurückzulassen. Gleichwohl er wusste, dass sie sich tief in seinem Innern ein-gebrannt hatten.

In diesem Augenblick zählte jedoch nur das eine – sie hatten es in letzter Sekunde geschafft, das Leben zweier Menschen zu retten.

Wellenreiten

Jan lehnte sich zurück und blickte hoch zu seiner Wohnung. Er erinnerte sich noch genau an den Tag vor fast genau vierzehn Jahren. Damals hatte es in Strömen geregnet.

Philipp und Isabel hatten ihm geholfen, die wenigen Möbel und Umzugskartons aus dem angemieteten Sprinter zu laden und in seine neuen vier Wände in Herford zu tragen. Als die Arbeit erledigt war, hatten sie Pizza bestellt und Bier getrunken. Und geraucht und ziemlich laut Musik gehört. Bis die Nachbarin von unten geklingelt und mit der Polizei gedroht hatte.

Als Jan gelacht und lediglich angemerkt hatte, er sei doch schließlich die Polizei, hatte er sofort geahnt, gerade einen großen Fehler begangen zu haben. Wenn es ungünstig verliefe, würde man ihn abmahnen und versetzen, hatte er befürchtet. Noch drastischere Maßnahmen hatte er sich gar nicht vorstellen wollen. Und das alles wegen einer flapsigen Bemerkung mit angetrunkenem Kopf am Tage seines Umzugs in seine erste eigene Bude.

Am Ende war die Frau von unten gar nicht zur Polizei gegangen. Ein paar Tage später hatte er sich mit einem Blumenstrauß bei ihr entschuldigt.

Vierzehn Jahre.

Die Nachbarin war schon vor einer ganzen Weile ausgezogen. Die junge Familie, die stattdessen in der Wohnung unter ihm wohnte, nervte ihn manchmal mehr, als er zugeben wollte. Nicht nur, dass sich die Eltern regelmäßig lauthals stritten, die Tochter spielte zudem täglich Geige oder Klavier, und der etwas verhaltensauffällige Sohn meinte, sein Fußballtraining in seinem Zimmer abhalten zu müssen.

Abgesehen davon fühlte er sich noch immer wohl hier. Die anfängliche Leere, die er empfunden hatte, nachdem seine Untermieterin Mareike ausgezogen war, hatte sich mittlerweile gelegt. Und dennoch erinnerte er sich noch gut an die Wochen direkt nach dem Tod seines Vaters. Da hatte es so manchen Moment gegeben, in dem er im Internet nach Wohnungen in Bielefeld gesucht hatte. Es hatte sich schnell herausgestellt, dass der Hof seiner Familie, auf dem er die letzten Monate gewohnt hatte, nur eine Übergangslösung für ihn sein konnte. Nach der Testamentsverlesung hatte sich die Situation ohnehin noch einmal komplett verändert. Es stand zu befürchten, dass zumindest Cord endgültig keinerlei Wert mehr auf seine Anwesenheit legte.

Jan nippte an seiner Tasse Espresso und ließ den Blick über den Neuen Markt schweifen. Nach der Sanierung und der Erweiterung der Außengastronomie im letzten Jahr war der schönste Platz Herfords noch attraktiver geworden.

Er nahm die Zeitung vom Tisch und lehnte sich zurück. An einem Samstagmorgen entspannt in der Sonne sitzen zu können und daran zu denken, dass sein Urlaub gerade mal noch eine Woche entfernt war, machte ihn zufrieden. So zufrieden, wie er sich schon seit Jahren nicht mehr gefühlt hatte.

Der Glücksmoment hielt nicht lange an. Denn die Zeitung kannte auch heute, fünf Tage nach den dramatischen Erlebnissen auf dem Resthof in Bexterhagen, nur das eine Thema. Sie schlachtete mittlerweile jedes Detail über Thorsten Kampmann und die anderen Mitglieder der Sekte aus. Noch viel schlimmer waren allerdings die Boulevard-Medien. Sie belagerten seit Tagen das Polizeipräsidium und die Staatsanwaltschaft. Selbst vor dem Krankenhaus, in dem Kathrin Möller noch immer um ihr Leben kämpfte, hatten die Zeitungen und Fernsehsender ihre Kameras aufgebaut.

Mit der gestrigen Vernehmung von Diana Spies hatten sie die Ermittlungen höchstwahrscheinlich zu einem Ende gebracht. Die angebliche Freundin von Christoph Brok, die sie niemals gewesen war, hatte vollumfänglich ausgesagt, sodass es bei der Rekonstruktion der Abläufe von Kampmanns Taten und allem, was in dieser Zeit noch geschehen war, keine Lücken mehr gab.

Ähnliches galt auch für das Motiv. Während die Zeitungen noch rätselten, war es ihnen gelungen, selbst die Fragen zu klären, auf die Jan vor den Vernehmungen niemals Antworten erwartet hätte. Auch dank einiger Notizen, die sie in Kampmanns Haus gefunden hatten. In dem Teil des Gebäudes, von dem Jan geglaubt hatte, er sei unbewohnbar. Doch ganz offenbar hatte er dort tatsächlich geschlafen. Und nicht nur er. Sie hatten gleich mehrere Bereiche mit Betten und Matratzenlagern entdeckt, was darauf schließen ließ, dass einige der Frauen hier zumindest zeitweise gewohnt hatten.

Auch Kampmanns Küche hatte sich in dem heruntergekommenen Hauptgebäude dort befunden. Genau wie das Badezimmer und ein großer Raum mit einer langen Tafel, an der sie gegessen hatten. Der Anbau im hinteren Bereich war also im Wesentlichen nur eine Abstellkammer für Möbel und alles Mögliche gewesen.

Thorsten Kampmann.

Er hatte sie alle vor knapp acht Jahren kennengelernt. In seiner Funktion als Psychologe und auch als Freund, der ihnen aus ihrer Lebenskrise half, die sie allein nicht bewältigen konnten. Er hatte ihre Schwäche ausgenutzt. Britta Lücking war eine Ausnahme gewesen, sie war erst später dazugestoßen. Aus einer anderen Gruppe, die einen ähnlichen Glauben verfolgt hatte.

Diana Spies hatten sie noch einmal auf die Beziehung mit ihrem ehemaligen Freund angesprochen, den sie vor einigen Jahren angezeigt hatte. Jahrelang hatte sie das Martyrium ertragen. Offenbar auch ein Sinnbild ihres Lebens, denn sie hatten herausgefunden, dass sie bereits als fünfjähriges Mädchen von ihrer alleinerziehenden Mutter getrennt worden und in ein Kinderheim gekommen war. Das Jugendamt war eingeschritten, weil die junge, drogenabhängige Mutter nicht mehr in der Lage gewesen war, für ihre Tochter zu sorgen. Bereits mit vierzehn hatte Diana erste Delikte begangen, für die sie nach Jugendstrafrecht verurteilt worden war. Ihr Leben war ab diesem Zeitpunkt laut eigener Aussage eine einzige Qual gewesen. Bis sie schließlich Thorsten Kampmann kennengelernt hatte.

Denn der hatte ihr und den anderen Frauen einen Weg ohne Qualen und Depressionen versprochen. Ein Leben ohne Päckchen. An einem Ort, an dem sie bei null beginnen konnten. Sie hatten alles aufgegeben, um sich ihm anzuschließen. Auch wenn es wohl nicht viel gewesen war, was sie hatten zurücklassen müssen.

Das Verhältnis zwischen ihnen und Kampmann hatte Diana Spies als eine wechselseitige Abhängigkeit beschrieben, wobei Jan und alle anderen davon ausgingen, dass die Abhängigkeit lange Zeit sehr einseitig gewesen war.

Offenbar hatte es auch eine sexuelle Abhängigkeit gegeben, hierzu hatte sich Diana Spies allerdings weitestgehend bedeckt gehalten. Genau wie zu den Details des alltäglichen Lebens auf dem Hof, das jedoch – wie Jan mit eigenen Augen gesehen hatte – äußerst spartanisch gewesen sein musste. Ob Kampmann die Frauen auch mit Gewalt zu häuslichen Aufgaben gezwungen hatte, konnten sie nur vermuten. So wie er bei seinen Morden vorgegangen war, schien dies aber alles andere als unwahrscheinlich.

Christoph Brok und Kampmann hatten sich einige Monate später bei einer der jährlichen Zeremonien am Tag der Sommersonnenwende an den Externsteinen kennengelernt. Aber jahrelang war es Kampmann gewesen, der das Sagen in der Gruppierung gehabt hatte. Immer wieder hatte er sie darauf eingeschworen, dass der Tag kommen werde, an dem sie gemeinsam sterben und die Erde verlassen würden. Um auf einem anderen Planeten außerhalb des Sonnensystems wiedergeboren zu werden und ein neues System zu erschaffen.

Sie waren ihm lange Zeit gefolgt. Aber irgendwann hatte das gruppeninterne Gefüge Risse bekommen. Weil es Kampmann im Laufe der Jahre nicht mehr um sein ursprüngliches Ziel gegangen war, sondern nur um Macht. Um die Macht über die anderen. Zur gleichen Zeit hatte Christoph Brok sich immer stärker von Kampmann und vor allem auch von ihrem Glauben an ein wiedergeborenes Leben losgesagt.

Brok hatte Kampmann schließlich als führenden Kopf der Sekte abgelöst, ohne dass der es überhaupt bemerkt hatte. Und Brok war in vielen Dingen ganz anders gewesen. Mit ihm hatten die Frauen gelernt, das Leben wieder zu genießen. Er hatte versucht, das verloren gegangene Glück auf Erden wiederzufinden. Und die meisten von ihnen waren nun ihm gefolgt.

Anna Laukötter war laut Diana Spies die Erste gewesen, Michelle war ihrer Freundin kurz danach gefolgt. Mit beiden Frauen hatte Brok wohl auch ein sexuelles Verhältnis gehabt, was sie anhand der vorgefundenen Situation auf dem Velmerstot ohnehin schon vermutet hatten. In diesem Punkt waren sich Kampmann und Brok offenbar ähnlich gewesen. Sie hatten ihre Macht als Guru und Führer auch auf diese Weise ausgenutzt.

Auch Britta war irgendwann zu Brok übergelaufen, wofür Kampmann allerdings wohl der letzte Beweis gefehlt hatte. Als er sie in ihrer Wohnung besucht hatte, musste irgendetwas passiert sein, das ihn zu seiner Wahnsinnstat getrieben hatte. Er musste ihr schlichtweg nicht mehr vertraut haben und war durchgedreht. Wahrscheinlich hatte er sie im Affekt umgebracht.

Komplizierter war die Beziehung zwischen Kampmann und Diana Spies gewesen. Sie hatte zugegeben, nicht mit Brok zusammen gewesen zu sein. Sie hatte auch nicht dort gewohnt. Als Jan und Cengiz sie im »Ritual Worlds« angetroffen hatten, musste sie so perplex gewesen sein, dass sie ihnen diese Lügengeschichte aufgetischt hatte. Sie hatte einmal als Aushilfe in dem Laden gearbeitet. Aufgrund der Observation des Hauses hatte sich Diana Spies schließlich in Broks Wohnung versteckt.

Aber auch sie war in den vergangenen Wochen kurz davor gewesen, zu Brok zu gehen. Sie hatte den Glauben an Kampmanns Weg zu einem besseren und neuen Leben verloren.

Doch dann waren die Morde auf dem Velmerstot geschehen, und es hatte nur wenige Stunden gebraucht, bis sie verstanden hatte, dass Kampmann dahintersteckte. Sie hatte Angst bekommen und versucht, ihn nicht auch noch zu verärgern, denn sie wusste genau, zu welchen Wutausbrüchen er fähig war. Deshalb hatte sie ihm helfen wollen, sämtliche Spuren, die auf ihn und ihre Gruppierung schließen konnten, zu beseitigen. Im Laden gab es allerdings viel zu viele Hinweise. Also war Kampmann kurzerhand auf die wahnsinnige Idee gekommen, das ganze Haus in die Luft zu jagen. Sie hatte die Gasleitung manipuliert, aber das Ganze war schiefgelaufen. Die Explosion, die sie mittels eines kleinen Feuers herbeiführen wollte, war viel zu früh erfolgt. Als sie sich noch im Haus befunden hatte, zum Glück oben in Broks Wohnung, ansonsten hätte sie wohl kaum überlebt.

Über Roland Hilker hatte Diana Spies nur wenig sagen können. Sie glaubte, dass der Mitarbeiter von Brok dahintergekommen war, was Kampmann angerichtet hatte, und ihn deshalb stoppen wollte.

Erst ganz am Ende hatten sie über Kathrin Möller gesprochen, die alle nur Wanda nannten. Ein Name, den sie benutzte, wenn sie ihre Esoterik-Seminare abhielt und sich dabei aus spiritueller Sicht dem Kreislauf aus Leben und Tod widmete.

Gemeinsam mit ihrer Tochter Michelle hatte sie das größte Leid der fünf Frauen erlebt. Ihren Mann und ihre zweite Tochter Denise, Michelles Zwillingsschwester, durch Suizid zu verlieren, musste ein unvorstellbarer Schmerz für sie gewesen sein. Und dann war sie ausgerechnet auf Thorsten Kampmann gestoßen. Sie hatte sich von ihm vereinnahmen lassen und war Teil seiner Sekte geworden. Und auch noch mehr als das, denn Kampmann und sie waren über Jahre zusammen gewesen. Laut Diana Spies war es vor allem von seiner Seite die große Liebe gewesen.

Letztlich hatte Kathrin Möller auch dafür gesorgt oder zumindest nicht verhindert, dass Michelle sich Kampmann angeschlossen und sogar auf seinem Resthof gewohnt hatte. So wie die anderen auch.

Er mochte sich nicht vorstellen, wie das Zusammenleben in dieser Sekte ausgesehen hatte. Wie hatte sie als Mutter, die mit dem Anführer liiert war, zulassen können, dass ihre Tochter in diesen unzumutbaren Zuständen gelebt hatte?

Ihnen gegenüber hatte Kathrin Möller gesagt, dass Kampmann sie vor einem halben Jahr verlassen hatte. Doch Diana Spies hatte eine andere Version geliefert. Demnach war Kathrin es gewesen, die sich von Kampmann getrennt hatte. Und trotzdem hatte sie von ihm nicht vollständig lassen können. Hatte ihn im Grunde sogar noch geschützt, nachdem Michelle auf dem Velmerstot brutal ermordet worden war und sie mit Sicherheit ahnte, dass er dahintersteckte.

Hatte sie solche Angst vor ihm gehabt, dass sie die Augen verschloss? Dass sie ihnen nicht sofort gesagt hatte, dass Kampmann der Mörder ihrer Tochter und der anderen war? Dass Michelle und Anna Laukötter gute Freundinnen gewesen waren, hatte sie ebenfalls bestritten. Alles nur, um den Verdacht von Kampmann und ihrer Sekte abzulenken. Erst im letzten Moment, als sie in der Scheune auf seinem Resthof dem Tod in die Augen geblickt hatten, war es ihr gelungen, sich gegen ihn zu wehren.

Vielleicht würden sie die ganze Wahrheit dann erfahren, wenn Kathrin Möller sich vollständig von ihren Verletzungen erholt hatte und vernehmungsfähig war. Möglicherweise würde sie auch noch eine weitere Version der Geschichte erzählen.

Da war vor allem diese eine Frage, die Jan noch beschäftigte. Ob es stimmte, dass sie die Beziehung zu Kampmann beendet und dadurch womöglich das Ganze überhaupt erst ausgelöst hatte. Denn laut Diana Spies waren Kampmanns Wahnsinnstaten nicht völlig aus dem Nichts gekommen, sondern hatten sich in den vergangenen Monaten durch immer unkontrollierteres Verhalten vielleicht sogar angekündigt.

Jan seufzte. An einen vergleichbaren Fall konnte er sich nicht erinnern. Die Brutalität der Morde und deren Motiv waren einzigartig, und er hoffte, dass es auch dabei bliebe. Er wollte jetzt nichts weiter, als einen Haken an diese Sache machen.

Jeder von ihnen, der in diesem Fall involviert gewesen war, trug die Bilder, die sie in den drei Tagen gesehen hatten, noch mit sich herum. Eine polizeipsychologische Nachbereitung stand noch aus. Vielleicht würde auch er auf dieses Angebot eingehen. Das würde von den nächsten Wochen abhängen, davon, ob er an der Algarve den Kopf frei bekäme und die Ereignisse so weit verarbeiten könnte, dass sie ihn zukünftig bei der Ausübung seines Jobs nicht behinderten. Das war zumindest der offizielle

Sprachgebrauch. Aber natürlich war auch ihm bewusst, dass es nicht leicht werden würde, einfach wieder in den Alltag des Ermittlers überzugehen.

Das gelb-blaue Surfbrett fiel ihm schon von Weitem auf. Isabel trug es unter dem Arm, als sie sich dem Neuen Markt aus Richtung Komturstraße näherte. Er hatte sie gebeten, es mitzubringen. Seitdem er vor vierzehn Jahren ausgezogen war, hatte das Board unter dem Bett in seinem ehemaligen Jugendzimmer auf dem elterlichen Hof gelegen.

Er winkte ihr zu und lächelte.

Noch immer verspürte er ein seltsames Gefühl von Unbehagen, wenn er sie sah. Das Testament seines Vaters hatte die Situation nicht einfacher gemacht.

»Wie geht's dir?«, fragte sie, nachdem sie das Board abgestellt und sich ihm gegenüber an den Tisch gesetzt hatte. »Ich bin froh, dass ich meistens gar nicht mitbekomme, womit du dich auseinandersetzen musst. Diesmal ließ es sich nicht vermeiden. Diese Sache lief in allen Medien rauf und runter.«

»Du klingst wie Vater«, sagte er. »Er hat mir auch immer vorgeworfen, dass ausgerechnet ich mich um den Bodensatz der Gesellschaft kümmere. Ja, so hat er sich ausgedrückt.«

»Du weißt, dass ich das nicht so meine.«

»Wie meinst du es denn?«

»Ich mache mir vielleicht Sorgen«, antwortete Isabel beinahe vorwurfsvoll. »Diese Leute, die du hinter Gitter bringen musst, sind doch schließlich unberechenbare Psychopathen.«

»Wir wissen schon, was wir tun«, sagte Jan beruhigend. Sofort spürte er, dass er selbst nicht restlos davon überzeugt war. »Aber schön, dass du an mich denkst«, schob er hinterher.

»Verrätst du mir jetzt den Grund für dieses Treffen?«, fragte sie. »Nur wegen des Boards wäre ich nicht gekommen, das hättest du dir auch selbst abholen können. Am Telefon sagtest du, es gibt etwas Wichtiges zu besprechen. Also schieß los, ich bin gespannt.«

»Willst du Philipp nicht so lange allein lassen, oder warum hast du es so eilig?«

»Vielleicht habe ich einfach keine Lust auf deine andauernden Sticheleien. Ich will nichts anderes, als dass wir uns wieder so verstehen wie früher. Und endlich Frieden in unserer Familie.«

»An mir soll es nicht –«

»Hör doch auf, so selbstgerecht zu sein«, fiel Isabel ihm ins Wort. »Auch du trägst an der Situation eine Teilschuld. Es gibt schließlich Gründe, weshalb wir dich nicht mehr in der Band haben wollten. Und die haben nichts mit Philipp und mir zu tun.«

»Sondern?«

»Ich habe sie dir genannt. Aus meiner Sicht gehen unsere Vorstellungen über die musikalische Ausrichtung zu weit auseinander. Das Jahr auf Tour war anstrengend, aber es hat geholfen zu verstehen, wer wir sind und was wir wollen. Seitdem du nicht mehr dabei bist, läuft vieles harmonischer. Aber das hat doch nichts damit zu tun, dass wir beide uns nicht wieder besser verstehen sollten.«

Jan nickte. Isabel hatte recht, es fiel ihm allerdings schwer, es zuzugeben. »Es gibt tatsächlich etwas, das mir auf dem Herzen liegt«, sagte er schließlich. »Etwas, das ich erst einmal nur dir sagen möchte.«

Für einen kurzen Augenblick schien es, als entglitten ihre Gesichtszüge. Sie befürchtete offenbar das Schlimmste.

»Keine Sorge, im Gegensatz zu dir überbringe ich nur positive Nachrichten.«

»Jetzt bin ich aber wirklich gespannt.« Isabel klang unsicher.

»Ich habe mir in den letzten Tagen viele Gedanken gemacht«, sagte Jan. »Dass unser eigener Vater selbst nach seinem Tod noch versucht, einen Keil zwischen uns zu treiben, hätte ich zwar nicht erwartet, aber es überrascht mich auch nicht unbedingt. Wir hätten uns alle gemeinsam viel früher schon dagegen zur Wehr setzen müssen, auch wenn das mit Cord natürlich kaum möglich war. Aber vielleicht ist es noch nicht zu spät.«

»Komm jetzt zum Punkt, Jan.«

»Mit Ausnahme von Mutter ist niemand von uns glücklich mit dem Testament«, antwortete er. »Ich hätte niemals gedacht, denselben Anteil wie Cord zu erben. Obwohl ich für einen kurzen Moment Genugtuung verspürt habe, wurde mir ziemlich schnell klar, was für ein Schlag ins Gesicht das für Cord und dich gewesen sein muss. Um es kurz zu machen: Ich werde auf mein Erbe im Wesentlichen verzichten. Unter der Bedingung, dass Cord dir weit mehr als nur deinen Pflichtteil zugesteht, werde ich ihm meinen Anteil überschreiben. Er hat sein ganzes Leben darauf hingearbeitet, also soll er den Hof auch alleine führen.«

Isabel blickte ihn sekundenlang stumm an. Dann schüttelte sie den Kopf und lächelte gleichzeitig ungläubig.

»Was ist?«

»Dasselbe hat mir Cord gestern Abend auch erzählt«, antwortete Isabel. »Er will den Hof nicht mehr und stattdessen irgendwo anders neu anfangen. Es gibt allerdings einen entscheidenden Unterschied: Cord will seinen Anteil verkaufen, und ihm ist vollkommen egal, an wen.«

Alle Bücher von Jobst Schlennstedt:
Auch als eBook erhältlich

Krimis mit Jan Oldinghaus

Westfalenbräu
ISBN 978-3-89705-768-5
Dorfschweigen
ISBN 978-3-89705-996-2
Sennegrab
ISBN 978-3-7408-0526-5

Krimis mit Birger Andresen

Tödliche Stimmen
ISBN 978-3-89705-561-2
Der Teufel von St. Marien
ISBN 978-3-89705-624-4
Möwenjagd
ISBN 978-3-89705-825-5
Traveblut
ISBN 978-3-89705-918-4
Küstenblues
ISBN 978-3-95451-110-5
Todesbucht
ISBN 978-3-95451-299-7
#hanseterror
ISBN 978-3-95451-813-5

www.emons-verlag.de

Nebelmeer
ISBN 978-3-7408-0079-6
Lübsche Wut
ISBN 978-3-7408-0310-0
Lauerholz
ISBN 978-3-7408-0679-8

Krimis mit Simon Winter

Spur übers Meer
ISBN 978-3-95451-450-2
Lübeck im Visier
ISBN 978-3-95451-691-9
Hafenstraße 52
ISBN 978-3-7408-0002-4

Thriller

Küste der Lügen
ISBN 978-3-95451-534-9

www.emons-verlag.de

111-Orte-Reihe

**111 Orte an der Ostseeküste,
die man gesehen haben muss**
ISBN 978-3-89705-824-8

**111 Orte in Ostwestfalen-Lippe,
die man gesehen haben muss**
ISBN 978-3-95451-109-9

**111 Orte an der Ostseeküste
Mecklenburg-Vorpommerns,
die man gesehen haben muss**
ISBN 978-3-95451-332-1

**111 Orte in Lübeck,
die man gesehen haben muss**
ISBN 978-3-95451-564-6

**111 Orte in der Lüneburger Heide,
die man gesehen haben muss**
ISBN 978-3-95451-844-9

**111 Orte in Bielefeld,
die man gesehen haben muss**
ISBN 978-3-7408-0123-6

**111 Orte für Kinder in und um Lübeck,
die man gesehen haben muss**
ISBN 978-3-7408-0845-7

www.emons-verlag.de